世界上的三种人

罗伟章 著

江苏凤凰文艺出版社

图书在版编目（CIP）数据

世界上的三种人 / 罗伟章著. -- 南京 ：江苏凤凰文艺出版社, 2025. 3. -- ISBN 978-7-5594-9116-9

Ⅰ．I247.7

中国国家版本馆CIP数据核字第2024AA1770号

世界上的三种人

罗伟章　著

出 版 人	张在健
责任编辑	李　黎
特约编辑	王晓彤　余慕茜
责任印制	杨　丹
出版发行	江苏凤凰文艺出版社
	南京市中央路165号，邮编：210009
网　　址	http://www.jswenyi.com
印　　刷	江苏扬中印刷有限公司
开　　本	880毫米×1230毫米 1/32
印　　张	9.5
字　　数	173千字
版　　次	2025年3月第1版
印　　次	2025年3月第1次印刷
书　　号	ISBN 978-7-5594-9116-9
定　　价	52.00元

江苏凤凰文艺版图书凡印刷、装订错误，可向出版社调换，联系电话：025-83280257

目录

世界上的三种人 —— 001

戏　台 —— 069

影　像 —— 135

河　湾 —— 165

现实生活 —— 223

世界上的三种人

世上的人共分为三种性别：男人、女人和岳母。
——朱德庸

男　人

　　岳母第一次到我们宿舍来的时候，还不是我的岳母。她姓姜，我们喊她姜老师。姜老师推开我们的房门，什么话也不说，只是双手叉腰，哈哈哈笑个不住。这个套间里住了四个单身汉，四个单身汉都光着膀子，围在客厅里一张窄窄的茶几上下棋。同在一个大院里上班和住宿，我们都认识姜老师，都跟她不很熟，不知道她为什么突然到这里来，更不知道她何以笑得那么厉害。我们起了身，讪讪地请姜老师进屋坐。姜老师总算不笑了，跨进屋说，不要管我，乐你们的。然后走到棋盘边，盯住那"尸横遍野、血流成河"的残局，仿佛她来就是为了看我们下棋。这显然不可能，大院里有很多家单位，几百号职工，喜欢扎堆看下棋的男人不少，却从没看见哪个女人这样，何况姜老师是大忙人，下班之后，我们常可在阳台上看到她匆匆来去的身影，她不是去买菜，就是去院外一所学校的锅炉房里提开水——她连在家烧壶开水的时间也没有，哪有闲暇来看我们下棋？我们面面相觑，阴一个阳一个进自己卧室穿了上衣出来，无所适从地找话跟姜老师聊。姜老师却不接我们的腔，再一次说，不要管我，乐你们的。她第一次来我们宿舍，而且我们根本不知道她来干什么，怎么能丢下她不管？姜老师见我们愣着，笑几声说，我一来你们就不下了？那我就走了。

她果然走了。

姜老师在楼道上的脚步声沉了下去，却把一团谜留在了屋子里。我们推倒棋盘，挖空心思猜想她此次来访的目的。大家都想到一块儿去了：她有一个女儿，二十五六岁，还待字闺中——姜老师是不是寻女婿来了？

四个单身汉中，贺大坤已经结婚，只是妻子远在另一座城市，他自然被排除。余下三人，我、张浦、夏波，年龄都在二十六七岁，长相都是那种看上一百遍也记不住的类型，又都在同一家单位，收入相差无几。至于我们的父辈，都不可能给子女带来财产、地位和荣光。我们不知道姜老师要找谁，甲说找乙，乙说找丙，丙说找甲，这么推来推去，使得一个快乐的下午掺和了淡淡的苦味。说真的，不管她找谁，我们都不嫉妒。虽然姜老师的丈夫在一家大型国有公司任副董事长，而且那家公司正是我们单位的上级，但这并不构成我们的向往。我们这四个人，住在一起已经逍遥了两年，下班回来后，除偶尔下棋娱乐，都一心扑在各自事业上：贺大坤恶补英语，我写小说，张浦学法律，夏波钻研经济学。用一句俗话说，我们都是有追求的人啦。后来的事实证明了这一点：贺大坤考上了复旦大学外语系博士生；我辞职以后，自己把自己调进了一座更加美丽的城市，当起了自由撰稿人；张浦去了北京，在某律师事务所上班；夏波则到了深圳，在宝安区某广告公司做策划部经理。我们甚至都没想过在那地方找一个妻子，成一个家。可是，那种淡淡的苦味却弥漫在从窗口照进来的阳光里，挥之不去。

原因其实很容易找到：姜老师的突然来访，撩动了我们的寂寞。

天知道，我们是寂寞的！放弃了许许多多世俗快乐的人，怎么能不寂寞呢？在这个大院里，近三十岁还没结婚生子的人已难得一见，但我们几个还在专注于内心，追求着荣誉。遗憾的是，我们都只能算精神世界的访问者，而非真正的拥有者，荣誉的桂冠在面前飘过，像水泡一样，我们正被它五彩的光环所迷惑，它就消失在空气里，没有响声，没有气味。我们既看不清自己眼前的价值，更不知道十年八年之后，自己能以什么样的本领安身立命。

那么，是不是应该像别人一样，找一个妻子，成一个家了？

这种共同的意念造成一种微妙的气氛，使我们彼此间奇异地冷淡下来。以前，我们从食堂打来饭菜，围在客厅的一张餐桌旁，用勺子往各自的杯子里量小半杯酒，快快乐乐地边吃边喝边谈。菜是公众的，你吃我的烧白，我吃你的胡萝卜。遇到节假日，如果没有特别的事务，几个人还要一起去菜市场买点鸡鱼啥的，弄回来自己做，改善一下伙食。四个人仿佛从远古时代就是兄弟，分散多年之后终于走到了一起。——而现在，我们把饭从食堂端回来，都是各自躲进自己的屋子，门虽是敞着，可你不好出去，别人也不好进来。

已经两年没这样了……对我们而言，背对门外独自咀嚼，是一种彻头彻尾的折磨。腾空了碗里的饭菜，我们却像没吃什么东西，只有咀嚼声像一只赶不走的苍蝇，长久地在耳边嗡嗡作响。

终于有一天，贺大坤在客厅里高声喊道：兄弟们，出来喝酒！我、张浦和夏波像听到盼望已久的号令，立即从卧室里出来了。贺大坤见状，拿着杯子去水龙头下冲洗。我们三个把碗放下，几乎同时伸了伸懒腰，然后在沙发上坐下，很规矩，也有些羞涩。贺大坤洗好杯子回来，一人面前放了一只，又去取勺子。那把勺子是从去年开始使用的，因为当时大家抢着喝酒，本来规定一个星期只喝一瓶，结果一顿就抢光了。我们的酒量都很可怜，之所以喝，是喝个情趣，略微超量我们就昏昏然荡荡然的，晚上很早就想睡觉，免不了耽误正事。于是贺大坤提议，以后喝酒，拿勺子量，每人每顿三勺子。

量好了酒，贺大坤举起杯子说，喝。我们三人就喝。以前，大家举杯之前就很兴奋，酒一沾舌尖，话题就出来了，可这时候，却再也找不到那份感觉。我们都拘谨地吃着饭，希望别人把筷子伸到自己碗里来拈走一片肉什么的。可没有人这样做。结果，酒喝尽了，饭吃完了，碗里的菜几乎都没有动一下。

放下碗筷，贺大坤突然说：姜老师来的时候，我以为你们其中一位要结婚了。结婚当然不是错误，但是，在学会尊重自己以前，是不应该结婚的。我二十三岁那年结婚，当时完全是一片茫然，只觉得可以结婚，于是就结了。我根本没有做好结婚的准备，也缺乏对婚姻的理解，因此婚姻给我带来了很多麻烦。我爱妻子，却不知道怎样去爱……要不是及时从妻子身边调走，我恐怕早就把自己弄丢了！

我们似乎都理解他的话，又不完全理解。结婚这个词如此陌生，姜老师串门之前，我们连想也没想过。虽然我们见到过一家人其乐融融的情景，但并没有把它和婚姻联系起来思考过。至于尊重自己，就我们几人而言，我们认为只有在事业上取得成功，才是真正地尊重自己。当然，婚姻是美好的，我们祝福天下所有结了婚的人，但同时我们也看到了婚姻的直接后果。它将人裹挟进一大帮你完全不熟悉的人中，他们将参与你的生活，改变你生活的气氛，让你进入人生秩序化的状态，从此，你的未来再明白不过了：生养孩子，侍奉长辈，然后老去，死去。这是用数字就可以计算出来的。当你看到那些正在兴致勃勃地下棋，却被妻子以疼爱或怨恨的方式吆五喝六请回去吃饭或者把米扛上楼的男人，就知道他们的日子过得多么明确。他们就像结伴旅行的人，把主要的精力用在制约彼此上，至于沿途的风景，是可以置之不顾的。

我们都不喜欢那样的生活。

如此说来，姜老师的突然来访，怎么就给我们留下了阴影？值吗？

真是不值！

那时候，大家都产生了一种共同的感觉：姜老师侵犯了我们的领地。姜老师真不该突然闯进我们的屋子，一句实质性的话不说，只大笑一阵就离开。

男人和岳母

此后的半个月时间，我们在路上碰见姜老师，都对她表现得异常冷淡。姜老师也奇异地回应着我们的冷淡，有时似笑非笑地朝我们望一眼，有时径直就走了过去。她个子不高，走路时仰着头，迈步的频率很高，一副"小车不倒只管推"的样子。

但如果就此认为姜老师完全忘记了造访我们的事，就大错特错了。她不仅没忘记，这半个月来，还一直在暗中考察我们！

我不清楚她是用什么方法考察的，直到很久以后，才听她办公室的主任说，她有一天突然谈起我们，而且之后常常谈，开始时把四个人都说到，两天之后，贺大坤就被漏掉了，她的嘴里只剩下我、张浦和夏波了。那主任姓黄，矮胖矮胖的，脑子特别好使，一听姜老师的话，他立即意识到：

那几个都是单身汉，口碑都不错，姜老师有一个女儿……于是他说：姜梅，你家冉冉发喜糖的时候不要忘了我啊！姜老师一惊一乍的，之后又是一连串的笑，说八字还没一撇呢。黄主任说：至少谈男朋友了吧，男朋友是哪里人？姜老师戚然笑道：什么男朋友啊……现在的年轻人，不喜欢把这些事告诉老家伙。黄主任说，你家冉冉那么乖巧，怎么会不告诉你？姜老师就不吭声了。黄主任已看出姜老师肯定为冉冉没谈男朋友而焦心，走到姜老师对面，小声说：要是冉冉当真还没谈朋友，我倒是可以提供一个人选，停顿片刻，问道，你觉得田应丰怎样？姜老师愣了一下，说，我哪里知道啊？黄主任热情地说，要是你觉得田应丰可以的话，我去帮你撮合，我跟他关系好。

田应丰就是我。两年前，我和黄主任都不在这个大院，而是在城郊的同一家单位上班，那时候他是我的上级，我们俩的私交也不错。

听了黄主任的话，姜老师低头抿着耳畔的头发。黄主任抓住时机，神神秘秘地说：田应丰这个人啦，你不抓紧的话……哼，别看他是个穷光蛋，好些人他还打不上眼呢。姜老师知道黄主任有为人说媒的瘾，问道，你以前给他介绍过？黄主任说当然，今年年初我还给他说过一个呢，那多好的条件啦，可他就是不干！

黄主任说的是实话。今年三月的某一天，他把我请到他家里，好饭好菜招待我——黄主任以吝啬闻名，他曾明确宣称，请客不能给他带来荣誉，因此不到万不得已决不请客，可为了我的婚事，他却破费了。吃饭的时候，他谆谆善诱，说那女子个头一米七，也就是跟你田应丰一般高，俗话说："吃泡要吃三月泡，恋妹要恋一般高，一般高来哪点好？嘴对嘴来腰对腰！"这且不论，关键是她有钱，有的是钱！她姐姐在香港，姐夫是资本家，那女子马上就要去香港了，你如果同意，就火速成亲，一起飞到香港去，你想想，这一辈子，哼，这一辈子！那时候我正吃一颗兔丁，听了他的话，总也咽不下去。好不容易把那颗兔丁收拾了，我嘟囔道，算了，以后吧。黄主任正在用他长长的指甲抠骨缝里的肉，此时猛然止住，不解地盯住我，愤愤然道：你为啥总是说以后？你以为她是什么？她是女人！女人的以后是什么？是岳母！你难道想跟岳母谈以后？他真有智慧，他的智慧绝不亚于那个被酸酸涩女郎弄得名声大噪的漫画家朱德庸，何况他这句话说得比朱德庸早。我笑了，但笑并不等于同意。他无可奈何，最后说，这样吧，明天中午十二点整，我带她从你楼下走过，你站在阳台上看一看，中不中意告诉我一声。我想，这不是买牲口吗？我像买牲口一样找一个妻子，我自己不也变成牲口了吗？我说黄主任，谢谢你，我现在真的没兴趣。说罢，我找了个借口起身告辞。刚迈出脚，黄主任就砰的一声将门闭了。这之后不久，他又找了张浦，找了夏波，说的都是那个有个姐姐在香港、有个姐夫是资本家的女子,但他们都没同意。

姜老师没问那被我拒绝的女子到底是什么条件,沉默了一阵,断然道:不要你去,要说我自己去!

这让黄主任很不高兴。他不高兴的不仅是姜老师不给他说媒的机会,还因为姜老师明显信不过他。他大概想的是你信不过我,我也不让你好受,因为他拖长了声音说:你如果真要去找田应丰,我提醒你最好先要有个心理准备,他那个人呢,风流哦。

姜老师怔住了,风流?风流不就是糜烂吗?这怎么成?!我家冉冉规规矩矩,怎么能找个糜烂的男人?

黄主任得意地退到了一边。他估计姜老师一定还会来征求他的意见,最终把这个机会让给他。谁知姜老师不吃这一套,她转而寻黄主任不在的时候,去征求了办公室一个年轻职员的意见。她问道:黄主任说田应丰风流,是什么意思?那职员跟我们寝室四个人都有过交道,我们彼此熟悉,他说,田应丰读大学的时候谈过恋爱,据说他跟那女子有长达两年的恋爱史,说不定还更长,那女子到这边来看过他,都说他们是住在一起的。姜老师问,怎么……又分手了呢?职员说那女子跟了一个小歌星,把田应丰扔了,为这事田应丰痛苦了很长时间,差点儿一蹶不振。姜老师沉默着。职员说,他们寝室还有两个没谈朋友,那两个也不错嘛。姜老师慢慢地摇着头，之后快速地摇着头，说，哼，我就找田应丰。姜老师的理由是：因为失恋而痛苦了很长时间的男人，就说不上糜烂。

可紧接着，姜老师又问：你认为冉冉找男朋友，是找个谈过恋爱的好呢，还是没谈过的？那职员比我们年龄稍长，已婚，说话做事极为稳重，像个煞有介事的中年人，因此他能够从容地回答姜老师的问题。他说：我认为还是谈过恋爱的好，没接触过女人的男人，喜欢挑剔，动不动就跟女人赌气，谈过恋爱的男人，心胸宽广，懂得疼女人，女人跟了这样的男人，就像下暴雨时躲进了一间结实的屋子，有安全感。你没听说现在上海和广州的女子都喜欢嫁"二手货"男人吗？姜老师笑起来。那职员又说，春天开的第一朵花很快就凋谢，秋天结的第一只果很快就烂掉，姜老师这你是知道的。

姜老师深以为然，不断地点头。

我的命运就这样被决定了，可我还被蒙在鼓里。

那是一个秋阳灿烂的中午，我们四个人一同去食堂打了饭，有说有笑地往楼房里走。刚要进楼道，听到一声喊：田应丰。我四处张望，逡巡不前，没发现喊我的人，向上看，一楼伸出来的雨篷挡住了视线，看不到什么，便不多想，径直往楼上走去。见二楼门开着，姜老师满面含笑地站在门边。这里是她的办公室，刚搬来的。见她笑，我们当然也打声招呼,她却只管盯住我,边笑边说:我喊你你没听到啊?我说听到了,没看到人。她说,你进来,别人带了个东西给你。几个朋友先上了楼,我满腹狐疑地随姜老师进了她的办公室。她果然从抽屉里取出一个东西,圆圆的,用报纸包裹得严严实实,上面用圆珠笔写着:田应丰亲收。我一愣,没想到真有人带东西来,接过包裹,很轻,禁不住就放了碗,想拆开看看。姜老师果断阻拦:拿回去拆拿回去拆,这里拆了怎么端碗啊?我想想也有道理,就对姜老师千恩万谢,回了寝室。

几个人已经倒好了酒,问我包裹里是什么,我说还不知道呢。我坐下来拆,拆开一层报纸又是一层报纸,一直拆到第五层,才露出一个鲜红的坐垫!

很显然,这东西不是别人带来的,而是姜老师给我的。

另外几个家伙也愣住了,之后就笑,说姜老师看上你了。贺大坤说,看上好,看上好!又拿起勺子,往我的杯子里多量了一勺酒。他懂得成人之美的哲学,干干净净地忘记了"尊重自己"的话。

这个鲜红的坐垫虽然不像姜老师突然造访那样破坏我们之间的气氛,可是,我却很忧伤。我说不清为什么忧伤,只是感觉到忧伤的情绪像针管里的液体,扎入我的血管,流遍我的全身。贺大坤举起酒杯,要我们干了,说今天破例,干了再喝几勺。另外两人完全赞同。他们是真正为我高兴,然而,我却很忧伤。

整个下午，我都在想，应该把这个坐垫还给姜老师。可思前想后，又觉不妥，人家不过给你一个坐垫，又不是大礼，怎么就承受不起了？不能受人之恩者，也不可能施恩于人，如果真还给她，不是太小气了吗？然而，不还给她，我又如鲠在喉。晚上，我们吃了饭，回到各自的屋子闭门读书的时候，那个鲜红的坐垫就明晃晃地扎着我的眼睛。我把它拿起来，又放下，坐在床上唉声叹气。像我这种男人，真是没出息的啊！一个小小的坐垫，怎么给我带来这么沉重的压力？如此小事，也拿不起放不下，怎能成就大事业？……

这么想了一阵，我反而释然了许多。

于是，我把坐垫放到了书桌前的藤椅上。

直到这时，我才发现我的藤椅是多么腐朽！靠背已经破了几个洞，放屁股的地方深深地窝下去，像野兽的洞穴。同时，我也意识到姜老师的眼光多么锐利，她那天不过利用我们进屋穿上衣的时候瞟了一眼，就发现我的藤椅坏了，坐上去一定不舒服，因此第一个礼物就送给我坐垫。显然，她当时也注意到了张浦和夏波的所需，只是她最终选定了我。

我小心翼翼地坐了上去，那感觉美妙极了。你知道吗，那感觉美妙极了。这把藤椅是好几年前我从一个走贩那里买来的，春夏秋冬，什么时候加过坐垫？特别是几年下来，它的底板下陷，每当夜深人静我从书桌边站起来的时候，被硌得发痛的髋骨，使我步履艰难。现在不痛了，现在很柔软！

以前，如果不是热天，坐得久了，就感到冷，大腿冷，屁股也冷，要是大冬天，就冷得下肢麻木——然而现在不冷了，我浑身暖洋洋的，几乎感觉到幸福了。

那天夜里，我坐到很晚，却一页书没看，一个字没写。我沉浸于坐垫带给我的柔软与暖和之中，想着姜老师的好处。我六岁那年，母亲就去世了，母亲没给我买过坐垫，姜老师给我买了。我不那么讨厌姜老师了，甚至对她充满了温情，儿女对母亲才会有的那种依赖的温情。同时我也在想：冉冉到底是一个什么样的人？是的，我从没见过冉冉，她在郊区一家合资公司上班，只有周末才回来看父母。我们宿舍和姜老师所住的楼房虽是背靠背，可谁会去关心人家的女儿？我们时常可以看到一些陌生女子在大院里出入，有的美，有的丑，有的中不溜秋，大院里住这么多人，怎么知道谁个就是冉冉？

这时候，我想象冉冉真是我的女朋友了。这种想象让我空着的胳膊有了质感。与大学时谈的那个女友分手之后，我虽然没想到过找一个妻子，成一个家，但并非没想过有一个女友。有时候，走在熙熙攘攘的闹市，看着那么多的年轻女子来来去去，我就禁不住感叹：这当中，谁将成为我的恋人？这真是一个充满无限玄机的问题。男男女女，本是如此陌生，可一旦成为恋人，结了婚，就是一个家，就要共同度过风雨人生。妻子还可以不让丈夫下棋，可以吆喝丈夫回去吃饭或者把米扛上楼！……本是陌生的男女变得如此息息相关，真是不可思议又让人感动。诗人里尔克说，男女的关系，比人们理解的还要亲密。说得好哇！比如冉冉，要是我散步的时候，她挎着我的胳膊，踏着落叶，说着话；要是我读书写作的时候，她也在旁边看书，或者织毛衣，时不时为我冲上茶水，为我披一件外套，甚至以家人的身份和口气训斥我……

像我这种男人，是不是最容易豢养的动物呢？姜老师用一个坐垫，就让我产生了这么多关于幸福生活的联想，何况她给予我的，不仅仅是一个坐垫！在那之后，她时时在二楼的门口截留我。开始，她显得有些尴尬，因为不知道我对"坐垫事件"的反应。见我绝口不提，且态度柔和，她就自然了。她又送我一些东西。她实在是聪明，比黄主任聪明一万倍，她知道怎样因人而异，知道我田应丰需要的是什么、看重的是什么，她送给我的东西，都是不值钱的，几个梨子或一包奶粉之类，但就像她送给我坐垫一样，我无法拒绝，而且从中体味着母亲般的温暖。

事情就这样发展下去了。有一天，姜老师再次叫住我，没送东西，而是说，星期天到我家里来啊。

她说得很小声，很亲切。

可正是她的小声和亲切坏了事，我虽然含糊地答应了，却没去。

她凭什么那么小声而亲切地跟我说话？我为什么星期天

要到她家里去？以往的星期天，我们几人不是郊游，就是闭门做事，怎么突然变成到别人家里去了？我觉得，自己已经有严重偏离生活轨道的危险了。好在那天秋空万里，正是出游的好日子，我们四人一大早就到郊外的千秋湖去了。千秋湖很大，水蓝得让人发怵，眨眼之间，它又变成绿色的了，待认真细看，它仿佛又成了白色。我们坐在湖边的草地上烤太阳。太阳是热的，地却是凉的，草里的生物还没暖过身子，静伏着不动。风吹着，已经枯黄的草尖晃动着，像在播撒深秋的种子。中午，地皮带着潮湿的温暖，我们便躺了下去。仰卧大地，察看苍穹，人世间的许多事情，就变得缥缈了，再不愿去想它，更不会计较。清风淡淡，天籁幽幽，遥远处的车声人语，也都化为天地间自然而然的音响。中午时分，我们去湖上划船。深草杂树，倒映水中，使水面呈现出一个破碎的蓝天。荡舟湖心，常常有一两斤重的红尾鱼，穿破水面高高跃起。它们的表演使水底的天空更加破碎，形成一轮一轮肋骨般的波纹。有好几次，鱼都落到了我们的船里，我们捧起它，将它放回它的家园。这是多么美好的生活……为什么要想有一个妻子，成一个家呢？……

我想姜老师那天一定等我等得很苦，因为再次碰面时，她显得很不自然，也没多话。之后很长一段时间，她也没给我送小东小西。我以为我们的事情就这样结束了，谁知春节放假的前一天，她又在二楼的门口截住我，郑重其事地说：正月初五必须来我家一趟啊。

对此，我有些为难，因为我要回老家看望父亲。我的老家很远，一年到头才回去一次，春节假放到初十，我无论如何也想跟父亲一起待到初八。

姜老师不理这一套，大笑几声说，我不管，反正初五那天你得来！

受人滴水之恩，当涌泉相报，何况姜老师送我的是坐垫，是梨子和奶粉，何况那次我没去她家，让她久等，心里一直愧疚着。我还能说什么呢？

男人、女人和岳母

正月初三，我就与老父亲离别，匆匆赶了回来。好在张浦也回来了。他这么早回来，是要参加律师资格考试。可以拉上张浦作伴，我轻松了许多。初五上午十点，我和张浦同去姜老师家，敲了几下门后，门开了，屋里站着一个年轻女子。我说，姜老师在吗？那女子说，我妈妈出去了，你们找她有事吗？我和张浦同时怔了一下，我说没事，你告诉她，就说有一个叫田应丰的人来过了。我这样说，有一种完成任务的意思，反正已经来过，你自己不在，我也就不会再来了。女子说，好。我们就往楼下走。女子招呼了一声：慢走啊。接着是闭门的声音。

很显然,那女子就是冉冉。姜老师只有一个女儿。从冉冉的神情上看,她对我们去她家没有丝毫的心理准备,也根本就不认识我们,甚至没听说过田应丰这个名字。

回到寝室,我和张浦讨论起这件蹊跷的事情。难道姜老师送礼给我,并不是为女儿的婚事?可若不是为女儿的婚事,她又何必对我那么好呢?

这真是个谜。

不过管她呢,尽管我曾经对冉冉产生过幻想,但那不过是寂寞所致,其实我打心眼里既没准备谈恋爱,更没准备结婚。因此我和张浦很快不在姜老师是否在找女婿这件事上纠缠,而是把话题集中到冉冉身上。其实就冉冉本身没有多少好说的,她不美也不丑,跟我们也不熟悉,能说些什么?但我第一次发现男人在对女人的想法上有多么不一致。张浦的心比我高,他说要找就找一个长得好的。他虽学法律,但读了许多文学书,因此可以方便地举例来为自己证明。他说,古人教导我们,书中自有黄金屋,书中自有颜如玉,我们鄙弃了黄金,就剩下颜如玉了,如果颜如玉也丢掉了,书就白读了。他还说,法国的大思想家蒙田坦言,他在选择配偶上,相貌是放在第一位的。古往今来,许多人都是这么实践的,比如明末清初的李渔,专门从肌肤、眉眼、手足、态度上研究如何鉴赏美女;近代的徐志摩,为了一个陆小曼,付出了多大的代价?更不要说古希腊神话中的海伦,她引发了长达十年的战争，当时许多元老院长老反对这场战争，认为不值，可是，当海伦站到他们面前的时候，他们惊叹不已，连声说，这仗应该打，应该打！可见漂亮女人不仅能激发人的想象力，还能改变人的观念。你不是想当作家吗，想当作家的男人更应该找一个漂亮女人。

他这么一阵旁征博引和循循劝诱，不知怎么，倒让平凡的冉冉在我心里越发鲜明起来。她当时穿了一件大垮垮的牛仔服，长及膝盖，浓密的头发松松散散地披垂着，遮住她略显苍白的瓜子脸。这是一个实实在在的女人，没有历史的烟尘，没有想象的绚丽，却可以呼吸，可以说话，因而是可以亲近的。我与张浦的差异在于，他没有谈过恋爱，还处在姜老师办公室里那个年轻职员所谓的"挑剔"阶段。

当然，这些都不必说了，海伦与我无关，冉冉同样与我无关。我和张浦准备随便弄点什么吃的，然后去城南郊外的凤凰山上玩半天。

屋子里什么也没有，放假期间，食堂也没开火，我们就打算去菜市场采购。我们刚走到三楼，就见姜老师气喘吁吁地上来了。见了我们，她依然是一阵大笑，问干什么去。我们说买菜。她连拉带扯，说，买什么菜呢，我刚才就是买菜去了，就为了招待你们呢。张浦说，田应丰，你去吧。我恨了他一眼。在这时候，他真不应该抛弃我。姜老师说，两人都去，两人都去。张浦还是不愿去，可姜老师牢牢地抓住了他的手臂，于是，我们二人一同随她去了。

  姜老师显然已经骂过了冉冉，因为冉冉的态度远不及开始随和。她只对我们浅浅地笑了一下，算是招呼。我们在客厅坐定之后，姜老师冷冷地盯了冉冉一眼，嘴向外面一努，冉冉本来坐在我们对面，见了母亲的眼神，就起身离去。当时，我们不知道姜老师是让冉冉为我们煮鸡蛋，要是知道，是绝不会让她去的。我和张浦都不吃鸡蛋，无论用什么方法制出的鸡蛋都不喜欢吃，尤其不吃带着金属般坚硬气味的荷包蛋。可是，姜老师偏偏让冉冉为我们煮了荷包蛋。两分钟之后，姜老师也起了身，接着我们听到她在训斥冉冉：这怎么够呢，越大越不醒事了！冉冉小声分辩：哪里吃那么多嘛，吃多了也是浪费。姜老师压低了声音（就像把散雪捏成一团，体积缩小了，攻击力却增强了），浪费？你怕浪费，就一辈子吃独食！屋子里除了锅瓢响，再无人声。我和张浦如坐针毡，当然主要是我，我觉得不仅自己不体面，还拖累张浦来受这份尴尬。

  我拉了张浦一把，两人便同时起身，走进厨房，见锅里煮着八个鸡蛋！我说，姜老师……她立即打断我：你们莫管，过去坐。我说，如果是为我们煮的，就真是浪费了，我们俩都不吃鸡蛋。姜老师一面清理着水面上的沫子，一面瞪着冉冉，我才发现自己的话无意中又把冉冉连累了。冉冉倒没什么反应，反而比我们刚进门时显得大方。张浦一直沉默着，不为我帮腔，他大概觉得这不是他说话的地方。我又说，姜老师，我们真不吃鸡蛋的。姜老师放了勺，把我和张浦往外推。我们又只好回到客厅坐下。

姜老师家住的房子并不好，至少与一个副董事长的身份不相匹配，进门是一个过道，很窄，过道的左手边是客厅，同样很窄，过道和客厅都被厨房和厕所遮挡得密不透风，大白天也要开灯，因此，我有一种如在梦里的感觉。

姜老师和冉冉分别端了满满一碗鸡蛋，放在了我们面前的茶几上。接着，冉冉又端出一碗白糖，放在茶几的中央，就退到另一边的沙发上坐了下来。姜老师大声说：不知道为客人加上？真是的！说罢，看着我们笑，并拿起勺子，要为我们碗里加白糖。

姜老师亲自为我们加白糖了，我们还能坐着不动？我立即去接勺子，说，自己来，自己来。姜老师不放手，结果满满一勺白糖洒到了桌面上。我只好自觉地松了手。姜老师分别为我们加了三勺白糖，催促快吃，自己又回厨房去了。

我想，怎么能只让我们两人吃，而且确实吃不下去呀，就对冉冉说，拿两个碗来。冉冉笑笑问道：吃不下？我说，吃不下。她就站起来，进厨房拿碗。姜老师问拿碗干什么，冉冉说太多了，吃不了。话音刚落，传出碗重重落在灶台上的声音。正疑惑，姜老师冲出来说，无论如何，你们得给我吃下去。张浦终于说话了：真吃不了姜老师。吃不了也得吃！姜老师说，哪有几个鸡蛋吃不了的？我就站在这里，看着你们吃！厨房里传出冉冉的喊声：妈！姜老师不理会，对我们嚷，吃呀，快吃呀。我抱起碗，只用四口，加喝一口汤，共五口，就把碗腾空了。张浦见状，也以同样的速度、同样的气概吃了下去。姜老师哈哈大笑，兴高采烈地把碗收进了厨房，对冉冉说：怎么样？怎么样？冉冉没回话。

张浦悄悄对我说：这家里，姜老师才是董事长，认为自己永远比女儿聪明的董事长。

我模糊地应了一声。老实说，不管对姜老师印象如何，我倒是真有些喜欢冉冉了。

姜老师和冉冉再次出来的时候，我说，姜老师，如果没别的事……姜老师道：你们忙？张浦说，准备上山去玩。姜老师连连摆手，不行不行，今天就在我家里，中午她爸不在，我们就简单吃点，晚上好好招待你们。我一听吓得毛骨悚然，这么好的天，这么好的太阳，不去山上坐一会儿躺一会儿，却要在这间完全陌生的屋子里等晚饭？我说，用不着用不着，如果没事，我们现在就走了。我边说边站了起来，张浦也站了起来。冉冉对我们微笑着，姜老师却急得说不出话，使劲把我们往沙发上摁。冉冉道，妈，人家要去玩嘛。姜老师扭过头，怒道：你少给我开腔！冉冉就出去了。我们决计要走，姜老师挣得满面通红，悄声对我们说：今天是她生日！说罢望

世界上的三种人 | 023

了一眼冉冉消失的方向。

哦,我说。

这种时候,再不拘礼节的人,也不能说走就走。我和张浦规规矩矩地坐下了,姜老师这才大舒一口气说,你们看电视。她就把电视打开。

姜老师出去之后,张浦对我说,既是冉冉的生日,你恐怕应该送点什么吧?我也正想这事呢,我收了姜老师那么多礼,她女儿的生日,我怎好空着手来蹭饭?可是,这样的事情,我从未遇到过,单位上有人婚丧嫁娶,人家怎么拿我怎么拿,而且往往找人带去,并不亲自参加,因此一点也不觉得是负担。今天的情况就特殊了,我必须单独面对。虽然有张浦在,但他认为自己是我的陪客,我几次提醒他不要这么想,可他就是这么想的。送什么呢?姜老师一家是诗礼人家,老两口都毕业于北京某大学,女儿曾是响当当的国家级重点大学的高才生,而且我刚刚了解到,冉冉还是一个才女,发表了不少小说,比我发表的小说多得多。这样的人家,是不能送钱的。如果是黄主任,可以大胆送钱,但给姜老师家不能送钱。不能送钱又送什么呢?一条纱巾?一枚戒指?这不是太俗气了吗?而且,我凭什么送冉冉纱巾和戒指?那么,送一本书?这是不是又太矫情?

正在我焦头烂额的时候,张浦提醒说,你不是有那么一盏好灯吗?

我眼前一亮。对，我有一盏灯，虽偶尔打开用过，但依旧如新，尤其是它非常漂亮。而且，生日送灯，别出心裁。

趁着姜老师和冉冉在厨房忙碌的时候，我悄悄溜出了门。

揭开灯上的纱罩，我久久地凝视着它。这不是一盏普通的灯，而是记载着我小小光荣的艺术品，从灯罩到底座，雪白如银，一根翠绿色的须子从灯柱里伸出来，实用价值是开关，审美价值是它总让我想起小草、溪流或者鱼儿一类的东西。

回到姜老师家，姜老师和冉冉都还在厨房里，都没发现我离开过。我把灯放在茶几上，等她们出来。不一会儿，姜老师出来了，看见了茶几上的灯，大呼小叫地说：这是怎么啦？张浦抢先说：这是田应丰送给冉冉的生日礼物，他读大学时一篇小说获了一家刊物奖，这灯就是奖品。姜老师高兴得直鼓掌，边鼓掌边喊：冉冉！冉冉！

冉冉出来了，脸色很不好看。她已经听到了张浦的话。姜老师还在鼓掌，可冉冉却冷冷地说，妈，你真有本事！姜老师收了掌声，笑道：人家是送给你的，是你有本事，哪里是我有本事啊！说罢又鼓掌。冉冉气得直哆嗦，大声道：够了！姜老师的两只手掌还没合拢就停住了，吃惊地看着冉冉。冉冉质问道：是你把我的生日告诉他们的？姜老师看着我们，给我们挤了挤眼说，告诉又怎么啦？你以为人家没资格祝贺你的生日？冉冉合了合眼帘，上齿咬着下唇，轻轻地摇了摇头，走出了客厅。姜老师追到厨房,而且把厨房的门闭了。

我所面临的难堪,就是可以想象的了。

虽然闭了厨房的门,我还是断断续续地听到了她们的话:你有本事……夺人之爱……人家……心意……逼迫……你能……以后我就不管了,你以为你多么了不起?我看不见得!

最后这一串话,当然是姜老师说的,声音奇大,我们清楚地听到了。她给我传达的信息是:姜老师的确是在为自己寻女婿,可她的女儿以前不知道这件事,现在知道了,却不愿意接受她寻到的女婿。

整个午饭时间,都只能听到姜老师的说话声和莫名其妙爆发出的笑声。

吃罢饭,我们坚决离开了。

冉冉把我们送到了底楼。

女人和岳母,以及女人眼中的岳母

很久之后我才知道,送走了我们后,冉冉也走了。她去了郊外的公司。

她们公司也是初十收假,这时候很难看到一个人。冉冉躲在十平米的寝室里写小说。那间寝室住了两个人,那一个还没有回,冉冉难得有这份清净。她不吃不睡,写了一天两夜。初七早上,她的同伴回来了,同时带来一个高而瘦的男人。她的同伴名叫吴晓得。这名字很有意思,"吴"与古文的"吾"谐音,"吴晓得"就是"我知道",因此,公司里的人都不叫她"吴晓得",而叫"我知道"。"我知道"开了门,见冉冉躺在窗口的桌上睡着了,大吃一惊。那时候,她正倒在那男人的怀里,嗲声嗲气地把他往屋里拥。冉冉的背影坏了她的兴致。她走过去,把冉冉推醒。冉冉只睡了个把小时,脸青面黑的,不辨西东,直到看见那个杀手一般的男人,才慢慢回忆起一切,立即起身,问"我知道"是否吃过早饭,又忙不迭地去烧开水。"我知道"一言不发,也不介绍那个男人是谁。男人也不作声,一直站着,冷峻得像日本的电影明星。冉冉方觉没趣,对"我知道"说,你自己烧水吧,我要出去办事。"我知道"这才高兴起来,亲亲热热又娇声娇气地说,冉姐,祝你节日快乐哦。

冉冉就抱着她的稿子出了门。她出门后才发现无处可去,在廊子上站着。可是,她听到了"我知道"暧昧的轻语和颤悠悠的笑声,就快步走开,在公司大院里转了许久,有一种想哭的感觉。她想起了她的母亲。送走我和张浦之后,冉冉再没回屋,直接乘车离开了家,之后也没给母亲打个电话。冉冉想,母亲不知道我去了哪里……那天是自己的生日,母亲打算等父亲回来,晚上好好为我庆祝一下的……冉冉觉得自己实在算不上一个好女儿。

她决定回家去。

坐上出租车，冉冉有了越发强烈的伤感。她弄不懂母亲为什么总是凭自己的意愿，逼迫女儿做不想做的事情。比如她的婚姻吧，在此之前，母亲已多次为她张罗，而且张罗之前从不征求她的意见。如果母亲是爱我的，冉冉想，这种爱也太专横了，只能算一种沉重的负担，我生活中并不缺少什么，为什么非要急急慌慌地出嫁呢？

她还想到了吴晓得。吴晓得比她小两岁，走马灯似的换男朋友，高的矮的，胖的瘦的，恐怕连她自己也数不过来了。更让冉冉吃惊的是，吴晓得跟每一个新上任的男朋友都那么如胶似漆，仿佛须臾分离，就会要了她的小命，可十天半月之后，那个刚刚熟悉的面孔不见了，跟她紧紧贴在一起的，又换上一张陌生的面孔了。怎么在瞬息之间就能与一个不熟悉的身体靠得那么近？

很快到了大院之外，冉冉下了车，正往里走，感到脸上承受着一丝目光的重量，她抬头一看，发现母亲站在几米之外凝视着她。

姜老师起初的确不知道女儿上哪里去了，初五那天，傍晚时分冉冉也没回家，姜老师就跑到我们寝室来，问冉冉是不是跟我们一起上山了。得到否定的回答后，她接连说了几声好，出了门，不多久又返回来，悄悄走进我的房间，小声说：她就这脾气，其实人挺好的。这时候，我本来正准备工作了，可姜老师的话破坏了我的情绪。冉冉连我的名字也没喊过一声，说不定她还分不清哪个是田应丰哪个是张浦，你却在我面前以这样的口吻说起你的女儿，不是笑话吗？但我从内心里也怜悯着姜老师，她返回我房间的时候，汗水把头发都湿透了。她一定急得不行，后来我听说，那天晚上，她无数次打冉冉的手机，可冉冉的手机总是关机，于是姜老师一整夜没有合眼。她估计女儿回了公司，并不担心女儿有什么危险，她着急且痛心的是，冉冉为什么在这节骨眼上离开了呢？为什么不给她打一声招呼呢？她本来想去公司把女儿叫回来，但她摸透了女儿的脾气，知道冉冉最近一两天肯定要回家给她一个解释的，因此从初六早上开始，姜老师一有空就到大院外等候。

冉冉果然回来了。

母女俩相跟着，默默无言地往家里走，直到进了家门，而且把门闭上了，姜老师才大发雷霆。

冉冉一句话没说，直到母亲骂累了，她才提出把那盏灯还给我。

在姜老师看来，这是多么不可理喻的事情，人家送的礼，你却原样奉还，到底想表达什么意思呢？即使不同意跟田应丰谈朋友的事吧，他送的灯也应该收下，这才是有教养！冉冉说，这是奖品，人家一定是珍惜的。姜老师说，他越珍惜，越表明他的心意，越不能还给他。冉冉说，在那天之前，他跟我面也没见过，能表明什么心意？姜老师不屑地说，亏你是做文学的，未必不懂得一见钟情？我跟你爸就是一见钟情！冉冉终于忍耐不住，一泻千里地发作起来了，一见钟情结不出好果子！她大声说，你跟爸爸就没结出什么好果子！……从我生下来就听你们吵架，一吵架你就把自己反锁在屋里伤心，或者三更半夜跑到铁路上去转悠，我学会做的第一件事就是在夜深人静时去铁路上找你，长一声短一声地叫妈，你却躲在角落里，不理我。你总是在给别人带来恐惧和痛苦中控制别人，来寻求自我的满足，来肯定自己婚姻幸福、女儿孝顺的假象，这……这就是你给予我的婚姻教育……

说到这里，冉冉就哭了。

姜老师也哭了。她一直认为自己在女儿心目中的形象是光辉的。大学毕业后，她留校任教，很快由助教晋升为讲师，如果她再努一把力，会走得更远。可是，她终于连大学教师也没能做下去，因为丈夫毕业后到了四川，重进北京已相当困难，她没办法，只好跟到了四川，结果，本可以干一番大事业的知识女性，却沦落于在办公室当差，做一些鸡零狗碎的事情。她热爱的专业被搁置不说，还要受黄主任这般人物的管制。她心理上实在不能平衡，才不断地跟丈夫赌气……她没想到女儿不仅不同情她的痛苦，反而以她的痛苦来指责她。

冉冉觉得自己太过分了。她竟然让妈妈哭了。妈妈以前只是在跟爸爸赌气之后，把自己反锁在屋里偷偷哭。没有人见到她哭过，只能从她红肿的眼睛看出她在屋子里流过不少眼泪。这是妈妈第一次当着她的面哭。当着她面哭的妈妈就不像她的妈妈了。

冉冉扑进妈妈的怀里，给妈妈道歉，她说妈妈，对不起，是我错了，真的是我错了……

可是，妈妈甩开她，进了卧室，砰的一声闭了门，且将门反锁起来。

屋子里冷清得发痛。

冉冉的爸爸初五那天回来之后，初六又走了。他是公司的上层领导，春节期间走东串西，向退休领导和普通工人拜年。其实冉冉知道爸爸并不是非去不可，他们是分组的，一般在初三左右就可以完成任务。爸爸是宁愿待在外面过简朴艰苦的生活，也不愿回家来，尤其不愿单独跟妈妈待在一起。这样的情形已经维持了很多年。

光线暗极了。冉冉坐在黑暗之中，回忆着自己从小到大的所有生活。她想找到一丝亮色，把自己冰冷的心暖过来，可她失败了。风刮了起来，冉冉蜷缩在沙发上，瑟瑟发抖。好几个小时之后，她站起来，走到窗边，看到若隐若现的雪花在花园里的冬青树上打着旋子。天地如此苍茫，人却生活得这么明确！人的欢乐永远是不明确的，而痛苦却总是这么明确！她把窗户关严，拉开灯，伏在茶几上写小说。她太疲倦了，只不过写了几个字，就把脸埋在稿子上，睡了过去。

血液的不能流通强迫她醒了过来。灯兀自亮着，天地静悄悄。未必是晚上了？冉冉再次走到窗口去看，果然是晚上了。

冉冉首先感觉到的是饿，再由饥饿想起她的母亲。她轻手轻脚地走到母亲门边，小心翼翼地扭门。门还是反锁着。母亲为什么要这样跟女儿赌气呢，为什么要让生活变得如此灰暗呢？冉冉心一硬，带着决绝的心情走进厨房，把锅碗瓢盆弄得叮当乱响，一边做饭，一边还大声唱歌。

以往，只要母亲赌气，她连大气也不敢出，当母亲进屋将门反锁之后，只要屋外有一丝丝儿的笑声，母亲就认为是对她痛苦的漠视，哗的一声将门拉开，扔出一句硬邦邦的话，又重重地将门闭上。她突然扔出的话具有坚强的力量，总能抓住要害，让所有跟她有关的人和她一起痛苦，甚至比她更加痛苦。她可以一天不吃饭，两天不吃饭，你甚至也不知道她什么时候出来上了厕所。她必须把自己的痛苦传递给别人之后，才会感觉到轻松，感觉到胜利。当大家都痛苦不堪，屋子里如同坟墓的时候，她就出来了。她一出来就风风火火地干事，然后她来同情别人，来安慰别人，把爱给予别人……

可是冉冉受够了，她不想再重复那样的生活了。她一边唱歌，一边走到厨房门边，往母亲卧室门口瞅。瞅好几次都没动静，她就把声音放大，唱道：太阳下山明早依旧爬上来，花儿谢了明年还是一样的开，美丽小鸟一去无影踪，我的青春小鸟一样不回来。得儿呀呀呦呦得儿呀呀呦,我的青春小鸟一样不回来。

最后一个音符还没唱透,母亲拉开门了,母亲说:还不到三十的女人,就担心青春不回来?话音未落,门再次地动山摇地关上了。

冉冉愣了一下,接着唱,一遍接一遍,唱的都是那首歌。

饭在歌声中熟了,可冉冉没吃。她静静地哭了。不是被母亲的话气哭的,而是被歌惹哭的。

她坐到客厅的沙发上,双肘支着茶几上的小说稿,托住腮帮,泪水一滴一滴,落在稿纸上。她的脑子里,一直回旋着那首歌的旋律。消逝的小鸟是美丽的,我的青春也是美丽的吗?仿佛还没有感觉到过的青春,真的已经消逝了吗?母亲的话提醒她,她离三十岁不远了,三十岁常被看作是男人的起点,却是女人的劫数。有人说,二十岁的女人是足球,几十个人抢着要,三十岁的女人是乒乓球,推来推去没人要……这么一想,冉冉就寂寞了。她不是怕没人要,而是寂寞于时间的神秘之中。生活可以没有世俗程序那般明确,可时间在明明白白地规划着你的人生。她放下书,回到客厅,突然觉得人原本是多么可怜。可怜的人却要想方设法互相折磨,这是加倍的可怜。

她记得,她进幼儿班之后,有一天中午,十二点半过后也没家人去接她,老师把她送到家门口,见门闭着,老师就有些生气，心想这家人也太奇怪了，有事不来接孩子，也不打声招呼。冉冉看到老师生气，又委屈又害怕，眼巴巴地望着老师。老师低下头亲了她一口，说，乖乖，到我家里吃饭。那时候，冉冉多么高兴，她多么希望老师是她的妈妈，她能够永远在老师家里住下去。可是，她们刚走两步，门开了，爸爸一脸愧疚地走出来，向老师道了谢，拉着冉冉进了屋。冉冉回过头发现老师在看着她。老师的眼光是那么深，包含着世间所有的慈爱和怜悯。在过去的许多年，冉冉就在那被木门截断的目光里吮吸着温暖。那天，当冉冉适应了屋子里的光线之后，才发现门边只有她孤零零的一个人。爸爸已经坐到客厅的沙发上抽烟去了。冉冉把书包放下，蹲在墙角，不一会儿就睡着了。她很快进入了梦境，梦中，她牵着一个小女孩的手，那女孩脸上泪痕斑斑，头发蓬乱，冉冉拿了毛巾为她洗脸。小女孩突然抱住她，喊道：妈妈，怕，我怕……冉冉轻轻地拍着她，直到小女孩在她怀里安稳地睡去，嘴唇轻轻地咂摸着。那时候，冉冉真觉得自己就是那小女孩的妈妈。这种感情使她像通电一般，猛一激灵，醒了过来。爸爸还在抽烟，屋子里像冬天的澡堂，雾腾腾的，茶几上的烟缸里，垒出一座烟蒂的小山。冉冉走到爸爸身边，对爸爸说，又吵架了？爸爸没想到女儿会以这么成熟的口吻问出这样的话，便也把她当成大人，郑重地点了点头。冉冉幼小的心灵是一个大大的空洞，从空洞里吹出的风，使她闻到了寒冷的铁锈味儿。她说，爸爸，你去给妈妈道歉吧。爸爸吃了一惊，把半截烟狠狠地摁进烟缸里：我为什么道歉？我根本就没惹她，她去厨房弄饭，刚刚打开灶火，突然就发起脾气来，我没惹她，为什么道歉？冉冉说，不管怎样，你去道歉吧。她还牵着爸爸的衣袖，把他往妈妈的屋边拉。爸爸岿然不动。冉冉的眼泪汹涌而出。爸爸把她搂进怀里，抚摸着她的头说，冉冉，在你还没出生的时候，我跟你妈就常常吵架，那时候，不管是不是我的错，我都向她道歉，可是，我越是道歉，她越觉得自己有理，越给我脸色看，越是莫名其妙地寻我吵架。我再也不会向她道歉了！我跟你妈，其实早就不存在任何关系了……

此刻，冉冉一边流泪，一边想着那些事，特别是爸爸最后说的那句话。她再次走到母亲门边，她想说：妈妈，我们和解吧，即使爸爸跟你没有任何关系，但我是你的女儿，我是爱你的。

可是，冰冷的门，使她的话喑哑于说出之前。

母亲啊，当你抱怨生活的时候，时间正在偷偷地发笑，因为它毫不费力，就把你的头发刷白，然后溜走，一去不复返了。

母亲是可怜的。母亲比谁都可怜。

——正是因为有了这种感情，冉冉决定以一种特殊的方式报答母亲。

冉冉报答母亲的方式就是顺从母亲的心意，去找那个名叫田应丰的人。

男人和女人

我和冉冉真正的开始是平庸的。她来向我借书。这实在是太平庸了，平庸的原因，并不是它常常存在于生活中，而是它多次被人写进书里。可想一想，除了借书，冉冉还能采取什么方法？她说，她主动来找我，是报答母亲；以借书的方式来找我，是保持她最后的尊严。

那是春节收假之后第一个星期天，由于下周有外地人来单位考察，领导拉我去办公室写欢迎词，我写了几遍领导都不满意，愤愤然地对我说，平时听说你晚上写作到很晚，即使你马虎一点对待第二天的工作，我们也从没认真介意过，没想到单位需要你的时候，你弄个玩意儿竟然这么不成样子。我的脸真是无处放啊，诺诺连声地退出之后，又重起炉灶。最后，我干脆写了一首诗：春风浩荡，山水开怀，你们是春的使者，你们是路的琴弦……如此这般这么高叫一通，领导终于绽出笑脸，放我走了。那时已过上午十一点，回到寝室，我发现贺大坤三人已抛下我出游去了。昨天他们就说要去千秋湖的。我在空空荡荡的屋子里来回走了数圈，心思飞到了户外，飞到了那一片浩渺的水域和永远鲜活的野地上，我觉得这个上午真是白过了。

好在还有的是时间,我可以吃罢午饭再跟过去玩上半天。

我站到阳台上去,见食堂屋脊上的炊烟还浓浓地冒着,证明饭还没熟。我无意识地走进厨房,见两天前几人打平伙时买的米还有剩余,加上还有点豆瓣可以下饭,就决定自己做算了。饭很快在锅里蒸熟,为省事,我也不用碗,把锅盖子当成碗,平摊着吃。

刚吃几口,外面就有人敲门,边敲边问:田应丰在吗?

我以为是领导的秘书来找我呢,心想完蛋了,欢迎词肯定还不过关。我端着锅盖子去开了门,哪知门外站着的却是冉冉!她看了看我,笑了。她的笑无声,却像大热天的太阳一样烫人。后来她告诉我,我去她家的时候,她对我没有多少印象,可是,当她看见我把锅盖子当碗的时候,一下子就被我吸引了……

我请冉冉进屋,冉冉说,我想来你这里借本书看。我说,好,好。就把她引向了我的房间。我床上的被子像刚刚挨过骂的狗,蜷缩在角落。她往床上瞭了一眼,就走到书架前。我用的全是竹书架,书整整齐齐地摆了一面墙。冉冉并没赞叹我的书多,只认认真真地查找,之后抽出一本,说就想借这本,我嗯了一声,也没看清是哪本,只要她想看,借哪本都行。她说声谢谢,就走了。

老实说,对冉冉来借书我并没在意,毕竟,我和她之间的那种"特殊"的关系，在她生日那天就应该画上句号了。我想冉冉肯定是听她妈妈说我的书多，而她又喜欢读书，就来借了。这个大院里，凡是跟我认识又爱看书的人，不论男女，差不多都在我这里借过书。

下一个周末，冉冉来还我的书。那是晚上，我们四人已经散去，各自进入了工作时间。冉冉进了我的屋子，把书还给我，说写得很好。这时候我才发现，她拿去的书竟是我写的！我很羞愧，真诚的羞愧。我写的书可以让远方的读者看，却不愿意让身边的人来看，身边的人知道你的所有生活，即使没亲眼所见，也听人说过你是什么货色，枝枝叶叶一清二楚，哪怕书中有一点可以称为高尚的东西，也会被认为是伪装的。可冉冉不认为我伪装，她说真的很好。说罢，她坐了下来，就坐在书桌边的藤椅上（上面有她母亲送给我的坐垫）。她坐了椅子，我就只能坐床。我们俩就讨论书，先说了我写的那本，然后又说到别的，只是不管扯多远，字字句句都没离开书。不知情者，会以为这是一个只有两人参加的学术研讨会。

她坐了半个多时辰后，起身说要回家了。

我希望她再借一本，可她没有借就走了。

我把她送到大门口，心里竟莫名其妙地有了一丝依恋。

冉冉的脚步声在楼道上消失之后，我关上门回了自己房间。正准备回想一下冉冉说了些什么，那三个家伙却一起涌了进来。

怎么样，他们说，你能抗得过姜老师？

他们的话点醒了我，使我认识到，冉冉来，并不是心甘情愿的，而是来完成母亲交付的任务。我的想法是有依据的，她借过一次书，不是就再也不借了吗？她不借书，我们之间可以说就没有任何牵连，她不来找我，我也没有理由去找她。爱当然是一种理由，但这时候，我能说自己爱她吗？

正是这句疑问，使我自己猛然间觉察到，冉冉来借书之后，或许更早，在我第一次见到她之后，我就悄悄在心里腾出了一点空间。这点空间并不大，因此与真正的爱可能还有很远一段距离，然而，既然是为她腾出的，就希望她占领。

可她压根儿没打算占领，与我刚刚有了点联系，她就以主动者的姿态把这联系掐断了，我和她之间，再次呈现出茫茫的空白。

我感到空虚起来。

朋友见我恍恍惚惚的，笑道，还是束手就擒，乖乖地跟冉冉谈恋爱吧。

我说哪里呢，她不过就来借了本书，就像别的人在我这里借书一样，哪能与恋爱沾上边呢？

越是这么辩解，我心里越是感到空虚。

朋友散去，大地沉睡之后，下起了夜雨。夜雨帮助了我，使我从烦躁中宁静下来。我想，内心的空间本来就属于自己，重新占领它就是了，为什么要企盼别人介入？

哪知道，心灵的空间不是屋子，一旦腾出来，自己就再也不能去充塞，它非要你等待的人去占领，否则就永远空着了。

然而两个礼拜过去，冉冉再没到我的屋子里来。

算了吧，我近乎坦然地想，且不说我跟冉冉本来就没有关系，大学时谈的那个女朋友，两人相处了那么长时间，还不是说断就断了。

有一天，我正在读书，姜老师突然悄悄走到了我身后（如果不是大冬天，我们一般是不关门的），拍了下我的肩，快速地说：冉冉马上要来，赶快把屋子收拾一下，被子叠好。我还没反应过来，她就溜了出去。她并不知道冉冉已经到我这里来过两次，希望我给冉冉留下一个相对美好的印象。可我的心里涌起恶感，心想一定又是她胁迫了冉冉，冉冉才愿意来，来就来吧，哪怕你是皇帝的女儿，我也就这个样子，为什么要收拾屋子？为什么要叠被子？

冉冉很快来了。虽然很高兴看到她，我还是有些不畅快。我说，你妈妈刚来过。冉冉很吃惊。我说，她让我扫屋叠被迎接你。我只图自己痛快，不知道这给了冉冉巨大的打击，她的脸红透了，喃喃地说，真是对不起你，我真不该来。我感觉到自己伤了她，也感觉到她这次来，并非受了母亲的胁迫，便说，我没打扫屋子，也没叠被子，证明我是把你当贵宾看待的。冉冉终于乐了,笑起来。我放了胆,指着藤椅上的坐垫说,这也是你妈送给我的。冉冉不信:我第一次到这儿来不是就有了吗?我说是的,那时候,她已经送来好几个月了。冉冉看着我,以奇异的语气说,她送这些东西,我可不知道啊!我问道,要是你知道了还让她送吗?她说,如果她的意思是……我决不让她送,因为那时候我不认识你。我说,现在认识我了,你反对吗?冉冉想了想说,反对。又说,要送我自己送。我说,给你的那盏灯,是我自己送给你的,可你好像不高兴接受。冉冉说,你并不是情愿的。我说,送的时候一半情愿,一半不情愿,现在全是情愿的了。冉冉笑了笑,下意识地把我书桌上的一粒扬尘拈起来,扔进了纸篓里。

我问道:怎么二十一天过去了都不来?

冉冉偏着头,脸风吹似的斜着:真希望我来吗?

我没说话,只是认真地点了点头。

冉冉的眼里闪烁着浅浅的泪光。

事实上,我们的恋爱关系在这简短的对话中就已经确立了,可那之前和之后,我们都没说过"我爱你",或"我要娶你""我想嫁给你"一类的话,我们让两人的感情就像春风里的野草,自由自在地生长……

又过了些日子,某个星期二,人们从睡梦中醒来,发现天地间一片苍茫。下雪了。好一场雪,比冬天的雪还要盛大!地上已积了厚厚一层,新来的雪花还在扯天扯地地铺洒。雪天是让人沉静的，再浮躁的人，也愿意在雪天里回归内心。整个上午，我一边干着事务性的工作，一边沉浸于生活的美好。风吹进窗口，带进几粒雪花，突然袭来的幸福感，使我舒筋透骨。

下了班，我走出办公大楼，发现门外的雪地里站着一个女子，一身鲜红，戴着风帽。这女子如此美丽，像雪野里的枫树。我正要走开，她却喊我了。

竟是冉冉！

从小到大，我从没觉得自己这样需要一个人。我快步向她跑去，问道，今天怎么回来了？她指了指天空说，这么好的雪。

我说，这里的雪不算大，凤凰山的雪才大呢。

她噘了噘嘴说，人家就是为了看凤凰山的雪才回来的嘛。

我高兴得差点儿就去拥抱她了。

她没回家，我也没回宿舍，二人在外面的小店里吃了饭，就往城南走去。凤凰山在城南两公里处。

四野无人。这是我们的天地。我走在前面，拉着她的手，沿着石梯向山上飞跑。山并不高，我们只爬了半个小时，就到达平坦的山顶上了。冉冉把手袋一扔就倒了下去。她把我也看成了大自然，因而是无所顾忌的。她素面朝天，四肢摊开，像一片精巧的落叶。她说，人为什么要造房子呢，鸟儿在巢穴里是不歌唱的，它们只有在阳光和自由的风里才会展示美妙的歌喉……可是，人为什么要造房子呢……我被深深地感动了，不知道是被她的话感动，被她的姿态感动，还是被大自然本身感动，总之，我也倒了下去，任雪花飘落在我的身上。在无边无际的静默之中，许多东西死去了，另一些东西却活了过来。我觉得整座大山是一只大鸟，正托着我们，在天地间巡游。这样的时刻，我们无法不感谢大地和天空，无法不感谢这场浩荡的春雪。

冉冉问道：不想堆雪人吗？

我说，让雪人自己长起来吧。

冉冉心领神会，坐了起来。我也坐了起来。我们靠得很近。我们都没想到在身下垫些什么。雪下得更紧，很快在两人的肩上堆积了一层。那是大自然赐给我们的最伟大的肩章！我们成两个活的雪人了，但我们静穆着，只有眼帘轻轻闪动。突然，冉冉投进我的怀抱。雪花飞扬，使这一片素洁的世界光彩夺目。我搂过她，她也紧紧地抱住我。我让她把发烫的脸仰起来，我们就亲吻了。雪花在我们唇边融化，甜丝丝的。我觉得自己的体内有一种东西在毕毕剥剥地爆响。

我在冉冉的体温里认识了女人。

女人是种上就能开花的植物，她们用花朵养育男人。

我把自己对女人的这种感觉对冉冉说了，冉冉流下了眼泪，她说，我那次去找你借书，本是为了报答母亲，没想到为自己找到了最纯粹的感情……冉冉说，你怪我吗？我真的

世界上的三种人 | 043

能用花朵养育你吗？我给予她的回答是更加热烈地亲吻她。

从山上下来，冉冉直接回公司去了。

那个周末，由于我们提前半天放假，我有机会赶在冉冉回家之前去了她的公司。她给了我惊喜，我要回报她。我要让我们的爱情在惊喜中丰满起来。走进公司大门，迎面是一座假山。养假山的池子里，同时养着十几尾红鱼。绕过假山，是一个广场，不大，却点缀出一种意象。雪后的太阳照耀着，格外温暖。我问在广场上烤太阳的老人，你们认识一个名叫冉冉的女孩吗？结果他们都认识，笑着问我找冉冉干什么。我满足了他们的好奇心，说我是冉冉的男朋友。他们更加热情了，七嘴八舌地对我说，冉冉是多好的一个女子！把冉冉夸了许久，他们才给我指她上班的地方。我到冉冉的办公楼外等着。

不一会儿就下班了。办公楼看起来并不宏伟，哪来这么多人呢？人群如春汛时向湖泊里倾倒的鱼苗，有的骑车，有的步行，匆匆忙忙奔赴自己的生活。我的眼珠不停地转动，生怕在这些鱼苗当中漏掉了一尾名叫冉冉的鱼。可是，我的眼睛很快就昏花了，那些鱼变成了密密实实的箭，朝着各自的目标向前射去，形成了一条箭的河流。要是冉冉连寝室也不回，而是直接去公路上搭车走了，我的努力不是白费了吗？

这时，身后响起了吃吃的笑声，我转过头一看，冉冉把一只手放在下巴上,调皮地望着我。

我气得跺脚。本想悄悄跟在她身后,吓她一跳,再把她高兴死的,没想到易位了。冉冉说,她是从另外一道门出来的,她早知道我来了。我以为她是从窗口望见的,她说不,是彭姨打电话告诉了她。彭姨就是广场上老人中的一位。冉冉说,彭姨的声音大得惊人,她都要把听筒塞进耳朵里了,还是被办公室的人听到了,彭姨说,冉冉啦,你男朋友来了,还不赶快下楼接!放了电话,办公室的人就取笑她,说冉冉看不起她们公司的人,给她介绍的满筐满箩,都一口回绝了,原来是到城里找呢!与冉冉坐对面的吴晓得说,别人在城里也给她介绍了许多,她也没同意,不知道她这个男朋友多么英俊呢!

冉冉这么一说,倒把我吓住了。我一点也不英俊,前面说过,我是那种看上一百遍也记不住的角色,裁判仁慈一点儿,也只能给一个不太得罪观众的分数。我对冉冉说,这可要丢你的脸了,早知如此,就不该这么冒失。冉冉嗔我一眼,挽住了我的胳膊。见她这样,我也就做出男子汉的样子,直着腰,冷着脸,挎着冉冉,在众目睽睽之下向她的寝室走去。

那个早让我耳熟能详的吴晓得已殷勤地把屋子打扫干净了,专候我的到来。可是,当我在屋门口出现的时候,她的眼神明显黯淡了下去。

她身材姣好,脸蛋圆润,装扮也很新潮,嘴角微微上翘,一副随时准备嘲讽人的样子。

我进去之后,她把冉冉拉到一边,瞟了我一眼,说:他的脸怎么有点歪?她根本没打算回避我,虽是小声在说,可足够让我听清楚。我暗自笑了一下,拘谨彻底消失。冉冉明白我听见了吴晓得的话,看着我做了个鬼脸。吴晓得又对她说:冉姐,我本来准备为你操持一顿饭的,现在可没兴趣了。冉冉一点也不着恼,笑道:随你的便,愿意一起吃,就好好地待着,不愿意,就滚得远远的。吴晓得说,我可真走了,我还有个约会呢。她向冉冉扬了扬手,说了声拜拜,连看也不看我一眼,就消失在廊子上了。

冉冉闭了门,跑过来抱住我的脖子,问道:生气了?我大笑起来,我为什么要生气呢?像吴晓得这么真挚坦率的人,世间已经越来越稀少了,我几乎喜欢上了她的性格。冉冉见我确实没生气,说,那是一个疯女子,一生追求的,就是漂亮男人,这公司里,不管是谁的男朋友或者丈夫来了,她都要去看看,如果长得帅,哪怕她刚刚跟女主人吵过架,也立即和解了,又是帮人家扫地,又是帮人家烧水;要是帮不上忙,就没完没了地找男人拉话。因此,她的名声很不好,都说她淫荡,那些有一个漂亮男朋友或丈夫的女人,都提防着她。

我对冉冉说,你找一个不漂亮的我,原来是为了免除后顾之忧？冉冉皱着眉头，做出气坏了的样子。我刮了一下她的鼻梁，她终于笑起来，在我身边坐下，接着之前的话说：其实吴晓得一点也不坏，她的心地很单纯，不过就是喜欢漂亮男人，真不像别人说的那么复杂。可惜的是，她分不清哪一种男人才是漂亮男人，有些男人，有一种寂寞的美，这种男人，只有少部分女人才配欣赏。我搂住她说，女人也是一样。她说，我们是不是有互相吹捧的嫌疑？两人笑成一团。

男人，以及男人眼中的女人

　　黄主任和我的这次偶然相遇，我有理由认为他是故意捉拿我的。我刚转过院子里那个半月形花台，就撞到了他的怀里，我很惊奇，他却没有惊奇，而是早有准备的样子。他说，好久没碰上你了。我说是的。他说，到我家吃饭吧。我想，为给我介绍那位有个姐姐在香港姐夫在当资本家而且自己也要飞赴香港的女子，黄主任已破费请过我了，我一直没回请，既然今天他提出来了，我干脆请他一次吧。于是我说，去你家干啥呢，我请你在店里吃算了。他笑起来，说好好好，我就是这个意思呢。这就是黄主任的可爱之处，他的性格跟冉冉的室友吴晓得有相似的地方，有话就明说，即使有那么一点拐弯抹角，被揭穿之后，也就老老实实地承认了。去食店不用出大院，大院里有好几户住在底楼的都开了家庭食店，既方便，价钱也贱。去这样的地方，不必担心黄主任不乐意，他不随便请客，别人请他也不讲究，哪怕去大路边的面馆，他也照样欢天喜地。

我们去了院东一家干净些的店里。黄主任嚷嚷着，要求把我们安排进一个独立的小间，店主人跟我们都熟，加上黄主任在单位上还任一官半职的，当然会满足他这微不足道的要求。饭菜很快送上来，黄主任亲手去闭了门，回来后看着我嘻嘻地笑。我猜得出他为什么笑，他要小间的时候我就知道他要说什么，因此不理他，端起碗就吃，大口大口地吃。黄主任没趣地收了笑，终于问道，你怎么跟冉冉好上了？

怎么啦，不能跟冉冉好？

他嗤了一声，很是不屑：我以为你是很干净的，没想到你比我还脏。

我不搭话，让他说下去。

你以为冉冉的爸爸做了副董事长就不得了啦？我告诉你，他纯粹是个摆设！用他自己的话说：身是朝中人，不为朝中事。他帮不上你什么忙的！

我问他：你认为我有哪样事情需要冉冉的爸爸帮忙？

我哪知道？我只能告诉你，人不靠人，就别想活人。

我又问他，冉冉的爸爸帮不上我，你认为谁帮得上？

他刨了几口饭，并不看我，一面夹菜一面说，我去年三月给你介绍的那位，多好！她家里虽然没有人在内地任职，可那个钱,你知道吗,拿箱子装,拿麻袋装!现在,哼,现在钱才能统治一切!当然,有些当官的会捞钱,可是我告诉你,冉冉的爸爸没钱!他是北方人,在这边没根基,让他捞钱他也不敢!一个官位是空架子,又没钱,你图什么?

我笑了笑说,认识冉冉之前,我活了近三十年,我家里比冉冉家穷得多,可是我没被饿死,既然这样,我要那么多钱干什么?

他的眼珠鼓了一下,好像是被一口饭堵住了。之后他说,你这个娃娃呀,还太嫩,你不知道生活的艰难。他自顾自地摇了摇头,接着说,人是物质的,没有物质的保证,就休想展望成就了。以前的人可以靠成就获取物质,现在反了过来,只能靠物质获取成就。你喜欢读书,这是你的优点,你不喜欢读生活,是你的缺点。你的优点与缺点相比,显得多么脆弱!哼,一个与时代观念脱节的人,即便是大天才,也会陷入空前的危机,等着瞧吧!

屋子里只剩下他欢快咀嚼的声音。

见我不言,他又说,以前,是女人挑选男人的财富,现在是男人挑选女人的财富!以前,男人在女人的眼里是钱,现在,女人在男人的眼里也是钱!

我依然不说话,我在想,他的这些哲学,到底是怎么悟出来的?

停顿了很长时间,他接着说,真的,我佩服你。我也是上过学、读过书的人，并不是不知道情操和精神这些词语，但是，这些词语是用来教育后代的，后代又用来教育后代，总之，千万不要亲身去实践。哪怕你只用五年时间来实践，也必将付出昂贵的代价，甚至一生的代价。不值！懂吗田应丰？不值！

我叹了一口气说，我感谢你……但是……

不要说但是了！他毫不客气地打断我说，赶快跟冉冉断绝关系，我说的那位，还没去香港，你还来得及！冉冉有什么了不起？你能说出她两条优点，我就觉得你是明智的，可是你说得出来吗？请问田应丰先生，你说得出来吗？

他盯着我，我也盯着他。一时间，我真不知道冉冉有什么优点，但是，冉冉已经像我心头的一道伤口，让我痛惜。

黄主任接着道：你说不出她一个优点，我却说得出那个女子一百个优点！

我真诚地说，所有的女人，天底下所有的女人，我都希望她们有一千个优点。

言毕，我付了账，没管黄主任，走出食店，回了宿舍。

三个室友还坐在客厅里，桌上放着酒杯，放着空碗。看来他们刚刚吃过了饭。我进去的时候，他们都低头看着地面。我发现桌上的酒杯是四个，那只无主的杯子里还有几勺酒。我的胸口突然堵得发慌。有多长时间我没跟朋友们一起喝酒了？仿佛一年，又仿佛十年。

我坐下来，端起杯子一饮而尽。

贺大坤首先抬起了头，对着我唱了两句："朋友一生一起走，那些日子不再有……"

我真是对不起朋友们啊！

张浦说，我没跟他们一起吃饭的时候，他们都要为我倒酒，倒给我的酒是他们轮流喝下去的。

我提起酒瓶，晃了晃，已没有一滴，便立即起身下楼，买了一瓶回来。旋开瓶盖，我给自己倒了满满一杯，张开嘴就倾进了胃里。

灌得太猛了，何况我是不胜酒力的人。那杯酒下去不过几分钟，我就醉了。

醉之前，我说了很多的话，但是后来一句也想不起来了。当我醒来的时候，已是半夜，三个朋友坐在我的床前，轻声地交谈着。我的头上蒙了一块滚烫的毛巾，看来他们在不停地为我热敷。他们并没发现我已醒来，我也不想让他们知道。我沉浸于这深厚的男人间的友谊里。张浦取下我头上的帕子准备放到热水里浸泡的时候，我睁开眼睛看着他。他说，醒啦？我翻身坐起来，看着另外两个朋友。我什么也不想说，只想看着他们。前所未有的孤独，使我生怕他们离我而去。好在贺大坤说，几兄弟很久没下棋了，是不是杀两盘？张浦立马起身到客厅布置去了，贺大坤和夏波来扶我。我本来不需要扶，但还是依从了他们。这时候，我似乎特别需要他们的体温。男人有时候也需要男人的体温。我没亲自参战,只看着他们三人你来我往。

眼前的场景,我觉得是一个远古的故事,是一个动人的传说,是一个忘记许久又回想起来的美梦。这样的日子,真的不再有了吗?我强烈地感觉到,我的河流已改变了航道,我见到了另外的风景,却变得形单影只了。我需要回到他们中间,需要跟他们一起上班、一起吃饭、一起喝酒、一起下棋、一起奋斗……我尤其怀念的,是我们四人一起出游的日子,永远的丽日晴空,永远的清风拂面。我们在大自然中认识了动物和植物,也认识了我们自己。在人类社会,有的人甘愿伏下身去,做特权人物的阶梯,让他们踏在自己的脊背上登上马车,可是,动物和植物绝不会有因为失去勇气而伺候对方的情形。我们没见过一匹马伺候另一匹马,没见过一株黄桷树伺候另一株黄桷树。由此,我们懂得了人一点也不比动物更具有神性。我们从来也没感觉到高贵,也从来没感觉到卑微。我们知道怎样去做一个自然的人,遵循着自然的法则,让友谊生长。

可是,这样的日子真的不再有了吗?难道男人跟女人之间的近距离接触,就必须以牺牲同性间的友谊为代价吗?那么,男人为什么要找女人?为什么要结婚?古人将成家与立业并提,到底是智慧的总结,还是对友谊和生命的麻痹而说出的虚妄之语?……

朋友们只下完一盘就不再下了。我相信，他们与我一样，有了同样伤感的情绪，而且被同样的问题所困扰。

　　但他们最后说的话却是，田应丰，冉冉是个好女子，你在她身上花一些精力和时间，值得，我们三个都支持你！

　　是的，他们都打心眼里支持我跟冉冉的爱情，异口同声地说了许多冉冉的好话。张浦虽然没有改变自己的观点，依然认为男人找女人，应该把漂亮视为第一标准，但是他又说，晃眼一看，冉冉不漂亮，多看两眼，她就是漂亮的了。他说冉冉是从里面漂亮出来的女人。

　　东方既白，我们才散去。

　　那个夜晚，是我们四人的最后一次集体聚会。两年之后，我们就各奔东西了。

> 这些年，一个人，
> 风也过，雨也走，
> 有过泪，有过错，
> 还记得坚持什么。
> 真爱过，才会懂，
> 会寂寞，会回首，
> 终有梦，终有你，在心中。

> 朋友一生起走，

那些日子不再有,

一句话,一辈子,

一生情,一杯酒。

朋友不曾孤单过,

一声朋友你会懂。

还有伤,还有痛,

还要走,还有我。

永远的男人、女人和岳母

自从我跟冉冉正式恋爱之后,姜老师努力的方向,就不是将我和她女儿拉扯到一起,而是处处提防我们。我跟冉冉到山上玩雪她知道,我偷偷去冉冉公司她也知道,那个星期六冉冉来我寝室,待到凌晨四点才回家,她当然更知道。

——那天冉冉披着晨露进屋的时候,看到客厅里灯火通明,她以为是整整一个星期不见人影的爸爸回来了。从过道拐过去一看,原来并不是爸爸回来了,而是母亲独自一人坐在沙发上。母亲衣着整齐,神情严肃。这使冉冉大吃一惊。

现在是什么时候了?看见女儿,姜老师站起来,威严地问。

冉冉没回答,进了卫生间洗脸。

姜老师追到卫生间门口,喝道:我问你话呢!

冉冉说，我们在看书。

姜老师呸了一声：想瞒我，呸！没看出来，真是没看出来……黄主任说田应丰风流，果然不假，可是你，我自己的女儿，我却没看出来！告诉你，我从十一点就在他楼下等，一直等到刚才。每隔几分钟，我就朝楼上望一眼，要是你们敢关灯，我会立刻冲上去！好在你们没关灯……没关灯又怎样呢？没关灯就能证明你们清白吗？能证明你们没干坏事吗？

冉冉将盆里的水一泼，进卧室去了，任凭母亲说多么难听的话，也死不开腔。

姜老师一直骂到清早才去买菜、提开水，然后早饭也没吃，气冲冲地出门办什么事去了。

上午十一点多，我去冉冉家，独自在家写小说的冉冉把这场风波告诉了我。

我感到说不出的恼怒。

此前，黄主任好几次得意扬扬地告诉我：姜梅对你越来越不满意了！我以为他别有用心，就不想理他，黄主任见状，以他特有的又规劝又嘲讽的语气说：你是跟她女儿恋爱，从理论上讲，女人比岳母重要，可经验表明，许多时候，你根本就分不清自己的角色，也就是说，你不知道自己男人的成分重还是女婿的成分重。接着他又说，田应丰啊，你不是想当作家吗，想当作家的人就应当明白，人真是不如禽兽的。异性的禽兽在一起，可以用它们的语言，讨论一些有关生存的严肃问题，人不行。在岳母的眼里，男女之间只存在性别，你这娃娃懂吗？黄主任总是惯于这样胡说的，可我得承认，他的某些胡言乱语也具有一定的真理性……

我正想发作，姜老师回来了，她没有一句过渡性的话，劈头就问我：田应丰，你们昨晚上读的什么书？我说，好书。她说，到底什么书嘛？我又说，好书。冉冉看了我一眼，见我神色不对，起身去了厨房，进厨房之后，故意咳嗽两声，是在提醒我别跟她母亲顶撞。姜老师加重了语气：管它好书坏书，总有个名字的吧？我怕冉冉受刺激，老实地把那本书的名字说了出来。接下来的事是我预料不到的：姜老师望着厨房，高声喊道，冉冉！冉冉出来了，神色很紧张。姜老师问道：田应丰说的是不是实话？冉冉点了点头。姜老师大怒：既然读的是好书，你回来的时候为什么不跟我搭腔？怕露馅是不是？等田应丰来商量好了一起蒙骗我是不是？退一万步，就算田应丰说的是实话，可你们为什么干任何事情都不让我知道？冉冉咬了咬嘴唇，妈，我们究竟干了些啥呢？姜老师怒气更大，历数我们背着她的若干次约会。我觉得当母亲的怎么能控制女儿跟男朋友约会呢，这简直不可思议。冉冉倒并没觉得不可思议，她以平和的声音说：妈，你那么忙，我又不常在家，哪有时间告诉你？再说，我们做的事情，又不关系国计民生，你听这些干什么？姜老师瞪了瞪眼，冲进卧室，把门反锁上了。

冉冉再无心思做饭了，我和她坐在客厅里，相对无言。

好一阵过去，冉冉说，应丰，我们分手吧。

我正闷得发慌，听了她的话，想也没想就说，好，分手。

她说，让你受了这么长时间的苦……连我也受不了，别说你。我唯一的请求，是希望你原谅我妈，她的婚姻太失败了，甚至她的人生也是失败的。不是婚姻的失败造成了人生的失败，而是反过来。错误不在她从北京来了四川，而是她的心境，她总认为自己能够干大事业，是爸爸和我拖累了她，让她没能干成大事业。她就为这个折磨自己，也折磨我们……她之所以把我往婚姻的旋涡里推，是遵从习俗，更重要的是她希望从女儿的婚姻中看到另外的东西。其实，她对任何一种形式的婚姻早就不信任了，对男女之间的感情也早就不信任了。

我不知说什么好，拉了拉冉冉的手，起身走了。

几天之后，我到她的公司。寝室里只她一个人在，当她打开门，看见门口站着的是我，猛地将我抱住，差点把我憋死过去。

朱德庸说，离开岳母的唯一方法，是离开她的女儿。

可是，我能离得开冉冉吗？

我没有离开冉冉，而且两人最终结了婚。

结婚之后，我们的生活似乎没有多大改变，冉冉还是去公司上班，每逢周末才回来，在她回来之前，我还是住在自己的寝室里。但是，没改变是表面的，深层的改变才是本质的。首先是人的情绪变了。没结婚的时候，哪怕两人天天在一起，时时在一起，彼此也能感觉到自己是一个独立的人；结婚之后，哪怕一年半载没在一起，也觉得彼此存在于共同的空间，这种确定的空间感，让我们淡化了激情。我们被关进了樊笼，只要有食物，就是安全的，因此，我们有理由不急不躁，像所有胸无大志的人一样，悠闲地过着日子。我这些话，是从最严肃的意义上评价婚姻的，一点也没有贬斥婚姻的意思。我说过，我祝福天下所有结了婚的人，当然也包括此时的自己。其次是与岳母的关系。现在，岳母不仅是第三性别的人，她已经理直气壮地成为岳母了。

我跟冉冉都不是容易满足的人。当然主要是我，相对而言，冉冉比我平静，可她也并非平静到只会织毛衣。她根本就不会织毛衣。所以，我们醉心于这种被关在笼子里的心境只不过维持了很短的时间。半个月后，我们就很不习惯了，这种不习惯渗透到了生活的细枝末节。举例而言，两个人睡在一张床上这件事，我们就相当不习惯。我们两人基本上都是从四五岁开始独睡一床，突然要两个人睡在一起，就别扭得慌。这不仅是心理上的不适，还有生理上的。我们是冬天结的婚，窗外寒风呼啸，我们盖着单被，睡到中途却必被热醒。以前，直着睡也罢，斜着睡也罢，都有用不完的天地，现在可不行，稍一翻身，就碰到另一个身体。这另一个身体与你是平等的,他(她)有权利睡,你也有义务让他(她)睡好,因此,就不得不从熟睡中醒来,自觉地往旁边挪挪。这真是苦不堪言的折磨!有天夜里,我醒过来之后,再也无法入睡,就把枕头轮着,坐了起来。我刚坐起来,冉冉也跟着坐起来了。黑暗中,两人一言不发。后来我打开灯,冉冉对着我笑,我也对着她笑。冉冉说,没想到结婚后还会遇到这么具体的事情。我说,怎么办呢?要不,我还是回自己寝室去?冉冉说,刚结婚就分居,不怕人谈论?

她的话让我觉得好笑。世间好笑的事情实在太多,没结婚的男女睡到一起,人们要谈论,结了婚的男女不睡到一起,人们也要谈论。

我说,干脆都到我那边去住吧,我的床宽大些。

冉冉想了想,说,不成,我妈会生气的。这洞房是她为我们布置的,我们只不过住了两个星期就不住了,你叫她怎么想?

这的确有些道理,我不再多说,靠在床槛上养神。冉冉也是。我们就像两个沦落街头的乞丐,不过是一对有吃有喝的乞丐。

我跟冉冉没有采取任何措施,因此,按照一般规律,她怀孕了。我没想到怀孕会给冉冉带来那么大的变化,她居然不再写小说了,一心一意地孕育着肚子里的小生命。我说,刚刚怀上，就累得不能动笔了？她陷入沉思，之后认真地说：我没那么娇气，我不是因为累才放弃写作的，而是为了他的未来。她指了指自己还是瘪瘪的肚皮。我说，他的未来？冉冉神色凄惶，黯然道：其实我很清楚，我并没有多少写作的才能，我不愿像母亲那样，为了自己想象中的光荣而蔑视爱……我宁愿什么也不是，只是一个会爱的母亲……她哭了，无声地哭，眼泪静静地从她慢慢红润起来的脸颊淌下来。

其实冉冉是热爱表达的，她有那么多的感受，那么压抑的生活。她说，她读中学的时候就开始写作，不敢在家里写，只能在课堂上写，在课堂写了也不敢拿回家去，因为怕被母亲看见；母亲并不是反对她写作，而是反对她文章中表现出的"灰暗的主题"。母亲自己的生活过得那么灰暗，但她从不正视这一点，就像她总是仰头走路一样，她认为自己的精神和理想是高大的。她宁愿相信口号而不相信生活本身。冉冉说，她念初中二年级的时候，参加了当地的中学生夏令营，营员是从二十多所学校选拔出的三好学生，回来之后，她一点也没有母亲期待的那样骄傲和兴奋，而是有一种无法排解的忧伤（冉冉说，在认识我以前，她总有一个毛病：越是应该快乐的时候，她越是感到忧伤），她就把这种情绪写了出来，放在自己的抽屉里。此前她还不知道母亲常常偷偷检查她的抽屉，直到母亲举着那篇文稿来骂她，她才知道有些心思抽屉也是锁不住的。母亲骂她不识抬举，说她根本就不配当三好学生，更不配被选去参加夏令营,骂过之后,还把她贴在卧室门上的三好学生奖状撕掉了……由于总在课堂上写作,她很难得把一篇文章写完。她写作不是为了发表,而是为了诉说。当然,即使写成了一篇完整的文章,她也是不敢寄出去的,怕万一发表出来被母亲看见。直到上大学之后,她才开始认真写小说,也才敢于向外投稿,但也只敢用笔名。我以前之所以不知道她写小说,就是不知道那个名叫阿青的青年小说家就是冉冉。她的小说取意晦涩,几乎没有一个完整的故事,只有一个完整的气氛。她母亲后来到底察觉到她在写作,也弄清了她在以阿青的笔名发表,便到处搜罗她发表的东西,可是母亲看得一头雾水。她只对明明白白的话感兴趣。因为看不懂,也就听之任之了。

　　冉冉曾经对我说,如果她不写作,她是活不到今天的。写作对她的意义如此重要,可是现在,她却为了还没成形的胎儿放弃了,让我心里很痛。

　　我说,你可以一面写作,一面爱孩子,两者并不矛盾。

　　冉冉摇着头说,那是伟大的女人才能做到的,我是平凡女人……从母亲那里,我多多少少遗传了追求虚荣的心思……追求虚荣甚至比追求金钱还要可怕。它体现出的自私性更加彻底。追求金钱的人,只想快乐地过完一生,追求虚荣的人,却想永垂不朽。为了内心的需要从事一项事业,是可敬的,为了虚荣,而且因此把爱弄丢,就可悲了。

我不再说话。生活是女人的童话，女人是男人的童话。童话并不都是美好的，但它绝对以爱为基础。

怀孕两个月后，冉冉悄悄问我：告诉妈不？

这样的事情冉冉也要征求我的意见，是有道理的。自从我跟冉冉结婚以后，岳母就常常去我办公室。她想听到别人怎样谈论我，更重要的是查看我收到了什么人的来信，关键是有没有我前任女友的信。有一天，她还趁我不在的时候，跑到我寝室，不辞辛劳，把上千册书翻了个遍，终于发现有一本书上写着这样的话："送给应丰。谦谦。"谦谦就是我的前任女友。这本书我在婚前就借给冉冉看过，冉冉也知道谦谦是谁，她还书的时候，还对我说，她的字写得真漂亮。冉冉的眼睛告诉我，她对谦谦的字是真诚的夸奖。冉冉说，她虽然那么爱我，可她没有嫉妒谦谦的理由，因为我跟谦谦恋爱的时候，还不知世上有冉冉。她还说，谦谦离开了你，是因为谦谦知道有个叫冉冉的人更需要你……可是，岳母找出这本书后，不由分说，就把谦谦落款的那页撕了下来。那天，因为冉冉回来了，我下班没回寝室，直接去了冉冉家，刚跨进屋，岳母就把那张已经被揉得皱皱巴巴的书页狠狠地扔到我的脸上……知道了这些事情，你就明白，只要与岳母有关的事情，无论巨细，冉冉都征求我的意见，是对我表示尊重。

冉冉这么尊重我，我当然不能不考虑她的心思。她这样问我，事实上是自己有了这想法。我说，告诉她吧，你是她女儿啦。

这事就这么过去了，我不知道冉冉并没有告诉她母亲。因为有段时间，冉冉孕吐得厉害，岳母也看到了，我就以为她一定明白女儿怀孕的事情，谁知她根本就不明白，直到冉冉怀孕四个多月时，她才在某天吃饭的时候，惊奇地瞪着冉冉微微隆起的肚子，像发现了定时炸弹，筷子一戳，高叫道：怎么回事？我和冉冉都吓得一退，冉冉还差点仰倒在地。平静之后，冉冉说，怀了。岳母目瞪口呆，许久才问，哪月生？冉冉说，大概八月份。岳母啪的一声把筷子放在桌上，扳起了指头。一连扳了两遍，以不可思议的声音吼道：我要去告你们！我要去告你们！边说，边冲进了自己的卧室。

反锁上门之后，她还在吼：我要去告你们！我要去告你们！八月份生，就是说，你肚子里的东西到生的时候才怀八个多月，八个多月能怀成一个娃儿吗？我要去告你们！……

整个大院里，至少有一半人听到了她的吼声。

冉冉面颊通红，手腕一翻，摔烂了一只碗。她从没有这么激动过。她朝着她母亲的卧室大叫大嚷：八个多月怀不成一个娃儿？还有七个月的呢！凡是当过母亲的人，谁不知道这个常识？你去告啊，去呀！让公安把我们两个奸夫淫妇抓走啊，你为什么不去？躲在屋里干什么？你往屋里钻了几十年，把爸爸逼得有家不敢回，家里只剩下我，现在多了一个田应丰，我们成了你的眼中钉，把我和田应丰抓进监狱，你一个人不就清净了吗？你快出来呀，为什么不出来！……

说到这里，冉冉开始用脚踢门，使劲地踢。

我立即去把她抱住。

女人真正发起怒来，劲头一点也不比男人小，冉冉挣脱我，边踢门边吼叫：自私！冷漠！我忍受你快三十年了，我本来准备继续忍受下去，可是你不仅侮辱我的人格，还想坏我的孩子！……把我抓进监狱我也要生下他！你打死我我也要生下他！他是我的，是我的！……

屋子里传来岳母的哭声。

冉冉继续吼叫：你以为你痛苦吗？你有资格痛苦吗？你配痛苦吗？一个从来不会爱的人，懂得痛苦吗？……

我把冉冉拉到客厅，将她摁倒在沙发上。

冉冉的裤管里涌出鲜血。

我一把抱起她，向医院奔去。

医生说，流产了。

冉冉昏迷过去。

医生一面为冉冉输氧，一面为她清宫。

当我把死人一样的冉冉背回家时，岳母早已从卧室里出来，见了我们，她跑前跑后地张罗，却绝口不问及孩子。

这一次，是我跟冉冉把门反锁了。我们都不是跟岳母赌气，现在，跟任何人赌气都是毫无意义的。我们只是不希望受到别人的打扰。我轻轻地搂着冉冉,沉浸于共同的哀伤之中。

半年之后,我和冉冉辞职移居到另一座城市。

不到两个月,岳母就退休了。岳父还有两年退休,有理由继续往外面跑,家里无人听岳母的抱怨,她就寂寞了,终于给我们打来电话。

是冉冉接的。放了电话,冉冉走到我的书房,默默地坐着。我写完一个段落,转过头去看她,她正哀怨地望着我。我问她怎么了?她迟疑许久,才像一个胆怯的孩子,小声说,妈想来跟我们一块儿住。

我不言声。

冉冉以更加凄切的目光望着我,喃喃地说,妈妈……妈妈好可怜……

她的声音虽小如游丝,却穿胸透骨。

我说,让她来嘛。

冉冉陡然站起来,抱住我,亲吻我的额头,之后,飞跑到客厅打电话去了。

我能清清楚楚地听到她的声音,她太激动了,声音很大。她说,妈妈呀,你来嘛,我和应丰都想你来住。爸爸那里你就放心,他身体好,加上他在家吃饭的时间也不多。你马上去买车票,明天就可以出发。买好车票给我们打个电话,到时候我和应丰去车站接你……

眼泪不知何时滑落到我的手臂上。冉冉是对的，她做得对。

打完电话，冉冉又跑回到我身边，抱住我的脖子，亲了我的脸，笑着说，亲爱的，男人、女人和岳母在一起，就是一个有了开始就不知何时终结的会议了。

我笑了，我说，你放心，我们一定把会开好。

说真的，我就是在这样的时刻感谢婚姻，它让我认识了另一个世界，在那个世界里，有比我自己的世界更博大的宽容和爱。我也懂得了，只有通过宽容和爱才能够理解这个世界，也才能够整顿这个世界。

岳母来后，又开始了以前的日子，但是，大体说来，我和冉冉不会与她争执了。而今的岳母，抱怨的时候已经很少，她训斥我们，不再是抱怨，而是将她的失败当成了宝贵的人生经验，希望我们踏着她的足印前行。

但岳母有好心情的时候明显比以前增多了，每当这时候，她就让我们自个儿去玩。

得了岳母的允许，我总是和冉冉长足散步走到野外。

多么浩瀚的天空，多么辽阔的大地，我们手里玩弄着一颗小石子，与小草结伴，与飞鸟交谈。这样坐上一天半天，我们也不觉得是耽误时间。有一次，我跟冉冉细心观察着一只蚂蚁自救和被救的过程，那是一只红蚂蚁，腹部第二节几乎断开，伏在地上，缓慢地向前爬行，爬不上一厘米，又停下来。整整两小时过去，它的朋友们终于找到了它，将它团团围住，集体挥舞着前爪，似在庆贺，之后把受伤的蚂蚁举起来，快速隐没于草丛之中。蚂蚁是伟大的，坚韧顽强、热爱生命、团结互助。这几乎构成一种寓言。生活毕竟是美好的啊，好好过下去，不仅是我们的权利，也是我们的责任。辞职以后，我和冉冉一时陷入物质生活的窘境，但是我们渡过了这道难关，我们不凭借欲望，而是凭借双手。

天地是宁静的。宁静就是一种幸福。在这样的时刻，我总是想起以前同住一个套间的朋友，贺大坤、张浦、夏波，我想念他们，寂寞而温暖地想念他们……

当然，冉冉与岳母之间也不是没有过激烈的争吵，那是在她过问冉冉什么时候再怀孩子的时候。冉冉流产之后，我和她都不想再要孩子了，那个流产的孩子，那个从未见过阳光的生命，我们爱他，尊重他，所以才不想再怀孩子。但岳母希望我们尽快生一个孩子。年纪大了，她需要一个小孙孙抱在怀里，这种需要只有靠冉冉完成。每当这时候，冉冉就悲从中来，就要跟她母亲争吵，有时发展到歇斯底里的程度。

但是，不管怎样争吵，我和冉冉都知道，这个已经白发苍苍的老人，这个动作越来越迟缓的老人，是我们的母亲。

戏台

"夫妻天天吵架，可以吵上半个世纪，这种事你信不信？"

"信啊！我邻居就是。是不是天天吵，我说不准，但只要我在家，耳朵就没空过；我在外面一想到家，首先不是想起家的样子，而是耳边响起隔壁吵架的声音。当然，我们只做了十年邻居，他们吵架也可能是最近十年的事，离半个世纪还远，但在我看来，两口子吵十年，和吵半个世纪实在没什么区别。"

"区别大呐，"他说，"孩子长到十岁，还是个孩子；长到五十岁，你想想！"说着他抬眼看我，额头油浸浸的，眼里漫着雾。

他是我表哥，名叫纪军，是个银行职员。按其资历，不该只是个普通职员，但他就是个普通职员。逢年过节，亲戚聚会，我们有时会取笑他，说他是只吉娃娃，一万年也长不大。那时候，多半是在餐桌上，他低头进食，脸上挂笑，一副不屑分辩的样子。我姨父姨母，也就是他父母，有些恨铁不成钢，但毕竟是自己儿子，即使有话，也怕说出来痛，便不说。唯有表嫂会摇两下肩膀，瞄他一眼，喝令他把下巴上的油擦掉。可能是觉得不该在这种场合凶自己丈夫，话音未落，忙又改了面容，问外婆还想吃啥。

外公去世后，外婆先跟姨父姨母住，后来跟我父母住，可两处都没住上半个月，就回了她的老房子。有天表哥去看她，进门，如同进了冰窖——不是冷，是冷清，是冷清的冷。

外婆像是从墙上下来的，完全就是个影子。再看她吃的，都是昨天的饭菜，也可能是前天的，甚至是大前天的，在锅里热来热去，皮面成了铁锈色。表哥二话没说，把她的碗劈手夺了，再把她往背上一捞，背下楼，送进了自己的家。外婆腿上有风湿，尽管自己能走，但很不方便。

外婆在表哥家住了十二年。

我跟表哥见面少。亲戚之间或许就是这样，远没有和朋友见得勤。加上我们住得远，一个城西，一个城南。外婆刚住过去的那段时间，我会时不时去看她，每次去，都发现她过得好好的。这让我如释重负，同时又很失落。

我是没条件照顾一个老人的，不是钱的事，我手头比表哥宽裕，再说外婆的退休金虽然少，但足够养活她自己。是因为我没时间和耐烦心。我难得在家度过一个完整的夜晚，妻子也是。我和妻子各玩各的，有时也结伴出游，三天两头把家空着。表哥表嫂从不这样，他们下班就回家，就围着外婆转。外婆在他们家住了小半年，我再去，外婆就把我当成客人，叫表哥表嫂给我倒水喝，削苹果给我吃。那时候，表哥的女儿玟玟，不满四岁，见了我，要我抱，外婆却把她赶开，说别把我衣服弄脏了。这让我心里很不是滋味儿，去得就越发少了。

表哥也不来找我。我俩的生活方式完全不同，见了面，无非是见着两张脸。血缘的呼唤只在小时候能听见，到了一定岁数,那声音就埋进了土里。和人见面,见的不是脸,是嘴——是嘴里说出的话。我们的话山重水隔。

因此除了逢年过节,我们几乎不见面。

可今天,表哥却是特意来找我的。

昨天晚上,他打电话给我,说:"青林,你明天有事没有?"我说:"明天是周六呢。"意思是当然有事,周末我比平时更忙。电话里咕哝一声,然后表哥说:"我想跟你见一面。"同时听见表嫂在那边叫:"外婆你别动。"我这才想起还有个外婆。莫非是外婆身体不好?想问,又怕当真如此,我的诸多美好计划就会泡汤。

于是不问。

见我没反应,表哥说:"我们往两头走,在二马路找个茶楼,要不了多久。"

都说到这份儿上了,我不能不答应了。

今天上午八点半,妻子张静开车把我送到地铁口,她就到新月乡去了。几家朋友相约去那里打牌、烧烤、露营,明天接着玩。我下车时,张静交代:"三下五除二,说完就过来,要不然我手臭,输了别怪我。"

深蓝色的湖水,湖水边的草地,草地上的凉亭,凉亭里的牌桌,牌桌上的麻将……我想着这些,心烦意乱,深怪表哥插这一杠子。要是有正经事也罢,可他打早就来,在檀香茶

戏 台 | 073

楼等了我半个多钟头，就为说老夫老妻长达半个世纪的争吵？他父母不是那样，我父母也不是那样，管这种闲事干吗？

我真不该提什么邻居，那很可能挑出更多的话头。果然，表哥拿出在银行数钱的细致问我："你邻居吵架你怎么知道？"我说："门对门的，风也吹过来了。""那证明他们声音很大，"他说，"大声吵架不算吵。"

这话倒是新鲜。

我想他会解释，但我不想听他解释，我觉得他的任何一句话都是多余的。这除了有牌桌在催我，还因为我实在不喜欢表哥那副衰败相。他是啥时候秃顶的？不到五十岁，即使秃，也不该秃得那般招摇，脑顶像被摸了多年的玉。姨父年过七旬也不像他这样。看来，人在低处，是要经受许多磋磨的，哪怕你表面淡然。大好的上午，跟一个衰败的人对坐，不仅浪费光阴，还要接受负能量。能量没有正负，那是科学；有正负，那是人生。我的有些朋友，比表哥年长八九岁，却个个生龙活虎，像太阳刚刚出来，日子刚刚打开。

我喝下一口茶，想着告辞的话。

但是表哥突然说："外婆不行了。"

到底还是外婆的事，而且不是身体不好，是"不行"。

"你是说……"

"她活不了几天了。"

"没听说她生病啊。"

"老年人，还要生什么病！老本身就是病。"

然后他告诉我，"活不了几天了"是外婆自己说的。"现在，跟外婆一起生活的，除了我和你嫂子，还有一大堆人。那一大堆人都是死人。她跟活人说话，也跟死人说话。凡是我和你嫂子听不懂的话，就是跟死人说的。但有时候也会误听，比如她问几点钟，我们以为是问我们，结果是问外公。那个'几点钟'，也是死去的。她身边围着死人，也围着死去的时间。她已分不清生死。分不清，不是更接近生，而是更接近死。前天，外婆对我说：'军，我活不了几天了。'"

这让我想起我们单位一个退休领导。分明无病无灾，那领导却在去年六月十三日那天给单位打电话，说他十五号要"走"，希望把最新的文件送他过过目。大家都当成笑话，但还是拣出不涉密的，送了几份去。他在位时做过不少好事，退休后也从没给单位提什么要求。两天后的中午十二点零七分，他女儿打电话来，说她爸爸走了："吃过午饭，他离开餐桌，坐到沙发上看午间新闻，看着看着，闭上了眼睛，我们以为他是想睡，叫他去床上却叫不醒，而且再也叫不醒了。"

都说这种死法是前世修来的福。外婆一生清简，有资格享受这福分，因此即使活不了几天，也说不上悲哀。

我问表哥："外婆说没说个具体日子？"

"那倒没有。"

"这样，我这两天忙，下个星期我去看看她。"

戏　台　|　075

"也好，"表哥说，"……但我找你，是有别的事。"

我心里一紧。我放在茶几上的手机已响过好几拨，是微信在催，张静倒没催，朋友们在催。再这么啰唆，一个上午就毁了。我和张静说好了她不来接我，从二马路坐地铁到新月乡，需转两趟车，要五十多分钟，下了车还要步行将近十分钟。

我几乎是带着怒气，对表哥说："你说！"

"你知道外婆的那套房子吧？"

"外婆的房子？那不是早就说好的吗？"

外婆的那套房在城西北的荷叶街，有六十个平方米。外婆跟表哥住过两年，春节去表哥家聚会，外婆对我们说，她跟外公这辈子，先是一个在华北，一个在西南，分居十五六年，就算挣点钱，也喂了铁轨；后来终于到西南团聚，工资低，没留下积蓄，也没给后人留下想头。话说得伤感，因是在节日里，更是伤感得能摸出伤感的厚度。她跟外公的一生，就这么简简单单几句，便做了总结。

"外婆你真是，"表哥说，"你后人又不是没吃的，又不是没穿的，还要你留啥想头？你的任务是吃好耍好，长命百岁！"表嫂也跟着搭腔。我和张静、父母和姨父姨母，也都表达了同样的意思。外婆沉吟一会儿，说："要说有点想头，就是荷叶街那套房子，你们看那房子怎么处理？"

此言一出，就只听见窗外孩子们玩的摔炮响。

有时候，沉默是金，但更多的时候，沉默是石头。张静个子娇小，经不住石头压，率先表态："既然外婆跟表哥表嫂住得舒坦，表哥表嫂确实也把外婆照顾得好，依我看，那房子就给表哥表嫂算了。"

表哥当场否决："要不得，那要不得！"

表嫂也这样说。

但他们否决过后，又是沉默。

我完全赞同张静，本想帮腔，又不知父母咋想的，万一他们不同意，我们私底下不知要挨母亲多少刻薄。母亲说话行事，都像刀片。

正尴尬着的时候，父亲说话了："张静没说错，妈喜欢跟军和春燕住，干脆就说断，今后一直跟他们住。妈的那套房子，就归他们两个。"

父亲深知我和张静都是"三脚猫"，日子不是从手上过，是从脚上过，许多时候，客栈才是家，家只是客栈。总不能把一个老人丢在客栈里。

但那到底是一笔财产，父亲说完，看我母亲。我母亲低着头。他又看我姨父姨母，姨父姨母也低着头。但有了父亲的态度，我壮了胆，说："就这么定了！"我是想赶紧离开，去跟朋友们进歌厅，不是想唱歌，是换个场合喝酒。

这时候，母亲即使有想法，也不好当众说出来。姨父姨

戏 台 | 077

母抬了头，脸色暗红，深有感触似的笑两声，对我和张静说："到底还是兄弟好，青林和张静有出息，就晓得照顾两个没出息的哥哥嫂嫂。"

表哥连忙纠正："要说我就说我，人家是有出息的哈。"他说的"人家"，是指表嫂梁春燕。表嫂白他一眼，表哥就笑。

十年前就定下的事，为什么又提出来？

表哥倾过上身，提醒我："十年前，那房子只值四十万，现在上百万……"

我觉得他太小看我。"上千万也是你的，是说好的。"

"我也不能要，"他说，"我给了我父母。"

"那是你的事！"

他舔了舔嘴唇，显出挣扎的样子。他咋变得这样衰败呀，秃顶就罢了，还舔嘴唇。他个子不高，小头小脸，远处看，像个孩子，这么隔张茶几，面对面看他，就见出他早生的皱纹来了。一个孩子脸上的皱纹，让人别扭，甚至惊心动魄。

"青林，"他连续舔了几下嘴唇才说，"我找你，是想求你。"说着，他眼里有了泪光。

虽如堕雾中，却也让我大吃一惊。

"我说吵半个世纪，不是说别人，是说我爹妈。"

他爹妈？我姨父姨母？

怎么可能呢?

姨父是个谦卑的人,一举一动,生怕给世上添出声音;他从不穿硬底鞋,为的就是不硬碰硬,免得碰出声音来。他老家在川东北回龙镇,二十出头,接了姨公的班,在镇(当年叫公社)兽防站做了兽医。姨母是被分到回龙公社的知青,落脚在红光大队鹰嘴生产队,没有同伴,独自一人。此前十七年,她生活在沃野千里的川西平原,平原上的城市和乡村,都平坦得像面镜子,若有起伏,也只是楼宇、庄稼和林盘,而今突然来到这大巴山深处,巉岩嵯峨,群峰深锁,以为再也回不去了,深更半夜,都在煤油灯下写家信,信纸上泪痕斑斑。鹰嘴有高山草甸,适宜养殖,因为牲口多,姨父朝那里跑得也多,跑第三趟,就跟姨母认识了。

"要不是康平,不晓得宁倩活不活得出来。"这是外公在世时说的。

外公说这话时,我们都在场。姨母听后,攀住姨父的肩,又述起当年的苦情。说那地方上厕所,是去猪圈,猪欺生,她刚蹲下,就来拱她。后来熟悉了,喜欢上她,表达喜欢的方式,还是拱她,她一踉跄坐地,满屁股糊满猪粪。说那地方海拔两千米,本来也不算太高,却是风道,风从秦岭过来,有理无理,刮得人打抖,大热天喝口凉水,牙齿和舌头就冰得像没长在嘴里;秋花知道自己没多少时间,抢着开,抢得漫山遍野啪啪响,即便如此,还没开圆,冬天已逼到眼前;空气

戏 台 | 079

中到处藏着利刃，在身上割，手脚裂开的口子，能放根指头进去。

村民对姨母好，但她就是跟他们亲近不起来。他们的生活和想法，就像山上的植物，太阳照一下就照一下，风吹过来就吹过来，被路人一脚踏了就踏了，被牛羊一嘴咬了就咬了。而她，心里有大平原，有平原上的晨雾、竹丛和竹丛底下纵横交错的河汊，有河汊环绕的街道，有街道上的热气腾腾和五颜六色。

心里越热，日头越冷。但姨母宁倩，偏偏要穿裙子。在大平原的城市里，她从小就穿裙子。她用一条裙子把自己的平原带到山区，或者说，把山区变成自己的平原。而那时候，连回龙街上也没人穿裙子。宁倩的裙子把她变成了一朵花。山里的花遍地是，它们开了又谢，自生自灭，这朵花却拒绝听从时令，一路开过春夏秋冬。风起处，裙裾飘动，露出腿弯，人们就咂嘴，侧目而视。

侧目而视并不是不喜欢，只是偷偷喜欢。

唯有一个人光明正大地喜欢，就是兽防员纪康平。

纪康平的母亲也是农民，他从小也在村里长大。那是另一个村，名叫柳弯。但女知青宁倩认识他时，他已经接了父亲的班，由"纪康平"成了"纪同志"。多数时间，他住在街上，也便有了街民的言谈举止，甚至比街民开放。

就为这点不同，宁倩高兴他来，高兴看见他。

"山里人骂孩子,"姨母对我们说,"比如孩子正做风筝,父母见了,就骂,说'那东西当不得饭吃当不得衣穿,做来干啥子?赶紧去割牛草,迟一步,看老子不打断你的腿!'其实,要说人比人高那么一点,就是对那些当不得饭吃当不得衣穿的事情多一点兴趣。"她是想表明,姨父身上的那点"不同",尽管虚幻,尽管无用,却使他显得比村民高,甚至比街民也高,因此和她更加接近。

姨父也是这样看的。当年他爱朝鹰嘴跑,牲口多固然是原因,却是拿到台面上的原因;拿不到台面上的,是那里的高天白云底下,有一个穿裙子的宁倩。

但两人要走到一起,还有很远的路。

当然也可能很近,转过山弯,说不定对方就等在路口。姨父和姨母的"路口",缘于姨母的一场病。那天夜里,姨母通宵未眠,生不如死,而且以为就会那样死过去。天亮后她没出工,队里的姐妹去看她,见她躺着,默默垂泪,问她话,也不答言。就在那天下午,鹰嘴的一头牛生产,生半截生不出来,母牛向天悲鸣。有人抓住牛犊子往外扯,可不仅纹丝不动,母牛的悲鸣声还越发凄惨。只好派人去请纪同志。纪同志赶来,没救活母牛和它的孩子,却把女知青宁倩救了。

他找了一头宽背黄牛,不管她答应不答应,就把她往牛背上一放,穿林打叶,迤逦下山,送到了卫生院。

三个多月后,两人结了婚。那时候结婚也不办什么证,

戏 台 | 081

请几桌客，向世人知会一声，就算是两口子了。

川东北有句俗语："热的是火口子，亲的是两口子。"我从没在任何场合感觉到姨父姨母不亲，更没在任何场合感觉到他们有嫌隙。

表哥却说，他父母天天吵架，吵了将近半个世纪。

见我不信，表哥的嘴一张一合，像被扔到岸上的鱼。

他想说什么，又不好说的样子，但终于说了。他说他父母吵架，不像我那邻居，他父母从不大声吵，是把坛子捂起来吵。大声吵是吵在明处，吵在明处的架不算吵架；阴着吵，悄悄吵，才切齿蚀心，才是真正的吵架。

表哥上头还有个哥哥，十二岁那年，在河里淹死了。表哥说，他跟他哥从小就没睡好过。睡到半夜，常听到母亲哭。开始是无意中听到，后来就有意去听。按父母的身高，表哥至少该长到一米七五，但他只有一米六三，就因为小时候没睡好。加上母亲的哭声像锯子，他长一寸又被锯半寸。压抑的哭声里夹杂着压抑的争吵。吵些啥，一句也听不清。潜到门边去，还是听不清。后来，家里有两个卫生间，父母的卧室一个，客厅旁边一个，他发现去客厅旁边的卫生间里，反而听得更真切。但真切的依然只是哭和吵，为什么哭，吵些啥，照旧茫然。

"你从马桶里面听到过别人说话吗？"表哥问我。

当然听到过。

邻居吵架，很多时候我就是从马桶里听到的。那是一种特别的声音，来自照不到阳光的世界。确实听不清，但能听出悲伤和愤怒，一波一波的，从深渊里涌起，可涌得再高，也见不到天日，因而成为神秘之声，成为心的自语。

对此表哥自然体味更深。那声音和他连骨带血，不像我，是个旁听者，当我摁下蓄水箱的按钮，就把那声音连同秽物一起冲走了。表哥却不行，他长久地待在那里，探寻父母吵架的秘密。

这对从青年走到中年，从中年走到老年的夫妻——我的姨父姨母——都认为是对方毁了自己的人生。

姨母嫁给姨父仅仅半年，知青回城。
但姨母没能回城。

姨父使尽手段，阻挠她回城。她回城，他却不能进城，如此，这个不惧风寒穿裙子的女人，将成为放归大海的一条鱼。当时，姨母刚生了孩子，就是后来淹死在河里的大儿子纪东。纪东死后，他们才带着九岁的纪军到了川西平原。

从怀上纪东到纪东死去的十多年里，姨母没再穿过裙子。
以后也没穿过。

在那十多年里，姨母学会了各种农活，栽秧、薅草、挞谷、育红苕、点油菜……甚至男人才会做的活，砍柴、编背篼、砌塂坎，她都学会了。下乡的同时，她的户口从城市迁到了农村，先落户鹰嘴，嫁人后，又迁到丈夫的出生地柳弯——那是卧于群山之中一处凹槽。在鹰嘴时，她是城里来的知青；在柳弯时，她是鹰嘴来的农妇；当知青回城的列车远去，不留一缕烟尘，她依然待在柳弯；当回龙公社变成回龙乡，她还是待在柳弯，在众人眼里，她就成了铁定的农妇。

别的农妇有男人帮忙，而她的男人，照管着一个乡的牲畜，牲畜们受伤、害病、生产……后来还包括结扎、阉割，都经过他那双越来越细嫩的手。那手上不沾泥土，只沾牲畜的血，多数是从牲畜生殖器里流出的血。

土地下户后，饲养归于各家各户，他们遇事也各自请"纪同志"上门诊治。每次他把体温表插入牲畜的肛门，再掰开牲畜的嘴，看了它们的牙龈和舌苔，用竹筒灌过药，在颈上打过针，特别是做过了手术，主人家都会将倒满热水的木盆端到阶沿或院坝边的竹林底下，旁边放块肥皂，请他洗手。被肥皂洗过的手真白，手指根根细腻，光洁柔滑。"人是天生的，"村民们以认命的口气说，"纪同志那双手，天生就不是用来做农活的，是用来接生的，挤卵子的。"

那段时间，为改良畜种，回龙乡从遥远的甘肃运回了一头牛，将其养在兽防站，本地最健硕的黄牛站在它面前，也像只羊。这头雄壮的牛有个名字，叫孙贵，它的全部工作就是配种，估计是望它"生贵"，但没听说有姓生的，加上川东北那边，读音上"生""孙"不分，凡有关它的记录，就都写成了"孙"。孙贵任务繁重，使命光荣，当然不能像普通牛那样只吃草，还要吃饲料。饲料就是豆料，每月三十斤。这等伙食标准，足以让人吞口水，可那家伙竟日渐消瘦，仅一年多，就瘦成了骨头架子，再漂亮的母牛来到跟前，它也只喘粗气、流沫子。

负责喂养它的姨父，克扣了它的粮食。先克扣五斤，后克扣十斤，再后克扣二十斤，直到完全不给饲料，只让它吃草。而它吃的是草，挤出的是精血。

扣下的饲料，都被人吃了。

"但我妈从来不吃，"表哥说，"开始以为是她忍嘴，可有剩的她也不吃。打磨后，酥成香喷喷的饼子，她照样不吃。'那是牲口吃的！'她说。"

对于自己母亲的这句话，表哥弄不清意思。不忍心抢牲口的饲料，或是不愿纡尊降贵去吃牲口的饲料，母亲是哪一种？

"后来我想，"表哥说，"应该是第二种。全乡人都把那头配种牛叫孙贵，如果是头一种意思，妈就会说'那是孙贵吃的'。她没说'孙贵'，说的是'牲口'。我妈看不起我爸。毕竟是大城市来的，人又长得好，要她看得起一个乡巴佬，不现实。虽然这个乡巴佬不是面朝黄土背朝天的农民，是个背着药箱走乡串户的兽医，也照样不现实。我爸拦她回城，她并不恨,只是更加看不起他。从嫁给他,她就看不起他。分明看不起,却嫁了,当然就是把人生毁了。"

表哥的话,让我想起一个朋友的姐姐。

那位朋友,老家在黄土高原,他姐姐念大学期间,跟一个同学恋爱了。毕业后,她分回县城,男朋友考上了研究生,研究生才读三个月,就把她蹬了。她痛苦得几次走到黄河边。后经人撮合,她和一个同事结了婚。但她的婚姻很不幸,因为,她一开始就看不起那个同事,一开始就在"克服"。

我把这事讲给表哥,他说:"情况还不一样。在我妈心里,我爸是乘人之危。我妈不是克服,是对爸的任何事情都看不起,想克服也克服不过来。比如不吃孙贵的饲料,说我妈是第二种意思,好像也不对。那些年的川东北人,猪吃的,羊吃的,兔子吃的,只要不把人毒死,啥东西没吃过?何况是豆料!"

我有记忆时,姨母已经回城。其间的波折,一言难尽。姨母后来发现,姨父阻挠她回城,不只是担心把她单独放归大海,还因为他自己根本就不愿去城市生活。他的一呼一吸,都是属于乡村的,城市于他而言太陌生。直到大表哥死去,他克扣孙贵饲料的事被告发,马上面临处分,加上确实有个机会让他跟随姨母,摆脱困境,还能进城安排工作,他才松了口气。姨母也终于走出那片群山。

姨母回来后，在棉纺厂上班。姨父去了鞋厂，依然干着手上的活，只是再也感觉不到动物的体温了。他们两人，特别是姨母，永远都穿着工作服，连年节家庭聚会也不脱下来。那是一件蓝布衣，胸前挂一领大围裙。后来，厂垮了，姨母成了下岗工人，照旧挂着围裙，只是由白围裙变成了花围裙。她找我父母借了钱，当街租下个门面炒干货，瓜子、松子、板栗、花生，在齐腰的大炒锅里翻腾，之后分门别类，装进曲尺形的玻璃柜，等候买主。

若买主多，姨母忙，她那身花布围裙就显出盛开的模样。但更多时候买主实在不多。川西人闲，可闲着时手也不闲，不是端着茶杯，就是摸着麻将，没工夫把零食往嘴里递。每当柜台清冷，姨母靠墙站了，望着街景，围裙上的红花白花，便一朵一朵凋谢。时不时，她把围裙拍一拍，像是把凋谢的花瓣拍掉。

花瓣没从围裙上飘落，却从她迷茫的眼神里飘落了。

纷纷飘落。

从少女到人妇，再到母亲，她与这座城市割裂了，许许多多的故事，并不为她讲述，她更成不了主角。

当她穿着裙子进入农村，她是个城市人。

当她挂着围裙守在城市，她是个农村人。

她为此失措，并因失措而迷惑，而怨恨。

我母亲就曾含讥带讽地对我说，姨母恨她。不为别的，就为她比姨母晚生，因为晚生，没去当知青，没去穷乡僻壤受苦。姨母把她的受苦，当成可以恨人的资本。穷乡僻壤的人，几辈几十辈的，都在受苦，如果他们也恨，天都会变成黑色，下的雨也是黑雨，但姨母不管这些。她那么快嫁了人，且受着丈夫的钳制，没能回城参加考试，只能当了农民当工人，当了工人当下岗工人。而我母亲却读了大学，进了政府部门，三十五岁后还当上了科长，四十岁后又当上了处长。母亲嫁的人，不是兽医，不是骗匠，而是同城出生的高才生，这个高才生先留校，后从政，做到了副厅级。

"就为这些，"我母亲说，"在你大姨眼里，我这个当妹妹的就有罪。"

"要说她下乡误了考试，"母亲又说，"那也只是她自己敷粉。她的成绩孬得很，给她几张卷子，也只会用来擦清鼻涕。可人就这么怪，机会失去了，就只盯住那机会的背影，又是流泪又是叹气，恨这个，恨那个，恨不完，根本不去想那究竟是不是你的机会。"母亲叹息一声，"幸好你外婆只生了两个，你大姨要恨，就只恨我，再多几个的话，眼睛弯来弯去，怕要更不成样子。"

她是说，姨母的左眼有点斜。只是稍有一点，根本不影响姨母的脸相，但母亲就抓住不放。

关于机会，母亲的话对，也不对。当一种机会不是自己放走的，就有理由认为它属于自己。而且母亲也低估了愿望的力量。从姨母并不复杂的故事里，我能感觉到她改变生活的愿望。当然，或许是因为没能实现，才使愿望本身显得遒劲。进城参工后，在不该穿工作服的场合她也要穿，我认为是她对自己身份的确证，同时也展示了改变的成果。但母亲不这样看，母亲说姨母是在提醒她：你欠我的，我本来可以跟你一样，穿着呢子衣或白裙子，进出于办公大楼。

母亲说话向来尖刻，所以她的话我并不怎么信。我也从未发现姨母怨恨母亲的迹象。但姨母恨姨父，倒是很有可能。他救过她，这是事实，却从另一面让她付出了沉重的代价。表哥说，对他爸，他妈并不恨，只是看不起。然而，恨和看不起之间，有着隐秘的通道，表哥老实，多半看不穿。

要说毁了人生，从姨母的角度我能理解一些，可姨父为什么也认为姨母毁了他？是因为姨母看不起他，让他活得窝囊？

我问表哥，他却吞吞吐吐。他把茶杯端到嘴边，就那么端着。如此，我的脸和他的脸，除隔着茶几，还隔着袅袅升腾的热气。那热气像一挂乳白色的帘子，他在帘子里面问我："不会耽搁你事情吧？"但眼睛看着我面前的手机，仿佛我有没有事、他会不会耽搁我，不是我说了算，是我的手机说了算。

他不知道，我已经把手机关掉了。

戏 台 | 089

今天是个好天气。我和表哥坐在靠窗的位子，能看见阳光从街的那一边淌过来。十多分钟前，街上才洒过水，阳光和水相遇，化为珠玉，蹦跳闪烁，似能捧在手里。新月乡那边，该是怎样的绿草如茵，水天一色……但我把手机关掉了。

表哥假装喝了口茶，话在舌尖上艰难地弹动，就是弹不出来。

那一刻，我想象着他躲在卫生间，从马桶里听父母吵架的情景。

或许那不是探究父母争吵的秘密，而是探究自己受伤的秘密。

很可能是这样。

我不催他，耐心地等他。挖出来的秘密不是秘密，只有掌握秘密的人自己说出来的，才是真正的秘密。然而，我等来的却是他的电话响。

是张静打来的。张静问他是不是跟我在一起。

上午时分，茶客少，茶楼里很安静，张静的声音我听得清清楚楚，忙向表哥摇手。他却没明白我的意思，说："在啊。"也可能他明白，只是不理会。他和表嫂之间，大概从没开过这样的玩笑，也根本不觉得夫妻间的这种玩笑有什么意义，甚至认为是很不体面的。如果他知道，某些时候，我和张静并不是开玩笑，当真就是各玩各的，彼此放纵，彼此提防，又彼此忍受，他会怎么想呢？

听说我在，张静便让我接电话。

"为啥关机啊？还没说完啊？"

语气里充满欢喜。但我听得出来，她的欢喜不是因为我没骗她，而是因为她在牌桌上打了胜仗。她怕赢了之后会输，希望我赶快过去，好找个理由下桌。

我没多言，只说"有事"，就把电话挂了。

表哥显出很感动的样子，将手机接过去，揣进兜里，又摸出来，放在桌上。他先是斜斜地放着，感觉这样放很不妥，又规规矩矩地放正，放正了再次扳斜，才低着眼睛，说："你问我，我也不晓得。其实，我啥也不晓得……倒并不是没听到过传言。传言是听到过的，那是在老家的时候。"

他说的老家，是指回龙乡，现在叫回龙镇。自回城后，姨母再没去过回龙，姨父和表哥却几乎每年都回去上坟。

"我其实是说不清的……"表哥再次强调，同时迅速瞟我一眼，眼里满是乞求。

一阵沉默。

我只能于沉默中猜想。我想到姨母在鹰嘴时生的那场病。关于那场病，刚才听表哥说过，以前也听母亲说过。那是一场非同寻常的病，因为那场病，纪康平和宁倩这两个互有好感的人，才真正走到了一起。但它的非同寻常，多半不止于此。母亲对那场病的描述，几乎就是一连串叹词，表哥的话有了实际内容，但也极为简略：那天夜里，女知青宁倩通宵未眠，生不如死；天亮后，队里的姐妹去看她，见她躺着流泪，问她话，她不答。这是病吗？如果是病，什么病会让人生不如死却只静静落泪？又是什么病让人拒不回应好意的关切？

因为她是我姨母，我不能往更深处想。

也不能再去逼问表哥。

于是我做出无所用心的样子，看他背后墙上的一幅画——一个神情宁静的裸女，侧过脸，屈腿坐着，双臂环抱于膝上，从额头向后，勒一块深蓝色头巾。她的每一寸肌肤，连那块头巾，都静如幽谷。自然和坦荡，成了欲望的敌人，然而，当过惯了以谎言为欲望助力的日子，哪怕是看一幅坦荡的画，也觉得不适。

于是我把目光移开，扫视着大厅。那边的角落，有个三十来岁的女人，独自玩着手机，翕张嘴唇，表明她有所等待，而面前的热茶，慢慢变冷了。与她相隔四个茶座，一个脸膛肥大的男人，横在沙发上，节奏紊乱地打着呼噜。檀香茶楼我以前来过，知道它并非通宵茶楼，这个男人是打早走出家门，来茶楼补觉的？是什么原因让他在家里不能好好睡？或者他不是从家里出来？……

表哥见我不再追问他，便松弛下来。松弛之后，秃顶上反而冒出汗珠，如同卸下重物后汗水才会出来。他扯两张茶几上的纸巾，四角对正，很仔细地叠起来，去头上转着圈儿抹。他仿佛能看见自己的头顶，每一粒汗都不放过。这一抹，才见那顶上并非全秃，稀稀疏疏的几根毛，开始时隐于空气中，看不出形迹，现在贴在头皮上，如同铅笔在剥光的鸡蛋上画了几笔。

"爸妈并不爱我们。"表哥说。他将用过的纸巾扔进桌下的垃圾桶，神情虽依然挣扎，但语气坚定了许多。"对我和我哥，都不爱。尤其是对我哥。他死后，妈都没回去看过他一次。爸爸虽然回去，照样不去他坟前。他没埋在我们祖坟里，跟祖坟隔着个堰塘，孤零零的，在一棵梨树底下。"

没埋进祖坟？姨父也不到他坟前去？这些，我以前都不知道。至于爱，也从来没有想过。那好像是个不必想也不能想的问题。不想，它或许在那里，一想，就飞走了。父母爱我吗？我爱我妻子或者妻子爱我吗？这么问一声，才发现不仅不必想、不能想，还不敢想。在那条路上，很可能到处都是伤疤和窟窿。而且一旦去想，就意味着索取；一旦索取，就意味着不满足；一旦不满足，就意味着怨恨；一旦怨恨，就意味着失去——既失去可能拥有的爱，也失去爱的愿望和能力。

表哥接下来的话，表明他也是这样认为的。

"说父母不爱自己，总觉得别扭。"他在头上薅了两下，几根贴皮的头发，又被薅到空茫中，"给你吃，给你穿，送你读书，为你置房，叫不叫爱？就说我哥，六七岁时，就悄悄去那堰塘里耍水，被妈痛打过好多回，就是改不过来。堰塘只有两亩大，加上周围有田地，田地里不是张三在扯草就是李四在挖地，哥遇到危险，总有人救。哪想到他会去大河里？"

那是个星期天，大表哥上街去卖桦草皮，卖完后去兽防站，找他爸要了一块钱，说要给弟弟买作业本——他卖桦草皮的钱只够买他自己的作业本。

钱给了他，却没留他吃饭。

相对于鹰嘴，柳弯离街上近很多。姨父白天去兽防站上班，如果没有深山更深处的村子请他去给牲口出诊，下班后他是要回去的，中午那顿饭，他就在街上吃。兽防站的职工，都是自己做饭。那是一长排临街的房子，房子背后有个院子，孙贵到来后，院子辟出三分之二搭了畜棚，剩下的三分之一，栽了木桩，拉着麻绳，晾晒衣物，蹲在边缘的三个土灶供职工使用。大表哥去找他父亲时，父亲正炒菜。但据在场的职工说，纪康平没留他儿子吃饭。

从兽防站出来，大表哥买了本子，却没回家，而是去了河里。

他喜欢水，但还从没亲近过河水。村里的堰塘，冬天要结冰，春夏秋三季，绿茵茵的。塘畔的洋槐，枝条被风吹折，掉进水里，日复一日地腐烂。那是一潭死水。而这条名叫清溪的河流，波翻浪打，奔腾咆哮。住在山上的村民，以是否听到河吼来判断自己是否走了一半的路程，可见河吼声传得很高、很远。它真不该叫那么个妩媚的名字。那还是四月间，河水冰凉，估计大表哥刚下去就冻得抽筋。在水里抽筋，就像被一只手逮住，朝深处拽。川东北那地方，古时属巴，与楚风同源，迷信巫鬼，因此不说抽筋，而说是遭了水鬼。

我隐隐约约地感觉到，那个水鬼，就是大表哥自己。

大表哥我从没见过，即使见过，也没有任何印象。他死的时候，我才两岁多，因此他在我心里只是一个名字。想必，那个名叫纪东的人，不会是他兄弟纪军的这个样子和这种性格。他从他母亲的骨血里遗传了很多。

可他死后，母亲却没回去看过他一眼。

如果真如表哥所说，姨父姨母的婚姻生活是溃烂的，纪东多半就是脓心，他父母都从他身上窥见了自己的耻辱。由此，从姨母生的那场病里，我就猜到了。姨父纪康平应该事先就知晓实情，于是他觉得，他娶宁倩，是对宁倩的拯救。他万万想不到这种拯救也是伤害。宁倩于他，或许构成强烈的渴望，他于宁倩，却只是有好感，且是比较出来的好感。当一方以拯救者自居，另一方感觉到的落差和伤害就越锐利。当另一方感觉到伤害，拯救的一方就越发以拯救者自居，越发想到自己的付出。那付出本身也是伤害：一个男人遭遇的伤害。

彼此都很无辜。

彼此都很不平。

纪东死了，脓心挤出了，溃烂的地方该痊愈才对，可非但没有痊愈，还朝深处溃烂。纪东的死不是药，是毒。或许，他真不是姨父的，却是姨母十月怀胎生下来的。姨母不再回去看他，不是忘记，是养毒。姨父明白这一点吗？表哥说，他跟父亲回老家扫墓，敬了祖坟，他会独自去哥哥坟前，为他上炷香，陪他坐一会儿。父亲并不阻止他，但脸色很不好看。当他从哥哥的坟前回到父亲身边，父亲不知是有意还是无意，总是朝东边的山野吐一口痰。

那是鹰嘴的方向。

是他曾经跑得最勤的地方。

也是让姨母生病的地方。

"他们吵架从没断过，"表哥说，"连地震那天也不例外。"

他指的是十多年前那场大地震。这着实出乎我的意料。地震令山河破碎，灾难和死亡的消息不断传来，且余震不断，如此境地，他们居然还是放不下。

那时候，表哥表嫂刚和爹妈分开住，但地震过后的一个星期，为一家人看在眼里放心，他们又住到了一起。但不是住家里，是去公园搭帐篷。表哥去接外公外婆，可他们坚决不愿睡外面，后来我爸去接，也没接走；越是遇到危险，他们越觉得家里才安全。表哥搭了两顶帐篷，姨父姨母一顶，他跟嫂子一顶。"你嫂子正怀着玟玟，身子累，很快就睡过去了；而我一夜没睡，一夜都在听爸妈吵。他们吵得多么痛苦，是压抑的痛苦。分明只隔着两层布，我也很难听清。"

但毕竟听清了一些。把碎片连缀起来，大致是这样的：地动山摇的时候，姨父姨母正午睡，姨父翻身下床，躲进了床头的衣柜。摇晃停止，他从衣柜里出来，跟姨母下楼。楼下已聚了很多人，个个吓得成了话痨，话从自己嘴里出来，却又不像自己的声音。说的，都是各自经受的恐惧，书架怎么倒，衣镜怎么碎，猫狗怎么叫，墙壁怎么摇。本来只摇了二十多秒，却说成七八分钟甚至半个钟头。这也不是夸大，是当时的真实感觉。大家说够了，姨父才说话。

姨父说："你们怕，我不怕，我看得淡。"

"我妈最恨的，就是爸的这句话。"表哥说。

迅速朝衣柜里躲，证明姨父说不怕是吹牛，但也不至于可恨。姨母看不起姨父，姨父在她眼里就是一辈子都是尘埃，当这粒尘埃说自己是一座山，姨母便忍无可忍了。我以为是这样，但表哥不这么认为。放在他们床头的衣柜里堆满了棉絮，留下的空隙只够一人挤进去。事情发生得突然，又是从睡眠中惊醒，他们完全想不到把棉絮拉出来，让两个人都进去。而除了那个衣柜，家里再没有地方能把人藏起来。人在灾难面前，首先想到的就是隐身，虽然许多时候毫无意义。

但这些都不重要。

重要的是，姨父躲进去了，姨母就不能进去。

戏 台 | 097

"对这件事，"表哥说，"我并不想过多责备我爸。人是自私的，愿不愿意承认人的自私本性，体现了一个社会的文明程度。何况事发突然，人完全是蒙的。"他喝了口茶，"但话又说回来，如果心里装着对方，第一个念头，多半是把对方塞进衣柜。"他以此证明，战胜自私本性，正是做人的义务，同时证明，他父母心里，都不装对方。他说："我想不通的是，既然婚姻成了那个样子，为什么几十年都不离？未必是忙着吵架，抽不出时间离？"

我不知怎样应答，只说："他们那代人，离婚是件大事。"

表哥摇了摇头："离婚对每一代人都是大事。这没什么两样。'大'的内容不同罢了。我是想，婚姻这东西，我们是不是理解得太窄了？哪种是好，哪种是坏，我们的偏见是不是太深了？再就是，如果爸妈的婚姻像我看到和感觉到的那样痛苦，却还是过了一辈子，他们算不算婚姻的英雄？"

或许算，但并非每一种英雄行为都有意义。连战场上的英雄也书写不了战争的本质。战争的本质刻在死尸的身上，写在难民的脸上。姨父姨母争吵的本质，是从岁月里长出来的皱纹、多出来的眼镜、矮下去的骨头和变白了的头发。

表哥郑重地叹了口气。

"我爸妈这辈子，"他说，"过得可怜。一个人容不下别人，甚至连丈夫或妻子也容不下，最大的问题不在别人那里，而是因为没法和自己相处。他们两个都是这毛病。我妈的毛病出得更早些。下乡去当知青,她虽然不情愿,但既然大家都去,自己去也没什么。但生的那场病,却不是大家的事,是她个人的事。从那时候起,她就不能和自己相处了。"

我听着,感觉他在说姨母,也在说我。如我这种人,成天离不了热闹,并且以为有众多的朋友和不断变换的空间是生活品质的象征,但在表哥眼里,只是因为我不能和自己相处?甚至是一种可怜?我还以为他过得衰败呢!

"我妈的另一种'毒'在于,"他继续说,"她可能觉得不应该给我爸讲她的病。她当时太孤单,对爸又有好感,爸去关心她,她忍不住就讲了。只讲了病,始终不愿说出让她生病的人。这不是保护那个人,是保护她自己,却不知道是把毒留给了自己,时间过得越久,毒害越深。我爸的错误在于,他首先不是把我妈当成人,而是当成城里人。这个城里人给了他虚荣,他又不愿承认,只想到是自己解了这个城里人的危难。而在我妈看来,他娶她,正是乘人之危。"

这让我禁不住产生联想:要是姨母当时不答应嫁,姨父是不是会对她施加威胁?比如,扬言要把姨母的"病"说出去?即使是被强暴,女人一方,是法律上的受害者,却是道德上的污染源。自古皆然,千年不变。

我又把手机打开了,是想看看时间。微信的通报声像放鞭炮。新月乡那群人,每人都催了我不下五次,仿佛觉得,不跟他们一起玩儿，我的日子就白过了。张静果然赢了又输。我们现在打麻将，都是微信转账，她把转出去的截屏发给我，连发了六个。除新月乡那群人，还有别的人——是我需要以谎言瞒过去的人。我不仅把有众多朋友当成生活品质，也把随口编造谎言当成丰富多彩。我无法想象没有谎言的日子该有多么荒凉。现在想来，那或许也是表哥说的"不能与自己相处"吧。不能与自己相处，就是失去自己，就是空虚。

这让我悚然一惊。惊诧之余，又自我宽解：哪有那么严重。

正说着话的表哥，见我开了手机，看着微信，不好再说了。

于是我把手机放下，脸上带笑，说："没事，我们再聊会儿。"而我的语气和肢体动作，分明表达着别样的意思。

表哥的神情有些尴尬。我这才想到，他不是有事情要"求"我吗？

"我确实有事情求你，"表哥说，"我爸病了。"

"病了？"

"上个月，他吵着左边肋骨痛。之前他收拾过花盆，其中两盆，种的是观赏橘和茉莉花，盆大，重得很，放在天台上的。天台是公共区域，那天他正要换土，就有人上去晾被子，他怕风把土吹起来脏了人家的被子，就抱回家换。你晓得那房子，七层楼，又没电梯，上天台等于又多一楼，他从八楼抱到五楼，换好土又抱上去，所以他吵着肋骨痛。他还以为是搬花盆伤了，就贴了两张膏药，但是根本不管用。前几天我带他去检查，结果不是伤的，是癌症引起的。"

"癌症？……医生咋说？"

"说活不过半年。"

我又把手机关掉了。开关机的动作，是我最娴熟的动作之一，何时开、何时关，完全看情形、看需要。表哥一定是差钱用，我想。银行的收入不错，但作为普通职员，也就是不错而已。表嫂是做财会的，没固定单位，四处找东家。后来，姨母年纪大了，主要是姨母也跟外婆一样，腿上有风湿，表嫂就丢下账本，接过了婆妈的摊子：炒干货。她对顾客实诚，给人家称核桃、板栗，必定先拣出空的、烂的，因此比姨母经营得好。但瓜子核桃究竟当不得正餐，可有可无，想挣出个山高水长也难，当家里出了个重症病人，立即就会捉襟见肘。

"你需要多少？"我问表哥。

他愣了一下，待反应过来，连忙摆手："我求你不是借钱。"

我又愣住了。不是借钱，那求什么？

"是这样，"表哥说，"这些天，我一直在想，爸妈的婚姻为啥那么凄风苦雨？最根本的，是他们没有共同目标。人家说，夫妻有了孩子，孩子会成为目标，但我爸妈不是这样。

戏台 | 101

我哥不必说，连我也没能让他们一心一意过。我这人没出息，大学只考了个专科，混到四十大几，还是个普通员工，但我爸妈从没把这当回事。一般父母的望子成龙、恨铁不成钢，在他们那里都不存在。人家又说隔代亲，可他们对玟玟也并不上心。自始至终，他们都走在岔道上。"

我不明白他的意思。

"所以我想求你一件事，"他继续说，"还是外婆那套房子。我想你去跟姨父姨母商量一下，叫他们提出要求：那房子是外公外婆的遗产，应该由两个女儿共同继承。"

"莫名其妙……早就说好的！"

"你听我说完。"表哥又把上身前倾，"恰恰因为是说好的，才会出效果。我的意思是试一试。姨父姨母那样一提，我爸妈会觉得是在跟他们争，保护那笔财产，就成了他们共同的目标。有了共同目标，就可能齐心协力。"说到这里，表哥的眼里又盈满泪光。

"我爸妈过得实在太可怜了，"他带着哭腔说，"做了一辈子夫妻，结果是一辈子的内耗。我想在我爸离世之前，跟我妈有个夫妻的样子，哪怕只有一个月，甚至几天。当时说把房子给我们，只是口头上，又没立字据，姨父姨母去闹，理由充分。你只是要给姨父姨母讲，让他们装像些，让我爸妈感觉到真的是在和他们争。"

四天后的上午,我去看外婆。

不是去表哥家里,是去医院。

由此才知道,上周六表哥找我时,外婆已在医院住了十多天。这十多天里,表嫂关了她的店,在医院全职照顾。所谓"活不了几天"的话,并不是外婆说的,是医生的判断。但表哥还带着侥幸。以前外婆多次住院,住一阵就好了,又被他悄无声息地接回去了。"我是想等一等,实在不行再告诉你们,"他对我和我父母说,"哪晓得这次真的不行了,昨天晚上就下了两次病危通知。"

外婆没能熬到我们去的那天中午。

安葬外婆的费用,全由表哥负责。对此,似乎没有人觉得不妥,连姨父姨母也没说啥。既然那套房子给了你,你当然就要管外婆的生死。但我和张静悄悄给了表哥表嫂五万现金,他们不收,张静就扔在他家的沙发上了。

在这座城市,我们没有别的亲戚。外公在世那阵,还有他那方面的两房远亲住在城北,彼此走动,后来,这两房人都随儿女搬走了。我爸的老家在宁波,姨父的故乡虽在本省,但离得远,坐火车要四个多钟头,他们都没有什么叔伯兄弟、姑舅老表来这边落户。我是父母的独子,大表哥纪东死后,纪军也成了姨父姨母的独子,我们的儿女又都还在念书,张静和表嫂的娘家,也都不在这座城市。如此,偌大一座城,能掰扯出血缘的,只有母亲和姨母两家人了。

外婆死后，能给她老人家磕头的，也是这两家人。

磕头的是这两家，到她遗像前站两分钟的，还是这两家。

外公外婆以前的单位，早就不存在了，以前的同事，要么死了，要么跟随后辈星散各地。我有那么多朋友，平时玩得山呼海啸，可奇怪的是，这时候一个也不想通知，他们约酒约茶，我都借故推了。表哥也没通知他的同事。并没有商量，兄弟俩是不约而同。我这才发现，在我们完全不同的表象背后，躲着一个相似的"我"。区别在于，表哥和他的"我"融合，我和我的"我"分离。

参拜的人少，表哥把外婆的遗体送往殡仪馆后，就请人到他家里搭了灵堂。搭灵堂就花了将近两万。那其实简陋得很，无非是在客厅影墙上挂一圈纸花，绕几枝松柏，中间放着遗像；纸花下面的桌上，插三炷电子香，放个小小的录放机，循环播放着《大悲咒》；地上卧着个布垫子，方便人跪。

搭灵堂的师傅跟医院是联手的。他们每年给医院交钱上供，科室不同，病房不同，交的钱不一样：若是ICU，每年要交七十万。谁不行了，医生、护士包括护工，会跟他们联系，他们就来做这笔生意，同时给联系的人一笔小费。

他们跟医院联手，也跟殡仪馆联手。

去哪家殡仪馆，由他们推荐，他们再从殡仪馆分成。死者家属去做告别仪式，乐队吹吹打打，把遗体送进焚尸炉，吹一首曲子三百元。其间放电子鞭炮，放一颗也是三百元。

之后捡出骨灰，到外面一个没有门的小屋里，由几个穿制服的人再行主持告别，收费五百元。这次告别大约两分钟，之后又由那几个人用轿子抬着骨灰盒，迈着军人的步伐，去廊道走上三四十米，让死者享受显贵尊荣，收费九百元。落轿后，再把骨灰盒交给死者家属，送到殡仪馆一个地方寄存。死者家属离开时，有气枪打出白色碎纸花送行，打一枪还是三百元。

在我心里，那些套路全没必要，但表哥不这样想。表哥觉得，这一切都很庄重，落下一样不做，就对不起亡魂，做得越多，对亡魂越好。于是吹了五首曲子，放了九响电子炮，打了七枪碎纸花。这已是一笔开销。还别说火化和买骨灰盒，更别说过些天要买的墓地。因此，我给表哥五万，其实是很少的。

表哥找我的那个周六，他已经知道外婆不行了，否则还不会来找我，免得外婆清醒时就闹起来，让外婆伤心。

现在外婆走了，他就看我的了。

姨父本人并不知道他的病，更不知道自己已被定下死期。

死期是人最大的秘密，姨父已丧失了这个秘密。

送别外婆的那天中午，我们一起吃了顿饭，饭桌上他说："我老家那边历来有个说法，一个亲人死了，不久会有另一个亲人跟过去。你说是迷信，可没有哪回不应验……"表哥笑着

戏 台 | 105

打断他:"本来就是迷信嘛,我哥死后,没见谁跟过去。"他顾惜他爸的病,本能地不想说有关他爸的不吉利的话。

可姨父当场就变了脸色,像朝快烧开的锅里加了瓢凉水,有些丧气,也有一丝不易察觉的悲哀。表哥见状,才知道失口。在他爸心里,他哥算不算亲人?

我正好坐在姨父身边,忙给他夹菜。姨父谦和地朝我"嗯嗯"两声,又把脸转向表哥:"你们外公老了不到两个月,你大姑不就走了吗?"

他讲这些,是想提醒大家注意身体。

他完全不知道自己的身体状况。

那一刻,我心里升起从未体验过的温情。坐在我右手边的这个人,肋骨痛,偶尔腋下也痛,是被蚂蚁叮了的那种痛;隔三两个钟头,叮一下,让他知道某个部位的存在;最多半分钟就过了,啥事也没有了。

但这个人却"活不过半年"。

上午的情景又历历在目。那是外婆被火化后推出来的情景:已没有了人的形状,只有骨头组成的人的线条,一幅人的意象画。曾听人讲,骨头是人最后的证词,记录了我们一生的苦难,可事实上,连苦难也成了意象。捡骨师傅从脚底开始,一截一截,把骨头掰碎,装进盒子。到这时,意象也消失了,只剩下荒诞的变形。从实体到意象,从意象到荒诞,就是人要走的路?

既然是人都要走的路，倒也不足为奇，更不可怕。

可怕的是知道那段路的长短。

姨父已开始用药。口服药，被小心地换了药瓶上的标签。这是从殡仪馆回城的路上表哥悄悄告诉我的。他没说更多的话，但我明白他的意思。

他是在催我。

而我不知道怎样去跟父母说。

明说吗？那很可能走漏风声。即使刻意避开，照样可能，况且刻意本身就会成为漏洞。比如，跟姨父说话的声音变小了，话也变多了，多得甚至婆婆妈妈的了，不自觉地问他的饮食，问他的睡眠，如此等等，都会引起他的警觉。生了病的人，鸟儿叫两声也会让他产生联想，觉得世界之所以存在，就是为了让他知道他的病。他想知道，又怕知道。想知道是带着幻想，怕知道是怕幻想破灭。

其实在想和怕之间，幻想已经破灭。

目前看来，连姨母也不知道姨父的病情。

要是我不跟父母说明，就会出现两种可能：

一是父母不愿去争那套房子。这种可能性很大，毕竟我父母不差钱用，而且是早就说好的事情。这样，表哥的目的就达不到了，姨父在他生命的最后时光，也不能和姨母过得平顺，按表哥的说法，是"没有个夫妻的样子"。这不仅关涉姨父，还关涉姨母。给外婆办丧期间，我总控制不住地观察

戏　台 ｜ 107

姨母。以前她在我眼里，比我妈高一些，年轻时应该也更漂亮一些；但现在不同，现在她成了巴山深处那个女知青宁倩，她在某个夜晚生不如死，在大儿子死后不再回去看一眼，在几十年的婚姻生活中，和丈夫天天吵架……

二是父母果然来劲。这更糟。真是那样的话，父母成什么人了？我去撺掇他们，我又成什么人了？再者，表哥说他父母会因此齐心协力，可万一不是呢？外公跟表哥的大姑，也就是姨父的姐姐，从来就没见过，他们的死亡无非是两个陌生人的相继死亡。世上每秒钟就要死两个人，相距几十天死，可用漫长来形容，姨父却把他们联系起来，可见在他心里，亲戚的概念是很重的，尽管平时不显。要是我父母去闹，会不会让他肝气郁结，从而加速癌细胞的扩散？

我是又过了几天才去跟父母说的，没让张静知道，独自去找了父母。

去的时候他们正吃饭，爸身上的围腰都没解下来。爸过两年就退休了，已从实职岗位转为巡视员。他喜欢做饭，倒不是闲下来后的自我填充，是一直就如此，其理论是，做饭能激发创造力，更重要的是能沾烟火气，能知柴米贵。他进而提出，做领导干部的，只要时间允许，都该亲自下厨，且要从买菜开始，说菜市场能给人很多教育，包括触摸到生活的根，以及对庸常日子的热爱。"领导不知庸常日子，"我爸常说,"眼睛就是冷的、空的、高高在上的。"

虽然已经吃过,我还是顺从地接过了母亲拿来的碗筷。"好久没尝过你爸的手艺了,"母亲说,"看看巡视员做的和副厅长做的有啥区别。"

父亲听了母亲说的,看着我笑。笑里的羞愧,让我暗暗吃惊。那是一个男人的羞愧——他的事业到头了。一个有事业心的男人,却把事业做到了头,会是怎样的感受?我无法揣度。我还年轻,而且完全谈不上有事业心,凡事得过且过。工作和生活,都是。别的不说,单是住处,若稍有点儿讲究,我早就换了房子,不跟那对总是吵架的夫妻做邻居。我曾以为,从马桶里听见他们吵,只要摁下蓄水箱按钮,就能把什么都冲走,其实没那么简单,那照不到阳光的声音不仅冲不走,还老像块湿帕子搭在身上,揭不下来。即便如此,我也没换房子,是懒的。

可我还是被父亲的羞愧击中了。

他老了,上天已不允许他从头再来。他脸上见不出皱纹,甚至显得红头花色,但两鬓斑白,耳垂干瘦。他的一部分身体,否定了自己的另一部分身体。

对姨父产生过的温柔情感再次升起——这次是对父亲。我发现,父亲也是一个病人。他长时间做领导,早就习惯了把待在领导的位子上当成事业,从那位子上下来,就是穷途末路。表哥谈论外婆的时候,说老本身就是病,穷途末路与老

戏 台 | 109

相比，或许是更加沉重的病。老是规律，穷途末路是人生。

母亲完全不必那样说的。换一种说法不行吗？非要点出副厅长和巡视员吗？母亲已经退休，这真好，她的那张嘴，少在外面行走，就少得罪些人。我简直不明白她以前是怎样把科长处长当下来的。或许，当了科长处长，就有人可以让你随便得罪了。

进门之前，我想的都是跟父母明说，现在改了主意。要是母亲知道了姨父的病，泄露出去几乎是必然的，且不是以关心的方式，而是像知道姨母的眼睛有点斜一样，像知道父亲的事业走到头一样，动不动就戳一下。

真是那样的话，就把表哥辜负死了。

父亲说做饭能激发创造力，可几十年来，他最爱做的宫保鸡丁、鱼香茄子，永远都是那个味儿。我吃了两筷子，问他："最近菜价咋样？"

他的羞愧已被他自己掩埋，听我问，怪异地盯住我："你也操心起这个来了？"然后就开始教育我。

倒没从"领导"的角度，因为我不是领导。我管着一个企业，但在父亲心目中，只有党政部门的领导才叫领导，何况我那个企业还是私营。他是从过日子的角度教育我，说没见过像我和张静那样的夫妻，成天不是在外面吃，就是叫外卖，总之离不了一个"外"字。"'外'是啥？左边是'夕阳'的'夕',右边是'占卜'的'卜',就是在夜间占卜;占卜通常是在白天,夜间占卜,证明边疆(外)有事。边疆有事还能是好事?'外'来的东西,能放心?"

他又捡起数十年前的所学来了。他本科读的中文系,硕士专攻先秦文学。如果他一直待在大学,会有刚才的那番羞愧吗?

我不知道。

教育了我,他才回答我:"降了,肉降得最厉害,猪肉降了五块多。"

我便以淡然的口气说:"啥都降,就是房价涨。"

父亲没在意,母亲却明显有了反应,筷子在碗沿上磕出"铮"的一声。

我装着没注意到母亲的动作,问父亲:"听说未来十年政府要着力打造城西北?"父亲瞄我一眼,从眼神看出他并不知道,他已是退居二线的人了。因为不知道,那种羞愧再次出现,且带着一丝哀伤。

"开发……想一出是一出,"他以清醒者的口气陈述着自己的不满,"上上届的伍书记要向东边发展,修了数不尽的'中心',搞出一大片空城;上届的魏书记,说把资金流向外围,怠慢主城区,本末倒置,于是在主城区建高架桥;这届的王书记又想出新点子来了,要打造城西北了。"他嘲讽地笑了一声。

"听说要在城西北建音乐公园、湿地公园，那边的房价就像长了翅膀。"

我的话音刚落，母亲又把碗沿一磕。磕得更响，但话比碗还响："莫说长翅膀，就是放火箭也与你屁相干！"

我说："那倒也是，我是想的外婆那套房子，现在能卖上百万了，再过两年……"

母亲暴起一声："还提那东西做啥子？"

父亲还沉浸在自己的世界里，猝不及防，吓得一抖，惊惶地看着母亲。

母亲则看着我和父亲："当初，你们几爷子装大方，一口就送出去了！"

父亲低了头，耳根发红，剥煮花生。

由此我感觉到，那年春节在表哥家说了房子的事回来，父母一定是吵过架的，还不止吵一回两回。当然，所谓吵架，就是母亲朝父亲发火，父亲最多低声辩解两句。父亲惧内，我从小就听大人们这样说。都说惧内的男人有福，想必父亲也是有福的。

"一套老得起黄斑的房子，"这时候他说，"哪值那么多。"

母亲将碗重重地朝桌上一蹾："说你傻呢，好坏也混了个副厅级。你以为房子老了也要退居二线？也要去做巡视员？房子不是看年龄，是看城市、看地段！城西北要搞开发，开发就是烧钱，火苗子燎不着，总要蹭点热！如果拆迁，更不得了!"母亲说着,越来越气,把十年前的那一天,张静怎样说话,父亲怎样说话,我怎样说话,每个人说的,都背了出来,顺序也不乱。

说到最后,竟数落起外婆来了。

"外婆偏心。"这是母亲说的。也不是现在才说,以前就多次说。为什么"偏",母亲是清楚的:大姨去乡下受了苦。大姨家信上的斑斑泪痕,在外婆眼里是一个个窟窿,不缝补起来,就不能心安。但外公外婆都干着技术活,也只会干技术活,且刚跨越大半个中国,解决了分居,用钱上窘迫,既不能让女儿吃穿富足,更没办法把她捞回身边。百般无计,只好把心"偏"过去。

大姨去当知青时,母亲正被城市的风掀起头发,如同嫩叶被春风撩开,露出青杏。羞怯、担忧、焦躁、怕,成为她这段生命的主旋律,她迫切地需要关注,又视关注为侵犯,当她发现"侵犯"比自己渴望的少,就"砰"的一声把门关上,以自怨自怜的炉火,锻造她的刻薄。她完全不管外婆以偏心求安心,本身就不可能安心,眼里只有自己空出来的那部分,并用那部分去责备外婆。

在她看来,外婆早就想把房子给纪军和春燕了,那年春节提出来,无非是装装样子。

父亲还在剥煮花生。

那颗花生他至少剥了八分钟,将壳捻破,沿中轴线掰开,又合上。经水煮过,壳上带着湿气的印痕;两粒果实,穿着紫衣;安安静静地睡在里面。这给我很不好的感觉,像那壳是棺木,父亲启开了人家的棺木。母亲也注意到了父亲手上的一开一合,眼神恼怒,但更多的是疲惫。母亲空生了一张刻薄的嘴,父亲就是一团棉花,刀子扎下去,棉花即使痛,却不会叫出来让你知道。

如果说父亲是有福的,母亲也是吗?

父母的婚姻顺利得出奇。那时候,母亲宁秋,刚毕业半年,逐渐适应了政府部门的台阶、楼层、表格、会议和免费午餐。某个周末,有个同学邀约去野马河古镇游玩。她带了个女同事去,同学带了三个人,其中有个叫刘墨轩的。同学介绍说,他本是某大学老师,现在某区委秘书处。刘墨轩的儒雅,让宁秋当场就喜欢上了。而刘墨轩把宁秋的刀子嘴当成了泼辣,也喜欢上了。两人不求同声,只求互补,证明都想有一条越来越宽的路。一年后,他们结了婚。

两人应该过得很幸福。

确实也是,没有人认为他们不幸福。

然而,父亲的动作,母亲的眼神,仿佛又都是对"幸福"两个字的涂抹。

我再次想起那位朋友的姐姐。她没能嫁给初恋,看不起后来的丈夫,越看不起,越觉得初恋好,越觉得那个人本来是她的,却被另一个女人抢走了,她的生活因此破碎。到三十岁后,她觉得自己的儿子都上小学了,她有权利追求完整了。只要有找情人的机会,她就不放过。但情人并没能把她缝补起来,让她获得想要的完整,她只好求救于对找情人这件事的诉说。她没有女性朋友,跟男性朋友说更不可能,就说给自己的弟弟听。弟弟才是最对她知冷知热的人。

"姐姐每说出一段故事,"我的这位朋友说,"都是对我的一次伤害。但我连愤怒的勇气也没有,我只是觉得她可怜。初恋之前,有个男同学疯狂地追她,她无情地拒绝了。当然,拒绝本身就是无情的,也不必再加上'无情'二字。可这时候,她竟然主动跟那个同学联系上。那人在深圳,给她订了机票,她就去了。三天后回来,被我姐夫怀疑,暴打了她一顿……"

她婚姻生活的不幸,从她找情人就已经开始,但在表面上,是从去深圳回来后开始的。丈夫通夜通夜地不让她睡觉,逼她说出某一天的行踪,具体到某个时辰,某几分钟。她熬不过,便如实交代。怀疑被证实,丈夫陷入深渊。而深渊还有更深处,丈夫又逼她描述跟男人上床的细节。当折磨得她蓬头垢面、满身青紫,就故意把孩子叫到身边,让孩子看自己偷人的母亲是什么样子,用孩子的哭声去啃她的心和骨。她提出离婚,但丈夫一口否决:"离啥婚呢?这样子很好!"

这些事,她的弟弟,也就是我那位朋友,全知道。可他连愤怒的勇气也没有。

直到有一天,他终于忍无可忍。

那天他姐姐对他说,她找到了真爱,那个真爱她的人,是在火车上认识的,与她生活的县城之间,隔着两个县城,路程不近,但他常去看她。她对他说,等儿子上了初中,住了校,她就坚决离婚,男方不离,她上法庭也要离。可是真爱她的人不赞同,说那对孩子不好,虽然住校,可学校究竟不是家,孩子的家只能是父母给的。她流了泪,说想和他常相守,像这样偷偷摸摸,过着欺骗的生活,她已经厌倦了,而且,如果被丈夫发现,她多半要被打死;丈夫把她捏在手里,并不是为孩子着想,而是想世上有个人可以任由他折磨,等到某一天折磨腻了,她就是死路一条了。真爱她的人说:"你死了,我裸体为你陪葬。"

"你不知道我有多恶心!"我的这位朋友说,"说出那种话的男人,该有多恶心。骗子,恶棍!但我的姐姐,那个傻婆娘……"他就是这样骂的,"还很陶醉。我狠狠扇了她两耳光,然后穿越两个县城,去找到了那个恶棍。"

他把那人打成了残疾。

为此他赔尽家财,还被判刑两年零七个月。

当初,深圳的那个男人让他姐姐过去,睡了两夜,再不理她,以此完成当年被拒的复仇。这令他可怜姐姐,令他伤心,令他藐视那个猥琐的男人,却没想过要去对那人动武;反而是这个要为姐姐"裸体陪葬"的,让他忍无可忍。

他姐姐现在怎样,我没问,他也没讲。但我想说的是,她是毁于自己的幻想。她以为跟初恋结婚,她的人生就永远有温暖的阳光,有丝绸般滑顺的河面,有恰到好处的风。她不知道同样可能有麻木、惊恐和疲惫。

母亲发了火,但并没说要去争那套房子。

我又宽心又焦躁。宽心只是表面,焦躁才是实质。如果不去,我前面的那番"挑拨"就太无聊啦。我想这大概是因为当初说的是给表哥表嫂,做长辈的,到底不好去伸手。于是我又说:"那天碰到表哥,他说大姨他们要去水井湾住。"

水井湾是个小区的名字,外婆城西北荷叶街上的房子,就在那个小区里。

父亲不再重复"启棺合棺"的动作了。他把那两粒花生米取出来,头并头地窝在掌心,看样子要往嘴里拍,却始终不拍。"住水井湾?"他说,"住那边过日子倒是方便,出门就是菜市场。可是街道太窄,小摊小贩又到处摆,弄得满地是水,寒天暑日没干过。当真开发起来,更要吵死人。还是住现在的西苑好。"

"他们可能是想把西苑的房子用来出租吧……"我说,"听表哥说,他把水井湾的房子让给了他爹妈。"

母亲的头转来转去,最终把目光盯在我脸上:"已经住过去了?"

那本来就是我胡编的,只为引起话题。我说:"不晓得。"

"那两口子心多!"母亲歪着嘴,话也歪歪斜斜地出来。父亲不明白她这话的意思。我似乎明白,又不敢肯定。正要求证,母亲问我:"你刚才说,纪军把房子转给了你大姨?"我说:"是的。""他们是想把房子占住,免得生事!"母亲下着结论,脸昂着,仿佛坐在她对面的不是我和父亲,而是姨父姨母。

看来母亲的意思,正是我想的那种意思,也是我需要的那种意思。

父亲终于把两粒花生拍进嘴里,花生被煮过,本以为早就死去了,但在父亲的牙齿底下,依然发出被切割的痛楚呻吟。他说:"未必人不住那里,拆迁起来就不给他钱?还会生啥事?"他完全误解了母亲的意思。

我怀疑他们很难把某件事、某句话,理解成同一个意思。

母亲眼神里的疲惫,又深了一层。

就至此为止了吧,我对自己说。我真不想再说什么了。我非常后悔答应表哥来干这件事。干这件事让我厌恶。然而,当我起身向父母告辞之前,我还是扔出了几句话:"真要生事的话,当然会有事。那年说把房子给表哥表嫂,只是说,又没立字据,更没有外婆签字……大姨他们防的是这一手。"说完我就走了。

我发誓再不掺和这件事情。

朋友送来一条狗，我本以为是帮他养段时间，谁知他养了四条，实在养不过来，这条萨摩耶真是送我们的。我和张静哪是能养宠物的人？听说是送我们，我心里当即冒出一个念头，这念头说出来真是没有敬意：当初连养外婆也没耐心呢。

然而也正是这个念头，让我看穿了敬意的脆弱。

养外婆没耐心，养这条狗真有。

它跟姨父当年养过的那头牛一样，也有个人的名字，那头牛叫孙贵，这条狗叫邹薇。它老主人姓邹，萨摩耶又生就一张微笑的脸，便叫了邹微。因是母狗，为彰显性别，"微"改作"薇"，像雌性天然地就该属于花花草草一样，哪怕是一只母老虎。朋友对我说："算是过继给你了，就让它跟你姓，叫它刘薇吧。"我想这实在没有必要。听人讲，若非皇帝赐姓，改姓都会让人有内心的撕扯，仿佛是背叛祖宗抑或被祖宗抛弃，令人产生悬空感、虚无感。我无法断定狗就没有历史意识，没有追根溯源的渴望，万一也有，它定会痛苦。养它，又让它痛苦，对双方都是损害。因此不改，还是让它姓邹。

邹薇比我们更早清楚它是有了新家而非暂住，进屋就伸着舌头，四处巡视，犄角旮旯都不放过；对新主人，它巴心巴肝地蹭腿，求抚摸，把凳子顶到我和张静的屁股底下。正因此，它把我们视作客栈的家，变成了真正的家：我们再不能三天两头地把家空着，至少得有一个人按时回去。

如此，家里便形成这样三种格局：刘青林＋邹薇；张静＋邹薇；刘青林＋张静＋邹薇。三种格局中，唯一不变的是邹薇，它比我和张静更有资格拥有那个家，也成为我和张静之间的纽带。比如我没回家，张静就会向我报告邹薇的情况；张静没回家，我也会向张静报告；同时，我和张静还会向儿子报告。

不过，儿子远在英国读中学，去了两年了，该熟悉的都熟悉了，有了朋友，有了他自足的世界，加上跟邹薇还没有实际的接触，更没建立起感情。视频通话时，邹薇朝他笑，用狗的语言叫他哥哥，他也只是含混回应，像很不好意思，又像带着些许嘲讽。

我猜想，儿子嘲讽的，多半不是邹薇，而是邹薇对我和他妈妈造成的改变。邹薇确实改变了我们。从不早起的人，天色微明，听到抓门，立即起床，送它去楼下的草坪；尿撒了，屎拉了，它还想在户外呼吸新鲜空气，还想跟它的狗友打个照面，就又随它在绿化带转悠，甚至出了小区，沿磨底河廊道，走很远的路。

每当这时候，我就想到父母，也想到姨父姨母。

如果父母也养一条狗呢？

"那不行,"张静说,"你以为它是狗,就嚼得烂妈的那些刀子话?"

逢年过节,该去看望我父母的时候,张静从未借故不去,只是,每次去之前,她都暗暗运气,让自己的内心变得强大些,并且保证两只耳朵绝对通畅,让母亲的言语能畅通无阻地从她左耳进、右耳出。此外她还要卸下全部首饰,把自己变得很本真,本真到平庸,平庸到在任何方面都不会引起我母亲的注意。

平时,她也不在我和朋友们面前谈论我父母。朋友们倒是经常谈论有关父母的话题,包括各自的公公婆婆、岳父岳母,无不是气得牙痒:从不把话说明,让儿女去猜,猜错了就生气;菜买得把冰箱挤爆,却舍不得吃,坏了又舍不得丢;他们这一辈,年轻时忙着干革命,退休后忙着跳广场舞,自己基本没照顾过老人,现在儿女去照顾他们,却苛刻得很,容不得半点儿差池……张静听着,神情淡然、内敛,绝不接话。

可是她心里有话。为邹薇着想,她把心里的话说出来了。

她说得对。一方面是怕邹薇受伤害;另一方面,母亲有鼻炎,不适合养狗。

如果姨父姨母也养一条狗呢?

"那不行!"这是我说的。

但我没解释,我只是想:两个儿子都没能成为他们的共同目标,一条狗能行?对姨父姨母而言,养狗养猫养金鱼,无

戏台 | 121

论从调节身心的角度,还是从缓和关系的角度来看,都不会产生什么意义。其次是姨父的身体也不允许。他那身体可比鼻炎严重。对一个得了重病的人来说,病会成为最高权威,它不招呼,你也得每天主动去它那里报到,付出全部精力去服侍它,哪有心思养狗。

说到姨父,他现在怎样了?距离那次回去看了父母,说了那些话,已过去一个半月。我用邹薇去模糊了这一个半月,事实上是不愿去想,也不愿去听。我也像是一个得了病的人,想知道,又怕知道。在想和怕之间,怕总是占上风。

其间,我有几次都准备去看父母,也准备去看姨父姨母,衣服穿好了,鞋子穿好了,最终都作罢。电话是打的,口气里先就做出忙得不可开交的样子,三两句问候过后,就挂了。最奇怪的是,表哥竟然也不跟我联系。虽然奇怪,但这样好,我们本来就联系得少,不特意联系,证明一切正常。

然而,哪一种状况才叫正常呢?

一号过了是二号,一月过了是二月,这是一种正常。
雨落旷野,大漠孤烟,也是一种正常。
山川震彻,星河摇动,同样是一种正常。
这么想来,世间原本没有不正常的事物。我们说不正常,只是因为不符合自己的习惯和愿望。对我而言,哪怕世界并不美好,只要能节奏不乱地运转下去,本身就是美好。从某种意义上说，邹薇的到来，破坏了我的一些东西，但还在可控的范围，而且是我喜欢的，即是说，那种破坏是符合我愿望的。真正让我不适、像块结石一样搁在心里的，是表哥的托付以及我在父母面前的那番表演。

好在都没有声音了，一切都过去了，又变得正常了。

这年十月，送狗的朋友邀约去泰国游玩，我不大想去，张静特别想去。她走过很多地方，东南亚偏偏没去过。另几个朋友都是夫妻同往，张静去我不去，显得怪模怪样，落单的感觉也会让她不舒服，于是我也决定去。

签证很快就办了，问题在于怎么安排邹薇。邹薇的老主人说，将它送到宠物店寄养——他现在说话，已不把自己当成邹薇的主人了，据说这是有德行的标志：你已经把它送出去了，它就不是你的了，你不能再以主人自居。

因为要出远门，而且一去就将近半月，出发的前几天，我再懒散，也得去公司忙碌，把该处理的事处理掉。安排邹薇，就由张静负责。

我办的那个企业，并没打算给张静留个位置，当然更主要的是她自己也不想去要个位置。我们都有个古怪的想法，觉得夫妻同调，会给人黏黏糊糊的印象，甚至是不洁的印象。在公园里，看到某些夫妻锻炼，丈夫在甩手，妻子也在甩手，妻子在下蹲，丈夫也在下蹲，我会深感悲哀，觉得他们的生活陷入了泥潭。这实在太古怪了，简直毫无道理，可张静居然也是这样想。目标和步调，在我们心里是两个概念，甚至是分裂的概念。因这缘故，张静不跟我做事，去跟了另外几人合伙，漫不经心地开着一个酒吧，轮流值守，时间上很自由。

找宠物店寄养并不难，但张静去看了好几家，都不满意。说舍不得把邹薇丢进那样的场合，说那不是店，是牢房。其实人家也挺负责的，每天有人带狗出去遛，只是像邹薇这种性格活泼、体形硕大的狗，平时要被关进笼子。

"关进笼子还不是牢房吗？"张静质问我。

我无话可说。因为近段时间以来，我感觉自己也被关进了笼子。所谓正常的话，无非是自我麻痹。既是麻痹，总有清醒的时候。我老有一种负罪感。无形的环墙，阻挡了我的路。我连去看父母和姨父姨母都迈不开脚步。按理，分明知道姨父得病，应该时不时去走动一下才对，但我有意忘记。

我真不该听表哥的。我觉得他是给我设了个圈套，有些恨他。但另一方面，我是不是正需要那个圈套？是的，当初说把房子给表哥，我态度积极；安葬外婆，我可以不给表哥钱，但还是给了……可这些举动，是否能说明全部问题？尽管我不缺钱用，但四十万和上百万（甚至二百万、三百万），在我心里就没有落差？

这才是最让我对自己感到不满的。

张静完全不理解我的心思，甚至也没察觉到我的变化。

由邹薇重新缔造的这个家，或许只属于邹薇。

但现在不得不让它暂时离开。不愿放进宠物店，张静就去找朋友。

也是这时候，她才发现，我们的朋友多为玩伴，并不适合帮衬。她打了十七个电话，才终于有人答应收留。

这天上午，她带着邹薇、邹薇十余天的口粮、维生素、卵磷脂、钙片，开车去了朋友的家。两个钟头后，她到了我的公司。并没上楼，只打电话叫我下去。车停在一棵梧桐树下，秋天的阳光，斑斑点点洒在银灰色的车顶。见了我，她摇下车窗。阳光的斑点像是微微晃动了两下。

"咋回事？"还隔着自行车道，她就一惊一乍地问我。

与此同时，坐在副驾座上的邹薇纵身一跃，跃过张静，跳出窗口，向我扑来。

"啥咋回事？没送出去？"

"你上车来。"她说。

副驾座坐不下我和邹薇，我们便上了后排。

"爸妈咋跟大姨他们闹翻了？"

她这才告诉我，她把邹薇送到那朋友家，结果那朋友对狗一无所知，见邹薇体型这么庞大，心里怕，又听说每天早一趟、晚一趟，要带它出去拉屎拉尿放风，当即就为难起来。张静对她的为难很生气，说："又不是不给你钱！"这句话把

戏　台　｜　125

对方彻底冲撞了，说："你张静有钱，我又不找你借，更没说要给你的狗当保姆。"张静带着邹薇，转身就走了。然后她开着车，气呼呼地在街上乱转。

说起来也是机缘，她竟转到了同善桥街。

表嫂的炒货店就在那条街上。

但张静并不知道，她从没去过表嫂的店。这时候，她见一个女人挂着一领大花布围裙，双手插进围裙的兜里，斜斜地站在一方门下，无所用心地望着街景，还非常吃惊。吃惊的是那个人怎么跟表嫂长得那么像：圆脸，大眼睛，鼻子老给人静默沉思的印象。待看见顶上的店名，才知道那就是表嫂。店名叫"宁瓜子"，是姨母当年取的名字。那领大花布围裙，那闲时望着街景的模样，也是从姨母那里继承来的吗？

张静灵机一动，想到邹薇终于有着落了。她深怪自己这么几天都没想到表哥表嫂头上去。

都说表嫂的生意比姨母当年经营得好，但从情形上看，最多就是傍晚时分好一些，白天也基本上是闲着，让邹薇跟她到店里，完全不误她事。即使白天忙，照样误不了事，邹薇乖巧、听话，叫它坐着就坐着，叫它躺着就躺着，遇到陌生人也很有礼貌。于是张静把车靠边停了，喊："表嫂。"

表嫂从半开的车窗里见到张静那张脸，比张静见到她时更吃惊。表嫂吃惊的，定是张静的笑。张静笑起来，是彻底开放、毫无遮拦的那种。为什么还会那样笑呢？表嫂疑惑着，迟疑了一下——这"一下"并不代表时间,简直就没有时间,但能鲜明地感觉到——她朝张静走去的步子,也迈得滞重。

"你别问我,"还有几米远,她就对张静说,"我啥都不晓得。"

张静蒙住了。

表嫂揣着手,站在车门边,说了好一阵,张静才勉强听出个意思:我父母天天去找姨父姨母,见面就吵,以至于姨父姨母不敢住在西苑,更不敢住到水井湾去,当然也不会住到表哥表嫂家里去。他们自己出去租了房子。

"租在哪里,我确实不晓得,"表嫂满脸通红,"前些天,二姨他们天天来问我,有时一天要来好几回。我说不晓得,他们又不信,二姨还朝我撇嘴,说:'我还以为你春燕是个诚实人……'"表嫂快要哭出来了。

张静一手搭住方向盘,一手搁在邹薇头上——它趴着,一动不动,像生怕被窗外的人看见,就要把它交给窗外的人养——尽管根本不明白这期间发生了什么,但张静心里知道,叫表嫂帮忙照管邹薇,已经很不妥当了。她只是对表嫂说:"我不是来问你的,我只是从这里路过,看见你,打声招呼。"言毕,开车走了。

这么说来,表嫂也跟张静一样,既不知道表哥的计划,也不知道姨父的病?表哥表嫂这两个该回家时就必定回家的人,究竟是一种怎样的关系?张静问我爸妈为什么跟姨父姨

戏 台 | 127

母闹翻了，神情上兴奋多于焦虑，或者说只有兴奋，没有焦虑，焦虑只是色彩，为的是把兴奋涂掉。她并没有错。自己演戏给别人看，别人也演戏给自己看，她是一种看戏的感觉。

可是我就不一样了。

父母是怎样达成一致的？父亲仅仅是母亲的傀儡还是跟母亲同舟共济？姨父姨母又是怎样结成了同盟？连儿子也没能成为共同目标，难道为了捍卫一套房子，就当真化解了将近半个世纪的干戈，有了"夫妻的样子"？

我决定去父母家看看。

泰国之行我已取消了，张静一个人去算了。我本来就不想去，现在有了理由。别的理由我没讲，只是说，既然不愿意把邹薇送到宠物店寄养，又找不到人代养，家里总得留个人。张静没说什么。她沉默，除了认同我的话，还因为，以前她怕人家都是夫妻同去，她一个人去，免不了会孤单，现在她不怕了。通过为邹薇找临时东家，她看穿了一些事。所谓孤单，是因为对别人有依赖心，依赖心消除，孤单感也就自动解体。

张静出发的当天下午，我就去了蜀凤苑。

那是我父母居住的小区，无论从哪道门进去，都见古木森森，当然是移来的古木，那些榕树、黄葛树、公孙树，老家在岷江中游，树冠自带云雾，使这小区显得有些阴。乘电梯上行途中，我看着地面之物一寸一寸小下去，知道那不仅是空间，还有时间，是时间把我带离了空间。地面之物的小，也是我自己的小，我跟着它们小成一个黑点时，电梯门打开了，黑点走出去，在密闭的空间里还原为一米七六的高度，再穿过一条弧形走廊，便到了父母家的门前。

我身上有钥匙，但我没掏出来，而是伸手按门铃。

按了三次，里面毫无动静。

进去吗？这么想的时候，钥匙已插进了锁孔。

屋子里的气息我太熟悉了，那不是家的气息，是客栈的气息。整个白天，父母多半都不在家，只是夜里回来养精蓄锐而已。人不在，家就被寂静占据，墙上、桌上、地板上、沙发上、冰箱上、电视机上、半开的抽屉里、盛着核桃壳和橘子皮的垃圾桶里、摊开的《参考消息》的字缝间……到处都是寂静，伸出尖嘴，啃啮时光。我一进屋，寂静猛然抬起头来，吓得尖叫，却并不逃走，也不躲避，只在原地蹲着、趴着，对我怒目而视。半分钟过去，见我不能把它们怎样，就越发凶恶起来，嚷嚷着叫我离开。我喊了两声"爸、妈"，便退出去了。

我希望爸是上班去了，但多半没有。表嫂说去找她的，不只我母亲一个人，还有父亲跟着。父亲现在上班没有任何事可做，他的办公室里，也没有任何人进去汇报工作、讨要请示，所以对他而言，去单位其实是一种折磨。

为什么不跟我商量呢？

至少应该跟我商量一下……

迷离之中，我到了水井湾，又到了西苑。两处都没装门铃，只能敲。正是敲门的过程中，我注意到，外婆的老房子，荷叶街水井湾1栋1单元4号，门是旧门，锁却是新的。以前，我父母也有这道门的钥匙，他们去外婆家，都是自己开门。自从外婆跟了表哥，那把钥匙再没用过，怕是早就扔了，但姨父姨母担心，就把锁换了。如表嫂所说，姨父姨母没在水井湾，也没在西苑。金凤路西苑5栋3单元9号门外，门垫上均匀地布满灰尘，明显有很长时间没被踩踏过。

我在9号门口站了一会儿，像是有所期待。然而，整栋楼都没有人声。只有门上的对联喧闹着：花灯灿烂逢盛世，锣鼓盈天颂华年。这是春节时买来贴上去的，再过两三个月，将是又一个春节，就该换新的了，到时候还有人去换吗？

表哥曾讲，姨父在天台养了花。到天台也无非再上三层楼，那就去看看吧。

我早不惯于爬楼梯，每迈一步，腿肚子都像被锐器钻了一下。

天台是通的，从那头下去，就到4单元。花草只种在3单元11号楼顶。我当即明白那就是姨父种的。姨父定是这样想：11号楼上，属他们单号门牌共有，既然别人不利用，他就可以利用。但他绝不占据双号门牌的区域，更不占据4单元的区域。这是他的界线意识，也是他的反界线意识。

当年，据表哥说，姨父在老家为牲畜治病、节育，开始是工作，免费；后来也是工作，但节育时要收取一定费用；回龙镇上游是黄金镇，两镇交界处的黄金人，都愿意请"纪同志"，而不请本镇兽防员；"纪同志"手快，猪崽"叽叽"两声，就被骗了，还骗得干干净净；黄金镇那些家伙，猪叫得哭，哭得主人流出眼泪花花，猪崽还被夹在两腿之间。可这惹得黄金镇的同行很不高兴。姨父的办法就是：让村民把牲畜赶到界沟西侧回龙镇的地盘上，他再动手。

花木是共赏之物，但姨父独占了地方，觉得应该有所回馈，他便铸了四个水泥墩子，每个墩子上竖根铁杆子，拉着电线，供人晾晒衣被。就像当年，到年关，区上开会，他会请黄金镇的同行去店里吃碗小面。

盆栽之外，还有十余个大浴缸。这一带装修房子，曾经时兴在盥洗间安个陶瓷或亚克力浴缸，后来普遍弃用，在被清洁工拉走之前，姨父把它们扛上楼，再去周边寻土，把浴缸填满，种上无花果、樱桃树、竹节蓼、小叶榕……树下乱草丛生。草都干死了，成了草的尸体。这片辽阔的平原上，已经很久没下过雨。连耐旱的沿阶草和马唐草，也根根枯黄，酢浆草更是趴在土上，像是枕住自己的小手，永远睡过去了。我想起念书时，老师讲《红楼梦》，说林黛玉是绛珠草变的，而绛珠草就是酢浆草，俗名酸叽草。

下楼的时候，我给表哥打电话。我的悲凉和怒气，被楼道里的回音放大。谁知表哥竟然欢天喜地的，说："青林啊，我空了打给你。我们单位来了巡视组，白天晚上整材料，忙得起火！"他嘿嘿一笑，就把电话挂了。

两年过去了。在这两年当中，我再没见过姨父姨母。只知道，医生给姨父判定的"刑期"，早已失效。姨父不仅活着，还越活越精神。

这是听表嫂说的。

两年前，张静去泰国旅游期间，我一直在等表哥的电话，但他始终没来电话。我想你再忙，也不至于忙到不吃饭拉屎，你的计划已经演变成了计谋，让我父母深陷不义，我也连带受过。既然这样，我实在没必要再吞下那个秘密。

于是去"宁瓜子"找到表嫂，对她说了。

她竟然不信。这不怪她，因为我首先对她撒了谎。我问她知不知道姨父有病，她说知道。我问她知不知道是癌症，她很是错愕，像兴冲冲赶上前去拍一个熟人的肩膀，待那人转过头，才发现自己根本就不认识对方。我又问她知不知道姨父最多活半年，这还是三个月前下的结论。她脸色一白，明显胸口被堵住了。她跟姨父姨母处得怎样，我并不十分清楚，但就算不怎样，就算只是普通熟人甚至是仇人，突然听说对方没几天好活，也会物伤其类。这时候，我才把表哥的计划说了，而且说我父母也是知道的，他们就是演戏。我撒谎的是最后一句，表嫂不信的也是这一句：真有人能把戏演到那种程度，可以将一个病人撵得无家可归？

这证明她是一个把演戏和生活分得很清的人。

但问题是，演戏和生活本身就分不清。她去向表哥求证，表哥没说别的，只说："我没告诉你，是怕你担心。妈我也没告诉。"

表嫂得到了证实，也得到了安慰，便给张静去电话，表达歉意。

那时候张静还在泰国呢，表嫂的话，风一吹就过了。世界那么大，阳光那么好，钻石海滩那么迷人，这种小事，不值得耽误时间，更不值得挂怀。她是从泰国回来，把万千照片向我展示了，洗尽了防晒霜，褪尽了热带风尘，从异域情调回归日常处境，才突然记起，也才向我问起。我便也向她讲了。

"有病！"她说，"想得出来！"

"不过也好。"她又说。

她说的"好"，不知道是指哪种好。

但"好"确实是事实。姨父不仅突破了"半年"的生死限，去复查时，癌细胞还大面积撤退了，他没事了！此外，在这两年当中，他跟姨母，姨母跟他，都不再争吵，当真有了夫妻的样子。这是双重的胜利，也是表哥的胜利。表哥混到而今，还是个普通职员，那些小年轻都当上了业务主管，成了他的领导，客气些的，叫他一声"纪哥"；不客气又装老成的，叫"老纪"；老成也懒得装的，就直呼其名了。但这只是水面上的生活，水面之下，表哥还有另一种身份：中年之后，他成了导演，他把一场假戏导出了真境，且超越科技，重塑人生。

在我父母这方面，何尝又不是胜利？

最初我十分担心，我怕这出戏把姨父的病治好了，却让我父母得病。这是很有可能的，陷入郁闷和争斗，血液会"变质"。但事实证明没有，我父母跟姨父姨母一样，越活越精神，而且母亲的强势、父亲的惧内，得到了奇异的中和，两人之间，一个眼神、一个动作，都能心有灵犀。我父亲彻底退下来后，天天钻研法律文书，准备跟姨父姨母法庭上见，他由此开辟出了另一项事业：小区里的熟人有了财产纠纷，都来找他咨询，后来陌生人也来找他，他为他们答疑解惑；不仅如此，他还去网上开课，讲解财产的物理特性、心理特性和精神特性。

只是，我们一家与姨父姨母一家，再不相聚了。

这也没什么特别的，俗话说：有老人在，家才在；老人不在，家就散了。我们两家无非是散了而已。

影像

马三离婚了,你听说了吗?我正在大街上走,一人从背后抠住我的肩,脖子扭到我面前,突兀地这么问了一声。我大吃一惊,因为我就叫马三。我说,马三离婚了?他说离了,马三又找了女人,是个婊子。他满脸的肉疙瘩交腿叠股,蹲在他腮帮上朝我笑。这张面孔我似曾相识。你叫什么?我叫火腿,他说,火腿你听说过吗?当然听说过,我跟妻子就常吃火腿,可在我们的熟人中,没有一个叫火腿的人。我又问:马三的妻子叫什么?苏小姝。天啦,我的妻子也叫苏小姝。

事情已变得相当严重了,我抓住他毛茸茸的手说,老兄,喝杯茶吧。

旁边就是一家老字号茶楼。

是这样的,他抿了口"清山绿水",兴冲冲地说,马三抛弃了他老婆和两岁的女儿……

马三有个两岁的女儿?我声音颤抖。我的女儿五天前才过了两岁生日。

怎么没有?不过,他跟苏小姝离婚时,女儿只有一岁零三个月,现在应该满两岁了。马三的历史我一清二楚!他大学毕业后,分到一所煤矿子弟校教书,那地方很偏远,马三是人精——以前有人说他是人才,后来证实他不是人才,是人精——当然不愿在矿山久待,一年后,他不知凭什么关系,调进了羊州城,在羊州职业技术学校当老师。马三根本不配当老师,他留着长发,像个艺术家。

说到这里，自称火腿的人狠劲地盯了我一眼。我的头发披垂至肩。

留长发当然是其次，他接着说，关键是马三风流成性，见到女人就眼睛发绿。他读大学时跟一个同班女生恋爱，活生生让人家打了三次胎，这已不是风流，是野蛮！第一次让那女生怀上后，他十数次把她带往医院，可刚走到医院门口，又退回来。他不敢面对现实，这就是野蛮人的象征。唯有野蛮人的身体里，才像马三那样称不出四两骨头。女生见他这般窝囊，知道只能靠自己了，就给她姐打电话，姐把她接回家，做了引产手术再送回学校。没过多久，马三又让那女生怀上了。好在正放暑假，马三把她领回自己家乡，去一家私人诊所做掉了。女生第三次怀孕后，马三把她哄到泰山顶上，几次闪过念头，打算把她推下悬崖。你看，他不仅是野蛮人，还是潜在的杀人犯！

他的这些事情，我怎么不知道？

嗨，别打岔，你听我讲。马三想杀人，可到底没胆子，又带着那女生去打胎。那女生备受摧残，学习跟不上，被迫留级。马三毕业后，她还在读大四。马三调到羊州城，她还有半年就毕业，以为毕业后就能跟到羊州，与马三长相厮守，她正一心一意做她的新娘梦，却收到马三的绝交信。

火腿停了下来，长长的脖子仿佛饥饿的蛇，漫不经心又杀心毕露地扭动着。

过了半分钟,他突然问,我刚才讲到哪里了?

马三给那女生写了绝交信。

是的,写了绝交信。马三要扔掉一个女人,就像往烙铁上泼水。除了这个,我讲到哪里了?

你说马三不配当老师,因为……

火腿把拐到茶几外的膝盖一拍:兄弟你说得对,他就是不配!当时他往羊州城调,有好几家单位愿意接收,他几乎没加考虑,就选择了职技校,你知道这是为什么吗?让我来告诉你:那些刚刚发育成熟的学生,又漂亮又单纯,总禁不住几句引诱的。何况马三那张嘴,连麻雀也能引下树。

我吓了一跳,觉得这个马三也实在是太卑鄙了。

火腿情绪高涨,接着说下去:那时候,学校在老校舍分给他一个单间,老校舍离新校舍有一站路,大部分房屋都租出去了,除了马三,没有教职工住那里。我不知道学校为什么要这样安排,这彻头彻尾是一个错误。下了课,马三就把相中的女生带到寝室。他的寝室傍近阴沟,因此那一排房没有租户,不管马三是在地上爬,还是在天上飞,都没人听见,也没人看见。

既然这样,你怎么知道的?

火腿很不友好地轮我一眼,仿佛我的质疑对他是极大的冒犯,气呼呼地说:我曾到他寝室去过!

你跟他认识?

认识？当然……

我死死地盯住火腿看，真想不起来在哪里见过他，但确实有似曾相识的感觉。

他抿下口茶，淡紫色的舌头敏捷地舔去打算从嘴角逃离的茶汁，继续说：马三的寝室凌乱极了，比乡下的狗窝还不如。那间屋子大约有二十平方米，马三在屋中央拉了张蓝色布帘，外面放书桌，里面放床。那天我进去的时候，外面没人，我就喊：马三。马三没应，我就坐在外面等。我知道他在帘子里面，而且那里肯定还有个女人。果然，两三分钟后，马三出来了，紧接着，一个女人也出来了，圆滚滚的，皮肤倒是白，我估计那是他学生，虽然那样子根本就不像学生。

他门也不关？

这正是他无耻的地方。

后来呢？

后来……火腿再次停下，如同在毒日头下长途跋涉后，终于遇到一处凉荫，横着往地上一躺，就死一般睡去了。但时间极为短暂，当他的眉毛向上挑了两下，我知道他又醒了过来。

后来，他说，我就要讲到苏小妹了。是苏小妹拯救了他。事情是这样的：他在那学校待了两年，就混不下去了。他引诱女学生的事情，到底走漏了风声，学校对这件事十分慎重，几个领导研究来研究去，都没下定决心直接找马三面谈。他们认为马三很有能耐，怕因此让他产生情绪。谁知马三毫不理会这等苦心，时间刚刚跨入第三个年头，就离开学校，跳槽去了羊州广播电视报社。羊州广电报你知道不？那是一张很无聊的报纸，但是，办报人个个英俊潇洒、靓丽可人。据说创办之初选人的时候，筹备组就立下一条规矩：电视报是炒作明星的，办报人也应该有明星风采。

这么说来，马三也算长得不错？

他嘛，火腿撇了撇嘴，反正就那样儿。眼下什么都没有标准，人们对美的感觉，已经迟钝到了狒狒的水平！在广电报社，马三成了森林里的一片叶，根本不可能引起注意。马三故伎重演，企图引人上钩，然而，在染缸里摸爬滚打过的女人，毕竟不像女学生那么好哄。马三是有野心的人，他的野心建立在对女性的征服上面，现在，他没有力量征服，野心的锋芒便生了锈。如果没有苏小妹，我敢说他至今还窝在羊州那个信息闭塞、环境恶劣的中等城市，绝不可能坐镇C城当他的职业作家！

说真的，我感到很寂寞，这种奇怪的情绪，也不知是怎样产生的。茶楼里不多的顾客，在席琳·迪翁的歌声中自成一个世界。天蓝色的布景，以及挂在我对面墙上那幅名画《阳光下的少女》，弥漫着虚伪的冷光，为我设置下无以自处的陷阱。最本质的混乱来自灵魂。我已不知道我是谁了。

我神思恍惚地问：你的意思是，马三已经到了C城？

是啊，三年前就到了。

又跟我一样。

苏小妹，一个多好的女人啊！火腿沉痛地感叹，马三大学时的那个女友，有些神经质，苏小妹完全不同，她宽容、博大、冷静，就像一艘拖轮，顽强地把马三从泥沼里拽了出来。我告诉你，在遇到苏小妹之前，马三彻头彻尾就是个病人，是苏小妹治好了他。他老老实实地编了几年报纸，写了几年小说，并因此发了笔小财，去C城买了私房，然后辞职。

苏小妹是干什么的？

这个并不重要，火腿说，他们在羊州结了婚，到C城一年后，生了小孩。认识苏小妹的人都说，她对爱情的付出终于得到了回报，从今往后，就可以在"十里洋场"经营她的幸福生活了，谁知，女儿刚刚学会走路，马三的老毛病又犯了。没有女学生，他就去找婊子！听到这个消息，苏小妹在羊州的那些老熟人，千分之一感到惋惜，余下的都幸灾乐祸。我就幸灾乐祸！为什么不呢？一个有知识有头脑的女人，马马虎虎就把自己的一生赌在一个恶棍身上，不管遭遇什么结果，都是自作自受。

苏小妹被马三抛弃了，虽然我马三作为当事人也不知情，但这种传言已足够让我心痛。

我说，离婚之后，苏小妹回羊州了吗？

她哪有脸回去？一个自以为幸福的女人，当幸福气球一爆炸……她目前带着女儿,跟马三住在同一个套房里。马三天天夜里跟那个肥屁股婊子同居,苏小妹把女儿诓睡后,就安安静静地流泪。她当然不想跟马三住在一起,可不住在一起她就只有住大街。有人说他们有许多钱,谎话!百分之百的谎话!买了那套房,他们的钱就罄尽了,马三写小说的收入,只能维持一个标准穷人的生活。

这么说来,他们的日子就很艰难了。

那还用说!穷本身就是艰难,加上闹出这档子丑事,就艰难到家了。

说到这里,火腿大笑起来。我们在他的笑声中分了手。

分手之前,我很想问他是否认识我,可这有什么意义呢?

中午回到家,小妹正把女儿横放在床上,搔她的痒痒,女儿的笑声灌满一屋。女儿见了我,奶声奶气地说,爸爸,救我。我把女儿抱起来,情不自禁地一手搂着女儿,一手搂着小妹,搂得紧紧的。小妹见我有些异样,把女儿从我手里接过去,放在地上,将收好的积木又从箱子里取出来,让女儿玩,随后拉住我的手,把我引进了我的书房。

人家不同意发表?小妹问。

上午,我是去一家杂志社交稿的。

我不说话,很忧伤地盯着窗台上的那盆米仔兰。当小妹关切的目光如春水一样漫过，我反复琢磨着这样一句话：大众关于某些人的传言，无论是真是假，在他们的生活中，尤其是在他们的命运中所占的地位，往往和他们自己所做的事是同等重要的。我觉得这是一种可怕的预言，如果在我和小妹身上应验，我该怎样去面对那毁灭性的打击，怎样去度过余下的人生？

不发表就不发表吧，小妹柔声说，这样的遭遇还少吗？你二十六岁生日那天，一次性收到七封退稿，还谈笑风生，说编辑老师也知道你过生日，把你送给他们的礼又还了回来。我就喜欢你那种……

不，我打断她，不是这回事。比这事严重得多。

我敢肯定，自从小妹认识我那天起，就没见我这么凝重过。我是惯于把凝重的心思化成食物的人，吃下它、消化它，一部分排泄掉，一部分留下来，淌在我的血液里，却不表现在我脸上。虽然我从偏远闭塞的矿山到了富甲一方的C城，但这并不证明我有多么远大的理想，更说不上野心。每个人的人生都是水，有的是大河，有的是小溪，我的人生属于后者。我最喜欢的一句话是：我来到这个世上，为了看看太阳。仅此而已。我最大的优势是知道马三是谁，马三有自己的道路，马三除了自己的道路，别的道路对他而言都是宿命的道路。马三最大的奢望，就是写一本安安静静的书，不能太厚，封皮摸起来微凉，像初秋的水面，内文不能排得太稀，字号也不能太大，我不仅希望用文字表达我的思想，还希望文字的大小、行距，都能帮助我说话。马三就是这样一个平庸的人。

因为平庸，所以快乐。小姝刚与我恋爱时，很不习惯我莫名其妙的快乐。比如花园里的一只鸟，收了翅膀，本来想站在树枝上，却踩虚了脚，不得不重新扑棱一下翅膀，调整重心后再站上去，我见了就乐不可支。小姝总说我没长大，这点我承认。我曾经也想成为一个冷男人，可我做不到。好在小姝不赶时髦，对那些用紫光灯把皮肤烤成小麦色的硬派男士，小姝总是反应很平淡，这样，她最终嫁给了我。不仅嫁给了我，还被我带坏了，为了路边的一颗石子是雄性还是雌性，她也要煞有介事跟我争论老半天。女儿出生后，我们多了新的乐趣，虽然我们跟女儿的年龄差距都是二十七岁，但我可以很负责任地说，我们三人已经很有默契，为一件事情发笑的理由绝对是同样的。

我真的没在小姝面前凝重过。

小姝见我不好受，就不再追问，拿出一本我在扉页上签着"马三跪读"的书，递到我手里。

可我把书放在桌上，深深地叹了口气。

到底咋回事嘛！

听说……我们离婚了。

什么？

我重复了一遍。

听谁说的？

一个自称火腿的人。这个人我似曾相识，你想得起来吗？

小姝皱着眉头，认真地想了好一会儿，摇了摇头。

这个人说我们离婚了？

是的，已离了大半年。

小姝用白得透明的手指蒙住嘴，哈哈大笑。笑声像她的手指一样透明。

我可笑不出来。

为什么不笑？小姝说，这不是很有意思吗？"听说"我们离婚……哈哈哈！

可是火腿还有句话，让我听了很难受。他说我目前跟一个婊子同居。

小姝不笑了，脸一沉，骂道：他才是婊子！

我说，火腿不是骂你，是说我真的找了个婊子。

小姝沉默片刻，问：你怎么向他解释的？

我没法跟他解释。

总得设法解释一下，小姝忧心忡忡地说，谣言没有说丢的，只会越传越多，就像春汛时节的河水，今天传你跟一个婊子同居，明天就会传你跟三个婊子同居，到了后天，你就会被传因犯聚众淫乱罪而被抓进监狱；而我呢，今天被传是一个可怜兮兮的弃妇,明天我就会被传以烂为烂,轻易委身于人,后天我就会被传服毒自杀,尸体腐烂了也没人收,就跟左拉写的娜娜一样。

小妹的话很有道理,但是,我却不知道去向谁解释,更不知道为什么要解释。

整个下午,我俩都处在奇异的哀愁之中。

晚上,我们像往常一样,去社区花园里散步。每遇晴天,花园里就人潮涌动,仿佛集市一般。在人们的身前身后,总是活跃着一只宠物,主人一旦松开手里的绳子,宠物就在草地上呼朋引伴,追逐撒欢。女儿就是我们的宠物。我和小妹坐在回廊上,让女儿去草地里打滚。那个带着奶香的肉乎乎的身体,像绿草丛中的一枚光斑,成长的生机过于旺盛,旺盛得让人悲怜。

小妹看着女儿,突然说:我们能给她幸福吗?

应该能够。我这样回答。能否给儿女幸福,世上最刚强或最柔软的人也不能肯定,何况是我。我说"应该",已经很冒险了。

可是小妹不满意,她扑进我怀里,带着哭腔说:我们一定要给她幸福!

她的话里带着决心,又含着拼死一搏的苦味。

远比我能控制感情的小妹,显然被另一种突如其来的神秘力量击倒了。

影像 | 147

都是那根恶毒的火腿惹的祸。

我把小妹搂在怀里。我知道这时候必须给她坚定的承诺。我说好，我们一定给她幸福。

女儿跑远了。那一面的空地上，一群穿红着绿的男女，伴着电子琴硬邦邦的歌唱翩翩起舞，女儿就在琴声里穿行，如一瓶会飞的奶酪。

如果她没有父亲，小妹说，或者没有母亲，你想想！

当然……但是，怎么可能呢？

小妹喃喃地说：但愿如此。

正在这时，女儿走出了花园的边界，一颠一颠地横穿过马路去了。马路对面是个喷水池，闪着绿莹莹的光柱，池中央的假山上，红漆大字明明白白写着：水里有电，请勿触摸。刚过两岁生日的女儿不认识这些字，她伏在浅浅的栏杆上，小手在空中扑腾。我和小妹惊惧地看着女儿的每一个动作，直到确信她够不着池水，小妹才惨叫一声（是的，是惨叫），朝马路对面狂奔而去。

我坐着没动。我被小妹那声惨叫镇住了。那声惨叫里所包含的深广意义，使我对现实产生了虚幻感。我看见小妹和女儿的脸变成了两片一大一小的叶子，走过春天，走过夏季，无可挽回地被秋风席卷，枯萎于地，变成了与夜晚一样的颜色。我的心悸动了一下，很痛。我等着小妹抱着女儿过来，我要拥抱她们。可是小妹没有过来，她像搂着一把挂面似的，把女儿托在小腹的部位，沿着马路，双腿僵直地朝家里走去。

直到这时，我才知道这一天的遭遇非同寻常。

我为什么要把火腿的胡言乱语告诉小姝呢！

女儿在妈妈怀里就睡着了。我追上她们时，女儿已打起了鼾。鼾声细微得几乎听不见，既卑微，又平凡，生怕惊扰了什么。

把女儿放到小床上后，小姝就哭了。

小姝一哭，我越发惊慌。我说到底怎么了？

我害怕，小姝说。

这时候的小姝，凄艳动人。她的眼睛小，不符合美女的标准，可她的眼线弯弯的，证明在她沉静的内心里潜藏着幽默的天性。我想跟她开句玩笑，就说：你是害怕那个跟我同居的婊子吗？

不要提她，恶心！

小姝反应的剧烈程度，大大出乎我的意料。

我把她拥到床上，说，小姝，亲爱的，这里只有你，没有什么"她"！

小姝更加畅快淋漓地哭。

在她哭的过程中，我们做爱。

接二连三高潮过后的女人，就像被接二连三的暴雨洗劫后的大地，阳光还没出来，可她已呈现出圣母般的倦意、安详和诗性。

小妹说，我好像又回来了。

又说，没有人能打败我们的爱情，你说是吗？

生活很快恢复平静。我和小妹都认为，火腿只不过是某个角落里的闲荡子，他抠住我肩膀说马三的事是出于偶然，他说的那个马三与我的人生经历大同小异，同样出于偶然。

过了些日子，小妹问我：你说羊州人到底听没听到过我们离婚的事？

恐怕没有吧，要是听到了，不打电话来问？商晴也没打电话吧？

商晴是小妹在羊州唯一的知心朋友。

小妹说没有，之后咯咯地笑，笑得出奇的天真，天真得不像小妹了。

要是听到才好呢，她说，躲在谣言背后偷着乐，其实是很惬意的。

既然这样，那天我把火腿的话告诉你，你为什么那么忧伤？还朝我发火呢。

那是因为我没有心理准备。小妹快乐地笑着，眼里的光芒，宝石般高贵而又不可捉摸。

她接着说：每一个人的人生不管转多少道弯，拉直了都是一条线，这时候，谣言出场了，谣言帮助你成就另一种人生。你不认为这很有趣吗？

虽然有趣，然而，正当你全速奔跑，另一种力却把你拽到岔道上去，稍不小心，你就摔倒了。

小姝说怎么会呢，有些东西只是表面与你有关，其实它根本不和你产生任何联系。

小姝能这样看问题，我当然高兴。但同时我也注意到一个事实：小姝再不吃火腿了，去商场购物，连放火腿的货柜她也不瞧一眼。

日子就这样过着，很快，我们的女儿该进幼儿园了。九月一日，秋季开学的第一天，我们把小家伙送到了邻近一所大学开办的实验外国语学校，那学校从幼儿园到高中部都有班级，教学质量也不低，如果顺利，女儿可以一直在那块苗圃里成长，直到高中毕业。

女儿上了学，小姝就像突然被腾空的粮仓，又寂寞又空虚。我是不可能陪她的，我的工作就是把自己关在书房里，坐在电脑前。不管有没有灵感，我都必须如此。我与写作的关系，正如恋爱中的男女，见了面，可能什么话也不说，但就是渴望见面。

这就把小姝害苦了。她以前是羊州某国有公司的职员，跟我一同辞职到了C城，之后就没干什么事。如果她能像某些妇人，在电视机前一坐就是半天，打发时光自然不成问题，可她偏偏不爱看电视，也不玩电脑，不玩手机，不打毛衣。她父母都是老知识分子，接受了风云变幻的时代对观念的洗礼，对男女的分野也模糊了。小妹还有个哥哥，父母给予兄妹俩的教育，都是用墨斗弹出的同一条直线，他们不能偏离，不能有自己的思想，更不能有创造。小妹跟我一样，大学是学中文的，读过大量文学书籍（读书也成为她来C城后的唯一娱乐），尤其是拉美小说。拉美小说的狂暴之风，没能撼动父母为她画出的那道直线。她母亲不仅不鼓励她创作，还对她说，五十岁前写文章，都是乱说！鉴于此，小妹对写作的人，既抱着怀疑，又怀着景仰。活到现在，她除了小心翼翼地完成老师出的作文题目，从来没用文字表达过自己。

可是现在，我却希望在那条无限延伸的直线上开一道缺口，让小妹看一看直线外面的风景。

所有风景的核心，其实都是自己。我要小妹看看自己。

我相信，一个愿意讨论石头性别的人，不可能没有灵性，因此我说，小妹，你也写文章吧。

小妹大为惊骇，写文章……你不是在讽刺我？

我为什么要讽刺你？你读的书比我多，而且，许多时候，你比我也更有见解。

听了我的话，她痛苦地摇着头。不行，我哪会写文章，我妈说……

别提你妈！你都是快三十岁的人了，你已经当妈了！

小妹双手抱住头，浑身战栗。

我不管她，去把早为她买好的电脑抹净灰尘且做好组装，把她引过去，对她说，我在里面装了好几种游戏，你不写文章，就打游戏玩吧。没等她回话，我走出了屋子。

那整个下午，她没有出来，而且从那以后，客厅里就再没有她幽幽怨怨的身影了。

但我知道她是不会玩游戏的，我知道。

果然，两个月后的某个下午，小妹突然推开我的书房门，很没有把握地说，你，愿意看看吗？

我本能地觉得有什么重要的事情已经发生，立即起身进了属于她的那间小屋。

电脑的显示屏上，横着一个醒目的标题：双杠里的人生。

这是小妹写出的一部中篇小说。

老实说，读完这部小说，我唯一的感觉是惭愧。我马三断断续续写了这么多年，却没有哪一篇小说像《双杠里的人生》这样充满力量。这篇小说告诉我，小妹父母为她画出的直线，不是一条，而是两条，就像双杠。她过的是双杠里的人生。

未经她允许，我把这部小说送到了C城一家熟悉的刊物，很快在头条位置刊发了。

这件事情在我们生活中的意义，无与伦比。小妹不仅是我的妻子，还成了我的战友，她的小说写得又快又好，有的作品寄出去十余天，就能接到编辑热情洋溢的电话。小妹简直换了个人，她被人称道的宽容、博大和冷静，化成了对生活的挚爱和对理想的热情。

我们几乎彻底忘记了火腿。

羊州来了几个人,是我以前在报社的同事。那虽是一家小报,收入可不低,致使他们个个养成了财大气粗的习惯,一来就奔星级酒店。领头的是广告部主任,他直接约我去酒店喝酒。刚在餐厅坐定,他劈头就说:我们见识过婊子,却不知道跟婊子同居是什么滋味,马三你能给我们讲讲吗?

我脑子里嗡的一声。

在一本书上,我看到了伟大的埃斯库罗斯的死:因为地震,一座城市倾圮了,人们都死去了,只有这个历史之父没死,他从同胞的尸首中蓬头垢面地站起来,悲哀地扫视着这场浩劫带来的后果,正思谋将以怎样沉痛的笔调写下这段历史,却突然跟他的同胞一样,倒下了,死了!原来,空中飞过一只大鹰,大鹰抱着一只大龟,当鹰飞到埃斯库罗斯头顶,龟掉了下来,正正中中砸在他的脑门上。

埃斯库罗斯的死,似乎是一种必然,因为他自己说过,世间从来就没有偶然。

面对老同事的坏笑,我心里乱得一塌糊涂,唯一能做的,就是矢口否认。

广告部主任是老朋友了,我在报社当编采部主任时,他就是广告部主任。他当时最佩服我的,就是我的口无遮拦,眼下,见我否认这件"众所周知"的事情,他有理由不再佩服我，也有理由瞧不起我。他以匪夷所思的神情看我老半天，冷笑两声说：他们都说马三变了，我还不信！

你认为我哪一点变了？

你以前像个男人，敢作敢当，领导刮你胡子，扣你工资，甚至降级，你都毫不畏惧。现在，完全是你自己的私事，却不敢承认了。

问题是没有那回事。

他习惯性地将嘴唇一拱，把鼻子顶起来，使两个鼻孔张扬开。这无形中增加了一对眼睛。四只眼睛盯住你，再厉害的角色，也禁不住心虚。他曾不止一次用这种方法让他手下的广告员老老实实地交代了弄虚作假的实情。可这方法对我不管用，我用两只眼睛对视着他的四只眼睛。

他让自己的五官各归其位，才以强调的语气说：马三，别说你跟一个婊子同居，就是跟三个、五个、八个，谁又管得着你？

如果真是那样，苏小姝管得着我，法律也管得着我。

你跟苏小姝不是早就离了吗？

谁说我们离了？

广告部主任嗤了一声：马三，我觉得我们之间已经没有共同语言了。你是大城市人，我们是乡巴佬。算了算了，我们为过去的友谊喝酒，别的事，再不提了。

真没那回事啊，我痛苦地申辩，要是你们不信，马上叫

影像 | 155

苏小妹来，一问她，不什么都明白了？

算了算了，广告部主任快速地摇着他那厚、白、软的手，这是你的私事，再不提了，你再提你不是人，我再提我不是人。

那台酒喝得很不痛快，这是可想而知的。

对这次会面的情形，我决心对小妹只字不提。小妹已从双杠里的人生走了出来。长久的压抑，一旦找到突破口，就会汹涌澎湃。短短的时间里，她已发表了近十万字小说。这是了不起的开端。我不想因为一些莫名其妙的因素破坏了她的心境。

但我越来越清醒地认识到，不想破坏她心境，只是很表面的、微不足道的因素。最深层的，来自我的内心。我眼前晃动着的，是那个名叫火腿的幽灵。他又回来了。他的可怕之处，不在于那个阴沉沉的上午，也不在于我与他似曾相识，而是在于——我说过的——他抠住我的肩膀，向我报告的关于马三的消息，仿佛成了某种预言。

我不敢想象这预言某一天真的在我和小妹身上应验。

小妹说不上漂亮，但我爱她。我不能忍受她哪怕只有一天的荒芜！

尽管我没给小妹透露一个字，她还是看出来了。

她拿起我的左手，认真地研究我中指的第一个指节，之后问：你的老同事也听说我们离了？

……是的。

我只能老实承认，因为小妹曾多次从我手指上洞穿我的心事，我也不知道她用的是什么鬼方法。

他们是从哪里得到消息的？

我说我不知道。我也没问他们。问他们也是白搭。他们只确认对自己有利的事实。

这里所谓的"利"，并不是可以换取油盐柴米酱醋茶的金钱，而是心理上的快感。

小妹放了我的手，没再说什么，进了她的工作间。

十二岁之前，我生活在川、陕、鄂三省交界的乡下，我曾在那里见到一种奇特的藤蔓植物。这种植物不在土里扎根。它把根植于高大的松木之上。在松木枝丫的接缝处或裂开的松果里，总有被风扬来的尘土，那种植物就把自己卑微的生命埋在这尘土里，欢天喜地地生长。这当然说不上奇，奇的是它能预报运程：四川将要丰收，它的身躯提早扭向四川；湖北将走好运，又提早扭向湖北……山民发现了这种植物的异秉，想控制它，比如它扭向四川的时候，湖北人强行将它扳过去，但这无济于事。鉴于此，山民把这种植物像神灵一般敬奉。它的本性类同荡妇，最终却成了神。

我曾请教过不少博物学家，博物学家们不相信有这种植物，认为我是痴人说梦。

影像 | 157

他们不知道，天底下到处都生长着这种植物。

火腿就是这样一株植物。

其厉害之处，既在于它的神秘，更在于它渴望提前参与别人的生活。

如果火腿不说马三已经跟苏小姝离婚，而是说他们将要离婚，对我的威慑力会更大，说不定会急得我发疯。好在他说已经离了，然而铁一样的事实是，马三和苏小姝还是一对明明白白的夫妻，马三在写小说，苏小姝现在也在写小说，他们用自己诚实的劳动喂养他们的日子，哺育他们的女儿。事实胜于雄辩，火腿的话仅仅是谣传。既如此，我就不应该急，也没有疯的必要。

可我依然不能做到彻底的达观，我不能不想，到底哪一种才是真实？我与小姝真的没有离婚吗？

说不定正如火腿所言，我们早已离了，只是形式上还像夫妻罢了。

这是完全可能的。

我想起那个孤岛上的故事：一个女人带着一对儿女生活，儿子怕见光，女人便吩咐仆人，任何时候都得拉紧窗帘。女儿不习惯，嘴里总念叨一句话：妈妈疯了，妈妈疯了。儿子则觉得，在这座古老宅子里，除主仆之外还有别人。他的猜想很快得到了证实：拉紧的窗帘突然被一只手掀开；吊灯不住地摇晃；楼上响起搬动家具的声音……更怪的是，某个阳光明媚的上午，所有窗帘全不在了。女人责怪仆人不尽心，将他们悉数遣散，抱着一杆枪，守护着她的庄园。有一天，她在窗口望见阔别数年的丈夫回来了，她飞奔前去把丈夫接进家门，丈夫搂抱着儿女，神情忧郁，也不言语，第二天又杳无踪影，像从来就没回来过。一家三口照旧度日，但女人因无法照应家务，又出去请仆人，却迷失在岛上。恍惚间，被她遣散的三个仆人从远处走来，把女人领回宅子，仆人告诉她，她是死人，她的儿女也是死人，他们三个仆人同样是死人。女人不信，带着儿女走到户外，就看见不远处有三座坟，墓碑上赫然写着母子三人的名字。原来，女人的丈夫在战争中死了，她受不了打击，开枪自杀了，自杀前，她深恐幼小的儿女留在冰冷的世间遭受苦难，就先把儿女打死了。她的魂灵一直带着两个孩子在古宅里生活。可宅子里早住进了活人，只是他们不知道，于是，就演绎出了死人与活人的错位，并且互相干扰。

我相信这个故事。

有些梦魇般的幻想，很可能是最神圣的真实。

我们总是在责怪别人干扰了自己的生活，却永远不明白，自己也在干扰别人的生活。

我与小姝的婚姻，到底是"存在"干扰了"不存在"，还是"不存在"干扰了"存在"？

这种纠缠让我痛苦极了。

我越来越怕独处。当我雄心勃勃地把自己关进书房，却写不出一个字，因为我觉得身后站着个婊子。这个婊子正对着我的后颈搔首弄姿，并不时朝我耳根吹气。我转过头，没看见婊子，只有一面洁白的墙。她是不是躲起来了？我四处察看，屋子里有书，有提香和安格尔的画，真真切切没有婊子。我再一次盯着电脑显示屏。然而，每当我企图与自己的内心靠近，那骚货又开始卖弄她的肉体。

两个星期后，事态朝更恶劣的方向发展：我跟小妹一块散步，一桌吃饭，一床睡觉，已经感觉不到以前的滋味，因为我觉得她不是小妹，而是——那个婊子！

我终于病了。火腿说，遇到小妹之前，我是一个病人，我发誓，那时候我没病，也没有他描述的那些林林总总的糜烂生活，可是现在，我是真的病了。

病得很奇。那天我正跟一个远道来的朋友谈天，嘴里突然滚出一长串气体。我想控制，却控制不住。在我喉管的根部，仿佛浑浊的水面裂开了一个小孔，气体就从那小孔里很不通畅地挤出来。朋友初通医道，说这是嗳气。我不懂什么叫嗳气，待他走后，才查《辞海》。《辞海》的解释让我失望，也觉得滑稽，《辞海》说：嗳气，胃里的气体从嘴里出来，并发出响声，通称打嗝儿。原来就是打嗝儿！我没在意，可接下来却让我遭遇了巨大的苦恼。我感到恶心了。对啥都恶心。饭前很饿，可刚端上碗，就想呕吐，饭后更想呕吐，最糟的是，我跟小妹做爱时也想呕吐！我一直没把这感觉告诉她，但小姝一定察觉到我某方面出了毛病。以前做爱，我总能让她满足，可而今，每次都是草草收场。

或许，我和小姝就像水里的鱼，岸上的人都看出池水快干了，可我们全不知情，依然优哉游哉。这种状态，从某种角度来说挽救了我们，世间的大多数人，都是在糊里糊涂中过完一生，平平安安地走向死亡。——但问题是，现在岸上的那些家伙把话挑明了，不准许我再装糊涂了！

正在我无法忍受，快要崩溃的时候，商晴到了C城。

她是中学教师，来C城是参加普通话学习班的。学习时间是三天，三天过后，她又要回到羊州的方言环境里。羊州的方言就像水边的卵石，经历千百年的冲刷，才形成坚硬的质地，三天的学习就想与千百年光阴抗衡，简直是笑谈。商晴倒是学得认真，三天里没开过小差，学习完毕，才到了我们家。

人还没进门，先来一阵脆亮亮的笑声。

小姝的这个知心朋友，我也很喜欢。她是个阳光明媚的人，也是个诚实不欺的人，火腿说，如果我跟小姝离婚，有千分之一的人感到惋惜，商晴就绝对属于那千分之一中的一个。小姝跟她在客厅里肆无忌惮地说笑，我就下厨房去。吃罢饭，我也加入了她们的谈话，天南海北，无须主题，也没有谈话的主角。商晴上午来，除了吃饭，就是说话，一直说到子夜，笑声一刻也没断过。我和小姝到C城后，没有什么

影像 | 161

过从甚密的朋友，能跟一个远方来的旧友长时间说笑，真是乐事。

谁也没提起那段传言。事实上，三个人都忘记说那件事了，都贪婪地沉浸在对旧事的怀想里，并以此填补分别之后这段时光的空洞，那件看起来应该是相当重要的事情，反而显得不重要了。

这从一个侧面证明，那件事是无聊的，是不值得提及的。

商晴就住在我们家。

次日上午，她乘火车回羊州。我先把女儿送到学校，再跟小姝一起把她送到火车站。走向检票口前，她拥抱了小姝，之后又在小姝的鼓励下拥抱了我。她的眼泪下来了，她说：你们俩……真好。

她这样感叹，是因为她自己的婚姻说不上幸福。她丈夫对她体贴入微，却嫉妒而刻板，而商晴偏偏是个追求情趣的人。她丈夫什么都可以追求，就是觉得追求情趣顶没意思。他几乎不会开玩笑，谁跟他开玩笑，他会脸红脖子粗；要是商晴单独跟某个男人说了话，他会把商晴打得鼻青脸肿。商晴为这事伤透了心，最后的结局，是她不得不遵从了丈夫的原则。她那让石头也会动容的笑声，只在走出家门并且丈夫不在身边时才有。或许正因此，她到我们家来，才能长达十余个小时不停地笑。

我和小姝给了她笑的空间和氛围。

商晴走后,我的怪病不知不觉消失了。我吃了那么多药好不了,因为商晴来这一趟,就彻底好了!

——我知道,商晴一定会把我跟小妹的真实情况带回羊州。

时光静静流淌。在这段时间里,我和小妹的创作激情空前高涨,一坐到电脑前,就异常宁静。宁静成就文思,作品一篇接一篇写出来。当我们不读书也不写作的时候,有时会谈到商晴。我们都感谢她,是她拨开了火腿带来的阴影,还了我们一片安宁。

半年过去了。

这天夜里十一点过,我老家来了电话。

手机都关了,打的是座机。当时我跟小妹已经睡下,小妹起来接听。是我初中语文老师打来的,他对我一向很好,我也格外尊敬他。小妹虽然见过我的这位老师,却并不十分清楚我跟他的关系。怕我失眠,她说,马三感冒了。可老师不加理睬,小妹只好将我喊起来。

老师开门见山:马三,你为啥要离婚?小妹多好啊,你为啥要离婚呢?

猛一听这话,我还差点没反应过来。见我含糊,老师断定我离婚是实,劈头盖脸把我臭骂了一通。等他的脾气发够了,我才说:我没离婚,我跟小妹过得好好的,刚才接电话的

影像 | 163

不是她吗？

沉默。足有两分钟过去，老师才问：真是她？不是他们说的……那个婊子？

我真想哭。我说连你也不相信我？你是从哪里听说的？

老师说，他几年前退休了，到了浙江某校打工，前些天，他打工的学校新来了个物理教师，彼此认识后，物理老师知道他来自马三的家乡，就自然而然说到马三。物理教师说，马三跟苏小妹离婚的事，羊州的熟人尽人皆知；物理教师还说，他在羊州跟一个叫商晴的人在同一所学校教书。

最后，老师没说相信我，也没说不相信我，只叮嘱我踏踏实实过日子，就把电话挂了。

我在电话机旁静静地坐了很长时间。

这么说来，商晴，小妹最知心的朋友，虽然在我们家住了一夜，却并没把我和小妹彼此恩爱的消息带回羊州。不仅如此，她一定还说了相反的话，否则，那物理教师也没必要特别说明他跟商晴原在同一所学校。

或许，在商晴看来，我和小妹不过是在她面前做戏；她住的那一夜，不过是我把那个婊子临时打发开了。

一个不相信佳话的时代。何况我跟小妹都是普通人，创造不出佳话。那么也就是说，在这个世界上，人们既不相信佳话，也不再相信有真正幸福的婚姻了……

我和我亲爱的小妹，只能在黑暗中并肩前行。

河湾

木屋里只有两个人呼吸的声音。女人早已醒来，静静地想着自己的心事。当男人的眼睛睁开，并打了个响亮的喷嚏，女人才说，昨晚我做了个梦。男人撩了一把女人的头发，让它们黑郁郁地铺洒在自己胸膛上。女人自觉地往男人怀里钻得深了些，鼻息弄得男人颈窝发痒。男人侧过身，捧着女人的脸，问，做啥梦？女人直想哭。她害怕。晨光从鹚鸟的喙上升起，透过窗外肥厚的梧桐叶，照在男人脸上。女人看到了男人眼神里狠巴巴的光芒。要不是啥好梦，就别对我说！男人这么吼了一声，再一次让女人承受他痛苦的渴望。女人一面流泪，一面死死咬住男人的肩头。

太阳出来的时候，他们出门朝河边走去，男人肩扛一铺渔网，女人提着一只木桶。空气好得没法说。一年之中，只有初夏清早的空气才有这般醇美而从容。蓝莹莹的河水，轻拍岸边的岩石和土块，沿河的野花疯狂开放。远处的山岇上，一个放蜂人肃穆地站着，放蜂人的身边蹲着十余只楸木蜂箱，蜜蜂群起群飞，不一会儿就消失不见了；蜜蜂好像不是隐没到了花丛中，而是融进了上午的空气里，融进了从水面升起的风里。花朵、蜜蜂、阳光和风，本来就沾亲带故。与它们沾亲带故的，似乎还有女人，她站起来，眼神虚虚地望着山岇。

男人走在女人后面。顺着女人的目光，他也看到了那个放蜂人。这些在大地上寻找花朵的人，心甘情愿地充当季节的向导，每年，他们都踏着复苏的大地从营地启程，来到这

河湾 | 167

山明水秀的地方，夏天将尽的时候又突然失踪。以前，男人几乎从没在意过那些人的到来和离去，偶尔从他们身旁走过，也并不打招呼，可他今天却跟女人一样，盯着那个在淡蓝色的光尘里显得虚幻的汉子。

他是谁？男人问。

你说谁？女人问。

男人伸出一只手，卡住女人的肩膀，仿佛押着她。百米外有片芦苇地，男人的驳船藏在芦苇丛中。女人被他弄痛了，转过脸说，不这样好吗？男人不回话，低着头大步流星地往前窜。他们响亮的脚步声惊飞了一群野鸭，野鸭的胸脯像云一样白，在河面的上空浮荡着。此起彼伏的叫声，把男人的心绪撩拨得更加烦乱。

刚进入芦苇地，男人就把女人推倒了。女人浅浅地惊叫一声，哀哀地望着那张宽大黝黑的脸膛。男人注视着女人，好像女人是蓄在他眼眶里的一滴泪。女人似乎承受不了这种注视，松开一直握着的桶绊，手足无措地整理自己敞开的衣领。男人把渔网朝地上一扔，女人双手着地，本能地向后退缩了半个身位。芦苇嫩嫩的叶片并没割伤她，只让她感受到某种让人心醉的危险。在男人的眼里，女人在芦苇丛中游动的样子像一条鱼，或者像一只面临攻击的兔子。他突然跪了下去。

女人斜卧着，一动不动。面前这个被孤独煎熬的野兽，跪在地上的姿势竟是如此俊美。男人身材高大，发梢高过了芦苇，阳光倾泼在他茂密的发丛里，闪动着火苗似的光焰。一只淡绿色的昆虫不知从哪里飞过来，翅膀一敛，稳稳当当停在了男人的头顶上。

男人没去管它。他双臂张开，似乎希望女人扑进他怀里。可是女人没动。她觉得阳光、青草、面前跪着的男人，以及在不远处淙淙流淌的河水，都锐利地切入了她的生活。

告诉我，你昨晚梦见啥了？男人终于问。

不说这个好吗？女人哀求着。

不告诉我，我就不起来。

男人的固执女人早已见识过了。两个月前——那时候，天光还像树叶儿一样鹅黄，花朵也不如现在的繁盛。当女人从遥远的城市来到这片山野，男人在泼泼洒洒的晚霞中把虚弱的她抱进那间简朴的木屋，她就知道了男人的固执，也知道在自己的生命里，有一些东西无法抗拒……

她说，你起来吧，起来我就告诉你。

男人顺从地站了起来，之后把女人也拉起来。身高的差距使他们难以做到四目相对，于是男人弯下腰，双手兜住女人，女人便腾空而起。

现在告诉我吧，男人说。呼吸扑到女人的脸上。那呼吸是沸腾的，烫得女人痛。

我，我梦见他找来了。

河湾 | 169

你不是说你没有男人吗？你不是说你厌倦了城市才独自到这荒山野河的吗？

女人的眼里蓄满泪，不答。

那个男人长啥模样？是不是像那个放蜂人？男人的话语里再次蹦出狠劲儿，仿佛只要女人点点头，他就会去把放蜂人赶走，甚至要了那个人的命。

女人却是摇头，不，不像……话音未落，就抱住男人亲吻。女人的皮肤又白又嫩，在阳光下闪烁着淡金色的茸毛。女人的身上散发出薄荷香，男人一闻到这香气就会发疯。可是他今天一点也没疯，他冷冷地把女人放下，提起渔网，朝芦苇深处走去。

女人拎着桶，紧紧跟随。她的心里涌动着类同于空虚的不安。

在深蓝色的河水变成粉红色之前，驳船就蛰伏在这片芦苇里，风吹日晒，船帮泛白，骤然间见到主人，它似乎有些羞涩，也有些委屈。男人将它拖了出来。女人惊喜地叫了一声，你看！男人早看到了：船舱里，有个小小的、用芦苇编织成的鸟窝，窝里卧着两颗纯青色鸟蛋。在这片山水之间，总有一些粗心的鸟，把蛋产下就忘记孵化了。男人正准备把蛋捡出来，女人忙把他挡开，小心翼翼地捧着鸟窝，放到了驳船躺过的位置。男人静静地观察着女人的一举一动，希望从中考察出女人过往生活的蛛丝马迹。女人从没把自己以前的故事明明白白告诉他,男人只知道她是城里人。

女人坐在船尾,身旁的桶里盛了半桶河水。男人站立船尖,迎着太阳。当船行至一湾洄水荡,男人把上衣和长裤脱去了,古铜色的肌肉鼓着疙瘩,如年代久远的雕像。女人像被扎了一下,扎得很深。这是她第一次跟男人上船打鱼,也是第一次在野地里看到男人的肌肤。尽管一起生活了数十天,但她承认自己对这个男人一点也不熟悉。他如同幻影,一会儿在,一会儿又丢了。

驳船带着他们,在崖畔下的水域慢慢漂。崖畔上几棵暴着老皮的榕树,斜身探向河面,铺天盖地的枝丫,把阳光遮挡得严严实实。河面上明暗分割,阳光照着的部分波光粼粼,没照着的地方,则显出深沉的幽蓝。风在河面上游走。一旦离开了阳光的照拂,身上就能感觉到轻微的寒意。

你不冷吗?女人问。

男人背向她,兀立着。

你不理我了?

男人把腰弓起来,捡网。网坠子把船舱敲击得叮叮当当响。捡好了网,他就站到船尖子上,双手一抛,网便绽放开了,绽放成一轮中秋之月,才缓缓地在水里安详深陷。

整整十分钟过去,男人也没把网收上来。他拎着网绳,像忘记了自己正干什么,也忘记了坐在船后的女人。女人以

河湾 | 171

尽量轻松的语气提醒他：你的网是网鱼还是喂鱼呀？男人回头看了她一眼，像带着怒气似的迅速换着手位。网身破水而出。女人还没反应过来，船舱里就溅满了水花。

女人只看到了大堆网线，看不到其中亮闪闪的鱼，可男人理了几下，就一条接一条地把鱼捡出来了，鱼们扭曲着身体在空中滑翔一段，准确地落进了女人身旁的木桶。六条，最小的也有半斤重。它们刚刚脱离母体，又回归到与母体同一颜色、同一性质的胎盘，因而格外欢畅。女人把头凑近桶沿。毫无疑问，由于一种偶然的机缘，六条鱼临时组成了一个家族，它们没有人类那么多心思，只要允许它们活下去，在这个新的家族里，就会像往常一样快快乐乐地生息繁衍。

男人操起桨，往回划了。

不打了？女人问。

还不够？

够是够了，我是说，既然出来一趟……

够了就行了，男人简洁地回答。

可是紧接着，他停下桨，问女人：你愿意撒一网吗？

我？从来没干过。

我知道你从来没干过。说罢，男人又开始划桨。

女人的好奇心却被男人挑逗起来，她矮着身子靠近男人，说，你停下呀。男人停下了。女人说，我撒网的时候，你要从后面抱住我。男人同意了，而且把网为女人理好。女人战战兢兢地站到船尖上去，试了试网的重量，才知道男人干得那么轻松自如的事情，并不如想象的那么好玩。男人教会她怎样提网，就抱住她的腰，鼓励她说，别担心，用尽全力抛出去，只要两手力量均匀，网就会扩成一个圆。女人有些不好意思，但她还是腮帮一紧，照着男人的吩咐做了。

那一刻，男人本是想让他自己和女人一同下水的。

下了水就再也别起来。

可不知为什么，他临时改变了主意。

女人扔出去的网，如一块石头砸进水里。男人抱着女人转了半圈，把她放进船舱里，自己将网收了回来。他显得特别没心没绪。女人也是，但她以为男人不高兴，是自己没把网抛好的缘故。

六条鱼一直活到太阳西斜。其时，放蜂人已从山峁上消失，那些外面的世界，似乎也从男人和女人的心里淡去，类同于家庭般的氛围，又回到他们中间来了。男人麻利地刮了鱼鳞，剖了肚腹，让女人放到吊罐里。吊罐里的水已经烧开，香料的气味弥漫了屋子。女人说，就这么煮？男人说，就这么煮。鱼们彻底失去了活下去的依据，可并没有死，它们不想死，还在缓慢地鼓着鳃，吃力地摇着尾巴。女人闭上眼睛，一条一条地把它们丢进沸水里。

鱼肉盛上来后，男人往自己碗里撕了一把青辣椒，刚喝

河湾 | 173

下两口汤，热汗就奔涌出来。他脱去了上衣。女人吃吃地笑。她笑起来的样子真好看，小女子似的，脖子微微歪向一侧，眼光分明向后缩，却比平时更深地抓住你。其实她早就不能被称为小女子了，她眼角的鱼尾纹以及丰满圆熟的身体，证明她已到接近三十岁的年纪。男人就喜欢看她笑，男人说，你一笑，我就能闻到花香。这句很有文化意味的话，很对女人的胃口，于是她笑得更加灿烂，牙齿在柴火的光焰中闪着银光。男人也笑，男人的牙齿同样洁白，但不像女人的那样细密，而是又大又长，坚固有力，被黑亮的唇髭环抱着。

两人不约而同地都放了碗，滚到床上去了。

所谓床，只不过是用柏木钉成的平板，女人初到时，在她眼里，男人睡的不是床——不管叫什么，反正不是床，在这样的地方跟男人做爱，让她有种野合的感觉。这感觉让她激动，同时也让她羞耻。不过现在好了，比如今晚，她几乎就认为这是自己永远的家，伏在身上的男人，是自己命运的主人。她看不清男人的脸，只见他的头一起一伏，像被猎人的枪弹击中亡命奔逃的野兽。

两人都湿淋淋的，又起来喝鱼汤。女人想穿上衣服，男人拦住了她，这荒山野河的，他说，不会有人看见。女人说，还有放蜂人呢。男人似乎不愿提起那个神情肃穆的汉子，生硬地说，他远着呢！又说，他敢偷看，我就抠了他的眼珠！女人知道自己不该提起男人之外的男人，同时也不愿破坏她一生中难得的惬意感觉，因而缩了脖子，款款地说，人家给你开玩笑呢。

话虽如此，女人还是不习惯赤身露体地进餐。男人依从了她，同时他自己也穿上了磨得泛白的蓝布裤子。吃下几块鱼肉，男人望了望屋外，说，我带你去一个好地方。

两个月来，女人在夜里从没走出过木屋。是男人不让她出去，她自己也不愿意出去。他们双方都带着警惕，只不过警惕的对象不同而已。

女人说，去哪儿？

男人启开门闩，吱嘎一声将门打开。

白天去了，但天地间从来就不缺少光芒。此刻，目力所及之处，全是白茫茫一片。女人看到了近处青色的草茎，远处朦胧的山河，她发现，夜晚的光不是从天上洒下来的，而是从土地里生长起来的，就像庄稼和花朵。奶酪似的光斑，在如鼓的蛙鸣声里跳荡，像轻盈的舞者。蛙鸣的间隙，可以听到河水的声音——一种妇人在迷糊中凭本能安抚孩子的声音——让女人为之心颤的声音。还有昆虫游动的声音，鸟雀呓语的声音，土块伸腰的声音，树木拔节的声音，繁花交谈的声音……在声音的合奏中，弥漫着神秘的、沁人心脾的气息。女人的忧伤，稍稍抬头间，被驱赶开了。

男人拉着她出了门。

门外环绕着一条水沟，水沟之外，除了几棵梧桐树，全

河湾 | 175

是野草。不管朝哪个方向走,车前草和灰灰菜都为你铺上了柔软的地毯。男人打着赤脚,女人穿着凉鞋,走出一段,女人说,我可以把鞋脱掉吗?当然可以,男人说,地上没有槐刺,也没有碗碴。于是女人就把鞋子脱掉,提在手里。野草搔着她的脚心,痒痒的,那种痒也带着鲜嫩的汁水,她甚至能感觉出她是踩着了白色的处女泪还是紫色的矢车菊。女人生在城市,长在城市,两个月前,她根本不知道世界还可以是这样一副面貌。

两人到了河边。这不是藏驳船的芦苇地,而是一段布满卵石的沙地。近水处,横着胛骨似的光滑石板,男人躺了上去,女人跟着躺下了。女人因此望见了非凡的天空:宝蓝色的天幕上,星星多得令人恐怖。每一颗星都像刚刚爬上荷叶的露珠。人们总说头顶同一片蓝天,其实,有一种天空没有这么多星星,有一种天空是死寂之海,在那里,地面闹声如潮,头顶却早已寂灭。

男人没望星星,而是闭上眼睛,一副别无用心的样子。

女人问,周围真的没有人家?

我告诉过你,男人说,东边五里外才是村子,这片河湾就我一个人;至于放蜂人,他们不是去村子里寻找住处,就是去黄檩坡搭窝棚。黄檩坡离这里有六里地,坡上傍崖壁处有个凹陷进去的大洞。

这么说来,你就是方圆五里内的皇帝?

男人露出白牙笑了。就差一个皇后,他说。声音听上去并不凄凉,而是有些挑逗的意味。

女人抚摸着他扎人的唇髭,怎么不好好找个女人?

十年前有一个,后来跟人跑了。

女人把手收回来,就再没找?

男人咧着嘴,像在自嘲,却没言声。

你为什么不和村里人住一起?

不想。

女人愣了一下,说,不是不想,你是喜欢这种在荒山野河当皇帝的感觉,对不对?

在这里,太阳是皇帝,月亮是皇帝,星星是皇帝,河是皇帝,花花草草是皇帝,虫子、鸟、鱼、野兔……都是皇帝。

女人比男人的文化不知高出多少,但她知道自己说不出这样的话,她坐起来,缓缓地脱去上衣。当她像夜色一样雪白的乳房毫无遮拦地暴露在星光底下,她获得了不可思议的自由。

木屋后面一华里许,有一带平缓的山岗,岗上有柴山,有男人的庄稼地和果园。果园里一律种着柑橘。正是当花时节,白色小花繁密得鸟儿站上去也找不到位置,因而它们总是在停靠枝头以前,先把花瓣啄掉一些。这天,男人和女人刚刚爬上岗顶,就看见一只红嘴画眉灵巧地啄着花朵,花瓣

河湾 | 177

纷纷飘落。男人拾起一块土坷垃，朝鸟扔去。鸟没被击中，却吓得魂不附体，径直朝人飞来，快撞到女人的脸，才发现势头不对，在空中略一停顿，尾巴一翘，掉头飞下了山岗。

女人不解，说，鸟飞到你屋里，你也从不打它们，今天怎么了？

这样糟蹋花朵，即使是鸟也是有罪的，男人说。

他们在果园转了一圈，被香气闷得难受，于是走出来，进了庄稼地。凡这一带农人要种的——稻谷、小麦、蔬菜，男人都种上了。稻谷还是青青的秧苗，麦子却已经成熟。今天早上起来，男人站在屋外，迎着岗上吹来的风，深深地吸了口气，闻到了麦香，就知道麦子熟了。

他们此行就是来收麦子的。

女人虽然也带着长柄镰刀，可她不会干这样的活，她听从男人的指令，乖乖地坐在麦垄上。已过上午十点，太阳却没有出，只在远方的峰顶，燃烧着红云，峰顶之下，包括峡谷与河流，都披上了翠蓝色的轻雾，柳树、栎树、松柏和桤木树的枝柯，在雾里浮荡，远远望去，像烧着茶炊。

群山长河之外，正发生着怎样的故事？在女人生活了近三十年的那个庞大城市里，到底有着怎样的白天和夜晚？她不敢想象，也抗拒着飘飘忽忽的心思往那方向游走。她把目光收回来，专注地看劳作的男人。男人在床上时，是一头猛虎或豹子，休闲时，是一条鲈鱼（男人说，这条河里什么鱼都可以吃，就是鲈鱼不能吃，鲈鱼愁多，人吃了会愁上加愁），可他一劳作起来，却是那般安详。

麦子割完了，且用秸秆打成了捆，接下来的任务，是把麦捆搬回去。女人站起来，迎着男人走去，说，我一次搬一捆是没问题的，你总不至于又剥夺我搬麦捆的权利吧？男人正弯腰把没割干净的麦穗摘下来，回女人道，尽管歇你的。女人说，再歇下去，我就彻头彻尾是一个无用的人了。男人抬眼望着她，认真地说，我本来是一个人过惯的，可是现在离不开你了。

女人嘻嘻笑：也就是说，只要我在你身边，就是对你有用？说着跑到男人跟前，扑在他宽厚的、扎进了许多麦芒的胸脯上，又说，那我就赖在这里，叫你养一辈子！

你这话当真？

当真。

男人把女人拦腰一搂，女人就横担在他的双臂里。他抱着女人，走到麦田外的芳草地，坐下了，吻她的双目，又用舌头舔。他的粗野和柔情，打动了她。她几乎爱上了他。是的，她几乎爱上了他。她意识到这是一种危险，因而死死地压住心弦，不让它歌唱。

男人对女人的心思毫不知情，他怀里的女人，仿佛是刚刚从他身体里分裂出来的小生命，他要用自己的舌头舔开她的眼睛，让她看见世界的好。

太阳适时地出来了，漫山遍野金光闪闪。还不是最热的时候，因此阳光总是受欢迎的。最先报告太阳出世的消息，是长尾锦鸡。那些艳丽得让人心痛的生物，鸣叫着从峡谷飞向峡谷，从山林飞向山林，阳光成了它们的河，翅膀是它们的桨，它们的叫声和滑翔，把阳光撩拨得纷纷乱乱。鸫鸟也鸣唱起来了，鸫鸟是这带山河知名度最高的歌手，是自然的核心，它一唱，万物便归于哑静。

女人已然忘记了有个亲吻她的男人，只专心听鸫鸟的歌声。她从男人那里知道，鸫鸟的寿命很短，两三年就老得飞不动了，之后就寂寞地死在山谷河畔，这是因为它们太过卖力地歌唱，也因为它们的歌声太好听；正如蜜蜂，太过卖力地采蜜，酿的蜜又太过香甜，常常把三个月的寿命缩短为一个月。那么人呢？世上再也找不出一种生物有人这么复杂，别的生物各尽本分，人却习惯于在本分之外。

男人从女人皱起的眉头知道她正想事，问她想啥。

女人一直闭着眼睛，这时睁开来，坐起来，用手指梳理一下飞到眼前来的头发，说，我在想，鸫鸟的寿命比人短那么多，它们等太阳出来，等了整整一个上午，恐怕相当于我们人等十年吧？

男人说，鸫鸟的寿命算长的，有的昆虫只能活几天，我们这里还有一种喷嚏虫，也就是它从生到死，就是人打个喷嚏的工夫。

这么匆匆忙忙地走一遭，什么也没看见。女人很伤感。

钟表都是人造的，是钟表让人伤时，男人说，畜生没有钟表，飞禽走兽和花花草草也没有钟表，人家哪怕只活半秒钟，也是兴兴头头的。人被自己制造的东西打败了。

女人笑着说，你是个乡村哲学家。

但男人对这种褒奖毫无兴趣，他嗫嚅片刻，问女人：以前，我多次让你随我下地或者下河，你不愿意，可你昨天突然要跟我去打鱼，今天又跟我到岗上收麦子，为啥？

女人头一扬，简洁地说，我想通了。

男人怔了一下，问，如果你真有男人，不怕他找来了？

见女人不答，男人把棕红色的粗大手掌放在女人圆润的肩头，又说，他不会找到这里来的，即便找来了，只要你不愿，我也绝不会让他把你带走。

我当然不愿意走，女人柔声说，这里风景多好。

这话并不能让男人满意。他说，风景是你们城里人的话，你住久了，就知道这里的一切都跟我们人一样，在认认真真过自己的日子；它们是它们自己，不是风景。说着，男人站起来，走向麦田。麦田已交出了自己的果实，坦然地面对大地和天空。男人两只手各提一捆麦子，笑着对女人说：你在这里跟鸟和花说会儿话吧，我很快就会把这些东西搬回去的。

路中间还有麦穗呢，不摘下来？

那是我点种的时候故意撒上的，它们没长在我的麦田里，就让鸟儿吃去吧。男人回了一声，快步跑下了山岗。女人伏在地上，深深地吸了口气，泥土的清香夹杂着浓浓的麦麸味。多美的地方啊，可是……她独自叹息了一回，也抱着一捆麦子朝山下走去。这是她平生第一次干农活。麦秸和麦穗紧贴她的皮肤，使她感受到了一种神圣的净化。

来到河湾，女人头回睡得这么沉。往常她半夜必醒，睁大眼睛，望着膏一样稠的夜。她望不见别的，只望见自己。可她已经认不出自己。她把自己当成了别人。但那分明又不是别人。不是自己，又不是别人，那是谁呢？自己和别人之外，是不是还有第三种人呢？就为这个，她再无法入睡。

这天她睡下去就没醒过，到清早依然睡着。男人让她睡，自个儿轻手轻脚起床，讲村子联系脱粒机去了。他每年都说要买部脱粒机，可总是在谷垛和麦穗堆满屋外的土坝时，才又想起，因此每年都是找人借。好在脱粒机不重，也就百把斤，他单手就能拎回来。唯一麻烦的是，村子里通电，河湾不通电，把脱粒机借来后，他还得准备柴油发电。发电机他是有的，前些年，他曾经用它去河里电鱼，后来发现这东西认不出大小，见到活物就电死，因此弃之不用，换成了渔网。

进村需沿河向下游走二里地，再爬上放蜂人站立过的山崩（此时，花还闭合在晨雾里，因此放蜂人并没出现），从山崩翻过去，村子的轮廓就袒露无遗了。鸡鸣如织，村子却还在睡梦中不愿醒来。以前,男人听不得鸡鸣声,觉得那声音格外孤独,并且强烈地感染他;当他一个人来来去去,寂寞是经常性的,却并不感到孤独,只有靠近村子,孤独才刺得他浑身发酸。孤独总是与热闹相随,所以不到万不得已,男人既不来村子,也不去上游十三里外的集镇。可是今年就另当别论了。在他的身后,有个那么好的女人在等着他,他没有孤独的理由。他能从鸡鸣声中听出家常的温暖。

既然村子还没醒,男人干脆坐在山峁上一棵黄葛树下等候。黄葛树枝叶扶疏,被剪碎的天空一片瓦蓝。这是夜幕还没撤走的象征。这是一天中最宁静的时刻。灰雀已开始活动,但它们似乎不愿意破坏这难得的宁静,只在草丛中跳来跳去,一点也不发声。男人欣赏着它们在土坷垃上磨喙的样子,心里想,这些小东西,大概是这里最古老的居民吧,它们对这片土地的感情,比人要强烈得多呢。

不知不觉间,放蜂人已出现在离他二三十米远的地方。放蜂人用根长扁担,担了四只蜂桶。

老哥,早哇。男人首先问候。

早呢,放蜂人把扁担放下,气喘吁吁地回道。他的个子并不矮,因双腿粗壮,就给人矮的印象;他的使命就是带着蜂群奔走于茫茫大地,练就了一双既能穿过平原也能翻越山岗的壮腿。

今年咋只见你一个人呢?

椴树不流蜜啦！放蜂人朗声说，山区的椴树蜜多，可从去年开始，这里的椴树就不流蜜啦！

这是为啥？

只有蜜蜂才说得清，我可不知道呢。放蜂人揭开蜂桶，吊在桶盖上的米黄色工蜂，像听到号令，从外到内启翅离去，迅速消隐在颤悠悠的光雾里；桶盖便一层层剥开，直至裸露出蜡黄色的板壁。当空气中的震颤渐渐微弱，放蜂人说，好在这里的紫云英开得紧，紫云英花期一过，往那边山上挪动一点，荆棵又开蓝花了。可惜椴树不流蜜了！

此时，村子里的炊烟一条条升起，直直的，又斜斜的。男人向放蜂人告辞。

刚进村，人们就出来向他打招呼。对村民们来说，男人是一个孤僻的人，也是一个奇怪的人，二十年前，当他母亲，也就是他在世上的最后一个亲人死去，他就离开村庄主居地，独自去那片河湾，造了所木屋，把家安在了那里。又过几年，他娶了邻村一个女人，不久，女人走了，有人说是跟放蜂人走的，有人说是跟兰草贩子走的，不管跟谁，或者不跟谁，反正是走了，再也没回来了。对女人的离去，村里人没怎么议论，说到底，换了谁也不愿意跟野兽一样孤独的家伙过一辈子……

听说你又有女人啦？村民们问他。

是啊，男人说。他希望人们提起这话头。他等到村子完全醒了才闯进来，就是想听听人们提起他心爱的女人。

这回不会跑了吧？小伙子们跟他开玩笑。

他笑而不答。

看来是不会跑了，年纪大些的人说，既然这样，你就搬回村子来住吧，你那老房子挂满了蛛丝网，再不用烟熏一熏，就垮啦。

话音未落，一个小伙子接上话头：他那女人我见过，野马一样，搬回村子，哪有地方供他骑呀！

男人觉得，这样的玩笑已经过分了。他不愿意用这么粗鲁的言辞说到那个女人。（她起床没有？她那一头蓬蓬松松的头发，那圆润而舒展的身体，还真有点像野马）

人们才不管他的心思呢，嚯嚯嚯笑。他发现，这种笑好像不仅仅是因为小伙子的玩笑话引起的，似乎还别有深意。他读不懂，也觉得没趣，就离开人群，朝村子中心走去。在那里，他可以从一户人家借到需要的脱粒机：那家男主人姓江，他叫他江大伯。

江大伯的院落里铺满麦秸，脱粒机显然前两天就工作过了，铝制的舌头上还沾着断裂的麦芒。男人正准备喊人，江大妈出来了，江大妈一看见他就说，你大伯正打算抽空去找你呢！

将近两个时辰后，男人脸青面黑地出来了，把脱粒机往

河湾 | 185

肩上一扛，快步离去。

他一口气爬上山峁，没再给放蜂人打招呼，又奔下河沿。太阳一直没有出来，河水清而不亮，河风吹拂，水面涌动着肋条似的波纹。男人把肩上的铁器砰一声扔在地上，朝着河面狂暴地吼了一声。

回声在河面撞击，之后悄然沉没于水底。男人蹲在脱粒机旁，抓扯自己的头发。

世间的每一个物种都需要反刍，包括牛，也包括人，只不过牛反刍的，是自己吃下去的草，人反刍的，则是电视上播放的或道听途说来的新闻——牛在反刍中获得安详，人在反刍中获得快乐——但前提是，你不是新闻的主人公，如果你成了主人公，则往往是痛苦的。

比如蹲在河边抓扯自己头发的男人，他太痛苦了，因为他听到的消息太可怕了。

江大伯说，村里十多天前就在传言，说那个跟男人住在一起的女人，是从城里来的逃犯！

她犯了什么罪，众说纷纭，最骇人听闻的说法，是她杀了人——杀了她自己的丈夫。

初闻此言，男人竭力否认，以至于差点跟好心的江大伯吵了起来，可是现在，在无人的河边，他完全相信了那是真的。是啊，她一会儿说自己有男人，一会儿又说没有，而且，一个面容姣好的城里女人，为什么千里迢迢单身跑到这荒僻地界?

男人记得,在那个春日的傍晚,靠山的太阳小得如一粒蚕豆,霞光却血一般艳红,男人站在霞光里,能听到霞光簌簌飘落的声音,宛如秋风里的黄叶,这种声音使男人受不了,他几乎打算明天就离开河湾,搬回到村子里去住,尽管他亲近的是鸟,是鱼,是昆虫和草木,但到底说来,只有人才能消除他的寂寞。他重重地跺了下脚,把一只刚刚钻出头来的土拨鼠吓回到洞里去了,他有些愧疚地朝堆积着稀松沙土的洞口望了望,就转过身来。那一刻,他见到了女人。

女人身上的陌生气息以及马上就要瘫倒的疲惫样子,都成了不可抵挡的诱惑。

他有些惊惶地看了女人一眼。女人也看着他,女人的眼睛大得像两汪湖,但这两汪湖不是回应他的目光,而是受尊严的驱使对他的藐视,或者不屑。他受了深深的伤害,大踏步走过去。

不管找出多少条冠冕堂皇的理由,他做的事也是不体面的,是罪恶的。他等待着女人给予他任何形式的发落。但奇怪的是,女人不仅没有挣扎,事后还说,她要留下来,跟他。

这不是他所熟悉的乡间女人,当他把女人搂抱在怀里时就感觉到了,一个月后,女人终于承认,她的故乡在城市。她说她之所以来这里,完全是因为对大自然的痴迷。

对此他并不相信。对陌生的事物,他总是保持着警惕,要不然，他就不会离群索居。可要命的是，随着时间的推移，他发现被征服的不是女人，而是他自己。他爱上了她，到现在，他已经离不开她。

离不开一个杀了自己丈夫的女人？

云越积越厚，天幕低垂，对岸洄水荡里的几棵水柳，被压得更斜了，好像整个天空的重量都全靠它们支撑似的。男人把手从头发里抽出来，用指头在布满草根的润湿沙土上画来画去。他在画一个人形。一个男人的样子。女人的丈夫到底长什么模样？她为什么要杀了他？

他希望在指头创造出的神秘符号里找到答案。

一只棕红色的、壳上生满青苔的螃蟹，静伏在离他几米远的地方，蛮有兴致地研究着沙土上的符号。看了几分钟，自知无法看懂，就调转方向，犁过沙尘，咚的一声跨进了水里。

螃蟹制造出的动静没有影响男人，他画了又抹，抹了又画。遗憾的是，他从没去过城市，他对城市的生活一无所知，对城市的男人也一无所知，他无法找到答案！

女人早已起床。男人扛着机器进屋时，她正在火塘里翻烤红薯。这是他们的早点。这样的早点男人吃了十余年。见了男人，女人忙跑过来帮他放机器，可是男人自己放下来了。女人在他汗巴巴的脸上亲了一口，娇声娇气地说，去这么久，还以为你跑了，不要我了。

这里是我的家，我能往哪里跑？

女人的脸上有两道对称而上翘的黑迹，是不小心让熄了火的木炭划上的，她早从盛满水的木桶里看到了，之所以没擦，就是希望男人见识一下她调皮而可爱的样子。但男人根本没注意，他阴沉着脸，去墙角找出了个塑料壶。塑料壶本来是白色，可几年前就变成蜡黄色了，看不出里面装些什么。男人摇了摇，壶壁发出咣当咣当的响声，气味趁机溜了出来。那是柴油。

柴油已经很少，无法带动机器把麦粒脱完。男人将壶放回了原处。

女人默默地看着男人。当男人直起腰来，她从背后抱住了他。人家刚说要永远陪你，你就不高兴了？男人没回话，也没转身，只是摩挲着女人的手。这双手是如此柔弱，左手的无名指还有戴过戒指的印痕，怎么可能举刀杀人？他把女人的手指一根一根地挑出来，一根一根地捏拿。女人被他弄痛了，叫着说，你干什么呀，像剥洋葱似的。

男人这才转过身，把女人的下巴往上一抬，正色道，你昨晚做梦了吗？

做梦？没有，我已经决定留下来，所以睡得很踏实，我半分钟的梦也没做。

我怎么听到你在梦里叫一个男人的名字？

女人愣了一下，哈哈笑。你神经病啦？她说着，用尖削的手指点了一下男人的额头。

男人放开她，觉得自己很卑鄙。

女人从火塘里掏出一只硕大的红薯，熟练地在地上拍去灰土，红薯便露出金黄色的皮。要是往常，男人会把发烫的红薯在手掌里倒来倒去，等温度合适，他会将皮剥开，放进一只碗里，看着女人香喷喷地吃下去。可今天他没这样做，他说，你吃吧，柴油不够，我去镇上弄点儿回来。

总得吃了再去吧。

不用了，我一点儿也不饿。说着，男人已把塑料壶拿上手。

女人没有阻拦，只是倚在门框上，看着他踏上草地，消失在远处一排洋槐背后。过了几分钟，女人走出来，站在屋前一撮隆起的土块顶端，目光溯水而上。男人的身影在河岸的树木和杂草间时隐时现，当那身影变成了小黑点，再由小黑点变成一片苍茫，女人才进了屋，怔怔地剥烤红薯吃。

男人的步子很仓促，也很凌乱，本来一步就能迈过的水沟，他却绕来绕去，老半天，那条沟还横在面前。十三里路程，平时他只要五十来分钟，今天却走了一个半小时。

集镇上热闹非凡，前后两条街的青石板都被压断了，只偶尔露出光溜溜的石面。这时候，男人才想起今天恰逢赶集。

他一路上没碰到人，不知道人都是从哪个方向涌到街上来的，更不知道他们上街干什么。男人当然知道自己要干什么：买柴油只是说得过去的理由，他的真正目的，是来探听有关女人的消息。如果女人真是逃犯，街上显眼处一定张贴着她的照片吧？前两年，有好几次，男人都在兽防站的墙壁上看到抓捕逃犯的通缉令，通缉令上都有犯罪嫌疑人的头像。

兽防站在前街东头，也就是男人去的方向。他走到那油漆斑驳的门外，做出无所事事的样子，从上看到下，又从左看到右，凡贴有纸片的，都走近了瞅，尤其是那些被风或人撕去只留下一两个字的纸片，他特别留意，把剩下的几个字像钉子一样扎进脑子，再慢慢补充被撕去的部分。为此，他费了不下一个时辰。可他发现，那些东西不是猪牛的饲料广告，就是号称手到病除的巫医妄语。

他朝前走去。前面除了绵延的临时摊点，还有百货商场、学校和政府大楼，这三处地界都可能张贴通缉令。百货商场的外墙是红色瓷砖嵌成的，两层楼房片纸不存；学校外有条长长的围墙，男人从这头走到那头，除了用红漆书写着"好好学习，天天向上"，也不见别的什么；镇政府也用瓷砖嵌了外墙，只不过是白色，男人几乎放弃了去那里察看的打算。他怕。可一种奇怪的心思诱惑着他，使他一步步挤过人群，向那里挪过去。

远远地，他就看到了一张通缉令！

河湾 | 191

上面写些什么还看不清楚，但那长方形的纸，打印出来的字……特别是那个头像，明明白白就是跟他同居的女人，连发型也是她刚来时的样子！

男人没往前走，只左顾右盼，以近乎乞求的目光看他身边每个人的脸色。他在乞求什么？他说不出来。其实没有人注意他，但他觉得，街上所有人都认出了他，所有人都知道跟他在一起的女人是个通缉犯。他受不了这种猜疑，退出人群，靠在路边一棵白果树上。他的高个子可以帮助他方便地察视人们的脸。但一个大男人提着塑料壶长久站立，总会引起注目，于是他蹲下来，做出等人的样子。

老天爷呀……他在心里这么叫了一声，感觉自己马上就要垮掉了。

这时候，他才真切地感受到自己是多么爱那个女人！

他是背向镇政府大楼的，之所以如此，是不敢面对。但又不能不面对。至多间隔半分钟，他就把脖子扭过去，看是否有人去关心墙上的那个长方形。许久都没人去看一眼，这让他放心，让他感激他根本就不认识的乡民们。

只要没人看，人们就不会注意到被通缉的是谁，就不会把他心爱的女人抓走。

可是，既然明明白白地贴着一张什么，怎会没人看呢？迟早会有人去看的。

男人有了一个计划：他要乘人不备，去把那张纸撕掉！

可正在这时候，几个戴着墨镜的年轻小伙走到了那面墙前，指指点点地看着通缉令，其中一个还把墨镜取下来，仿佛要仔细辨认清楚。

男人依稀记得，这几个家伙都曾去他居住的河湾偷猎。野兔、灰雀和竹鸡，是那片河湾里三个最兴旺的家族，但他们觉得打这些没意思，专打锦鸡和在银装素裹的雪天里才偶尔现身的红尾巴狐狸。锦鸡太美了，狐狸同样美，狐狸在乾坤一统的雪雾中是至纯至洁的漂泊者，何况它们的尾巴上还能发出紫罗兰一样的香气。他们看不见它们的美，只看见它们更能卖钱。前年春天，男人正在岗上砍烧柴，见几个年轻人走过来，把高压气枪的枪口瞄准一只锦鸡，他大声制止，朝锦鸡栖身的桐子树扔着土块，把它赶出了危险地带。为此，年轻人跟他吵起来，好像就是取下墨镜的那位，还说要收拾他，听到这话，他顺手拾了根碗口粗的栎树棒，在膝盖上一顶，栎树发出痛苦的叫声，断了。这带人谁都知道，栎树质地坚硬，农人的犁铧、擀面棒和打狗棒，都用栎树做成。年轻人见状，没敢上前。

去年和今年，他们没去那一带偷猎。可不能担保他们永远不去。

如果他们认准了通缉令上的头像，之后又去河湾看到了女人……男人不敢想下去。

有了一个人看，必然招引更多的人。镇政府门外围了许

河湾 | 193

多男女，他们边看边议论，各种声音搅和在一起，因而不再具有意义，男人也无法听清。哪怕是用喇叭喊，他也听不清，他太绝望了。他转过身去，带着可怜的神情乞求老天爷让那群人赶紧离开。可老天爷并没理会他。他无可奈何，只得退一步想：哪怕有成千上万人看也不可怕，关键是不能有河湾那边的村里人。

村里人像听到召唤似的，立即就出现了。那家伙与江大伯住得很近，虽然高壮，舌头却比婆娘的还柔弱。他倾了脖子瞄一眼，做出"我早就知道了"的神情，张嘴说了句什么，就离去了。

他说的啥呢？

他是不是说：哼，这女人，藏在我们村西那片河湾里呢，正跟一个光棍男人快活呢！

男人觉得完了，觉得民警已经奔赴在抓捕女人的路上了。

他想站起来，可他的骨头仿佛变成了白果树的根。

不知过了多久，人群终于散去。空荡荡的土坝上，留下重叠的脚印。男人无所谓了，所有秘密都已公开，没有什么值得他顾虑。他扶着老皮爆裂的树身站起来，径直朝墙边走去。他发誓要一把将通缉令撕掉。现在撕它，不是为了遮掩，而是觉得，让女人示众，是女人的耻辱，也是他的耻辱。

就在他伸出手的瞬间，手停在了半空。那不是通缉令，而是一张寻人启事！影印在上面的头像的确是个女人，但与他疼爱的女人相去甚远，发型也大相径庭。他爱的女人刚到河湾时，是他并不熟悉的碎发，两个月后，那种长长短短的韵味再也显不出来了，但她毕竟是城里人，她知道怎样让头发成为她身体的一部分（连衣服也是她身体的一部分），许多时候，比如他们做爱的时候，头发还可能成为她情感的代言人。而寻人启事上的这个女人，头发稀疏而凌乱，人们从她的头发上，只能看到一颗憔悴的心。注意了这些，男人再看名字。当然是不一样的！

我的眼睛瞎了啊？为啥走样成这样啊？他高高兴兴地问自己。

那种感觉，就像掉入深渊，绝望地发出惨叫，可双腿一蹬醒来，才知是一场梦。

男人抹了把额头上的汗，开始一个字一个字读那上面的文字。他文化低，有好几个字都不认识，但大致意思是出来了：女子是上游一个镇的，半个月前到这个镇赶集，再没回去。

真可怜，男人喃喃地说，怎么平白无故就不见了呢？这叫家里人多着急啊。

他甚至涌起一种冲动，就是去镇前镇后帮助寻找那个女子。

这当然是不可能的，镇子虽然不大，可哪里藏不下一个人？再说还有一条河呢，再说女子完全可能去了另一个镇呢……他这么寻思着，大大方方地，甚至有些趾高气扬地站在那堵墙面前，东瞧西瞅了一阵，就从一条巷道插过去，去了后街。

后街较窄，房檐低矮，从头至尾全是茶馆，供人打麻将或者闲聊。凡打麻将的地方，男人就不进去，专供闲聊的场所，他就进去听。别看这些穿着汗衫摇着蒲扇的人生活在夹皮沟里，可似乎天上地下无所不晓，至于江大伯说的那类传言，如果是真的，更是眉飞色舞地描述得鼻眼俱全。

没有人说到女人的事！

这时候，男人才感觉到饿。他进了家小饭馆，一口气吃下了五个又白又胖的馒头。

从饭馆出来，他去农机市场买了柴油，往回走了。

黄昏时分，男人一脚跨进了木屋。

女人不在，她到岗上的果园去了。一整天下来，她就吃了只烤红薯。她本以为男人最晚在下午三四点钟就要回来的，把饭都煮上了，要炒的菜也备好了，可等到五点多，也不见男人的踪影，她百无聊赖，于是出门去了岗上的果园。

仅仅一天过去，果花开得更繁了，只是不再是白色，而是朦胧的烟绿色。女人觉得不可思议，柑橘怎么可能开绿花？而且昨天还洁白耀眼呢。她走近了，一朵一朵细细观赏，结果发现每一朵都是白的，合在一处却是烟绿色的。这种奇妙的现象让女人再次涌起一丝伤感。

世间之物,没有一样是纯粹的。

男人气吼吼地跑上来时,女人并没有太多诧异,她甚至都没回头看他一眼。她好像不是对男人而是对身后响起的声音说,这花怎么是绿色的?

声音逼近她身边,演化为一双强有力的大手,将她死死地搂住了。

我想你,男人说,想死你了!他还想说,我以为我已经把你丢掉了……当他的手陷进女人湿突突的胸脯里,才相信女人还在他的身边。

男人以为女人一定有些哀怨,并计划好了怎样去安抚她,怎样对自己的行为做出解释。但他错了,女人一点也没哀怨,只是以撒娇的语气说,想我了,就把我抱回去。

话音刚落,她就飞腾起来。

鸟儿集体归巢,在她的上空画出波浪似的弧线。她四肢摊开,迎着晚起的风,体会那种飞翔和归巢的感觉。

吃罢饭,觉得天要下雨,而麦捆大多堆在屋外,遇雨麦粒会长出新芽,一年的收成将废去大半。这当然不行,得连夜工作。

马达声使夜晚生动无比,马达声传到了河对岸,对岸的崖畔给出了更加响亮的应答。屋梁上悬着的马灯,照着两个

河湾 | 197

劳作的人：男人往斗里送麦穗，女人将从铝舌泻出的麦粒送进屋里的石仓。

不到半夜，麦粒就全脱完了。

马达声一停，天地间又恢复了空旷和辽阔。把空间占满的，本来就不是物品而是声音。这河湾的东西还少吗，有太阳、有月亮、有星星、有山、有河、有草、有花、有飞禽、有走兽、有虫子还有人，可就是觉得看得远也听得远，主要是没有嘈杂声。河吼的声音，鸟鸣的声音，狐狸打喷嚏的声音，季节变换的声音，再大，都不嘈杂。它们是天籁，天籁自带深远。

两个人的脸上和头发上都灰蒙蒙的，但格外精神，毫无困意。女人没经历过这样的劳动，仿佛身上的每个角落都钻进了麦芒，痒得难受。男人让女人把一口大锅挂在火塘上方的铁钩上，准备生火，他自己则挑着一担木桶去河里打水。女人要跟他同去，男人说不用了。女人望了望天，天上阴云密布，没有月亮，也不见一颗星，外面是浆成一团的黑，她说，我提着马灯给你照亮啊。但男人已经走远了。

女人刚把火生起来，男人就回来了。

水烧好，倒进平时用来装玉米棒子的大黄桶，两人脱得精光赤赤的，跨了进去……

天蒙蒙亮，雨才下起来。两人躺在床上，裹着浅黄色的床单。女人几乎是扑在男人身上睡的，看上去只是一个人。

男人似乎并没感觉到压力,女人圆润的身体,只不过是盖在他身上的另一层床单。他们都睡得很沉,一个梦也没做。劳动对人最大的恩赐,就是能给你一个香甜的睡眠。

雨越下越大,连最卑微的小草,也能被雨点打出响声。整片河湾,一切声音都让位于雨声。这是今年夏天第一场大雨。屋外的沟里,水流声有些涩,证明雨水太密,在沟里拥挤。雨水再密,也不会威胁到男人的房屋,他把水沟一直掏到了大河,哪怕最孤僻的雨点,也向往大河,它们不会在房前屋后逗留太久。风也起来了。风朝南吹,男人的格子木窗也朝南开,因此雨水不会飘进来。

后响时分,女人醒了。她发现自己赤裸裸躺在男人的胸脯上,刹那间感受到了刚与这个男人睡觉时的刺痛。许多时候,她无法不认为这是一种沦落,是她人生的失败。她双手支撑起来。她的皮肤粘在男人的皮肤上,皮肤分离的声音,从雨声里剥离出来,女人听得格外清楚。男人的上半身呈一片白,女人的身体刚离开,血便涌上去。突然卸下重负,男人感到轻松,翻过身去,继续睡。女人平躺在床上,心想,我就在这里做一辈子农妇吗?我将死在这里吗?……她想起自己在少女时代读过的一篇小说,小说中有个士兵,中了敌人的枪弹后,一滴血从他身体里飞出,穿过战争的烟云,跋涉过千山万水,把那士兵死去的消息报告给了他的母亲。当时她读到这一段,伤心地哭了一场。她万万没想到在未来的某一天，自己也希望求助于这样一滴血……

雨是发疯了吗？雨不是在下，而是在砸。在奔赴自由的路上，雨简直是不要命了。声音太响，反而听不见任何声音。钟表上分明显示是后半晌，可外面一片浓黑。女人觉得孤单，也觉得害怕，就把男人摇醒了。

男人猛地把女人揽入怀中，不要离开我，他说，不要离开我……

女人的骨头都快被揉碎了。女人的骨头跟心是连在一起的，她渴望这样的粗暴。

她说，我说过不离开你的，我早就说过了。

男人把头偎在女人怀里，感受那种厚实的、富有弹性的热度。双方都感觉到了。没有一点色情，只有给予、喂养以及共同的生长。女人倾着身子，乳房上淡淡的静脉血管，像在深谷中悄然出没的溪流。屋外雨声如潮。

天气很闷，证明更大的暴雨即将来临。男人离开女人的怀抱，让她好好在床上躺着，自己去去就来。女人问他，你是去看岗上的花吗？男人说，花和草木，从来都只看它们自己的造化，我去把稻田疏通一下。情感的巨轮刚从女人的身体上驶过，使她显得特别慵懒，她说，去吧，我等着你。男人从墙上取下一方斗笠和一领蓑衣，提着锄头正要出门，女人又说，我等你……女人的眼神微波荡漾。男人点了点头，将门一拉。喧哗的雨声才撞进门，又被木门截断了。

几十年来,男人所有的信仰就生长在这片土地上,这里孤独的一草一木,一石一土,都是他信仰的核心,但这时候,他突然发现这些并不能拯救他了。他需要的是一个像女人这样的万能之主。

雨水已深入草根,近乎墨黑的路上烂泥成洼,男人一面向岗上爬,一面颤抖着呼唤:老天爷呀……

稻田已胀满,而此时的秧苗还不过是青春期的少女。男人挖断了田埂,饱含土地养分的水,打着旋涡,拖家带眷地冲下塄坎,沿着虎耳草和指甲花指引的方向奔赴大河。与此同时,那些脊背泛青的鲫鱼也兴冲冲地向稻田告别。男人并没在田里放鱼苗,那些鲫鱼都是从哪里来的?

当稻田消瘦下去,顶着斗笠、披着蓑衣的男人,才怀着深深的感恩之情观察那些秧苗。秧苗很苗壮,很纯净,此前已薅过两次,田里没有一株稗草,也没有一朵被乡里人称为"扎巴眼"的金鱼藻。雨打在秧苗上,秧苗轮幻出绿色的光华,向远方波动着延展。

尽管他说过花草看它们自己的造化,但他还是去了果园。泥土里铺满了白花,是被雨打掉的。那些躺在地上的花朵,一点也没失去体面。

男人进屋的时候,女人已流过两回泪。她的心里活跃着两个世界。

男人看出她流过泪。因为他自己也流过泪。当他站在果园外,泪水就混合在雨水里,雨水冰凉,泪水却把雨水点燃了,滋滋冒烟。脚下的土地也滋滋冒烟。从岗上下来,一直到门外,长长的一段路都被他的泪水犁过。他流泪,是因为幸福……他放下锄头,把斗笠和蓑衣解下来,才发现衣服裤子都湿透了。女人下了床,帮助他把捆着身体的湿衣湿裤脱去,用她温暖的皮肤在男人身上熨。她已偷偷地流了那么多泪水,她需要一种补偿,而真正的补偿总是在无法自持的给予中求得。

对女人来说,这是最彻底的解放。她感觉自己已经在世上活了一万年,而在这一万年当中,她从来就没有满足过。这是可耻的。在有些事情上,不满足是可耻的。想做、要做、敢做,都并不可耻,只有不满足才可耻。不满足意味着不再爱自己,可这个女人狂热地爱着自己。

她真的有些疯了,她变成了一块饥渴的土地。她的腰肢和臀部扭曲着,其实是荡漾着——她好像比一般人多出了许多关节。在男人眼里,女人正是被雨水胀满的稻田,可是他并没想办法帮助她疏通。这与技巧无关,因为他自己也被胀满了,他自顾不暇。女人开始胡言乱语。她到底说了些什么?分明是胡言乱语,谁知道说了什么?当然,如果男人有一丝清醒,他是能够从女人的话语中组接出一些意义的,但男人一点也不清醒,他不过是一条山谷,被女人的柔情和野性之风灌得满满当当，只有一星半点残存的意识，提醒他不要倾听那些痛苦而危险的陈述，并催促他堵住女人的嘴。于是他低下头，亲吻着女人。女人咬住他的舌头，不让它离开自己，同时把自己的薄荷香传递给男人。当女人叫起来，他们俩都进入了时间的中心。就连一棵树也会承认，女人这时候的叫声比鹧鸪鸟的叫声更美，女人的叫声是这带山水最动听的歌谣。

雨一直下了三天，昼夜不息，第四天早上才停了。三天他们都是这样度过的，没出过门，甚至没到门口去望一眼。究竟说来，外面的世界与他们有什么关系？

要是大雨一直这样下就好了！当女人发出这句感叹，男人也正想这样说。事实上，连续的紧张之后，他们的肉体都极度疲软，雨声能够提供给他们的，不是让他们可以肆无忌惮地做爱和叫喊的环境，而是内在的安宁。男人发现，几天来，他真正安宁的时候，其实只是他在镇政府门前看到寻人启事的那一刻，说近一点，也不过是他从镇上往家赶的路上，当他跨进屋，看到想象中的女人变成现实中的女人时，他就无法不想起江大伯告诉他的话，无法不千百次地问自己：她为什么到这里来？

这些天，哪怕在他最忘情的时候，也没有躲开那个问题。

他很想直接问一问女人：你到底是从哪个城市来的？那个城市离这里有多远？你家里还有些什么人？有人说你是杀了自己男人才逃跑的，这是真的吗？你有没有孩子？……这些

河湾 | 203

话，几次都差点从他嘴里冲出来，最后却都是用舌头卷回去，活生生吞进了胃里。

如果把这些话说出来，他眼下拥有的一切，很可能就化为乌有了。

女人是不是有同样的心思？当她以内涵丰富的目光注视男人的时候，是不是希望男人分担她过去的故事？她在情绪激动时的胡言乱语，到底是有意为之还是言不由衷？

不去管它了吧。不去管了。两人打开门，站在屋檐底下。堆在外面的麦秸被雨淋透，散发出让人沉醉的清香。表面上看，那些都是死去之物，哪来这么奇异的香味？闻着这香味，你简直要相信，把死去的麦秸插进土里，它们马上就会活过来。

雨后的阳光晶莹而多芒，雨后的阳光能把几尺深的泥土也变成发光体。两个人都有隔世之感，对突如其来的晴朗很不适应。他们小心翼翼地走出屋檐的阴影，来到阳光底下。

如此，他们自己也变成了发光体。

河离他们很近，比平时近了上百米。近二十年来，这条河从没这么浩荡过。浑浊的河水平阔无边。以前看对面，在空气透明的时候，连崖畔大树上的喜鹊窝也看得明白，可现在，巨大的古松也只是一个剪影、一个意象。许多事物消失了，包括那片芦苇。女人说，你的船！男人不动声色。毫无疑问，船肯定被大水冲跑了，当然可惜，但是男人并没往心里去。他的心被另外的东西填满了。

他必须把那沉重的包袱放下，才能把别的东西装进去。

他对女人说，外面到处是稀泥，你在家待着，我去把脱粒机还了。

女人嗯了一声。

愿意跟我一起进村看看吗？男人说。

女人早想这样。几个月来，她不知道人群是怎样生活的，她希望男人把她带进村子。然而，当男人正式提出来，她还是拒绝了。

我又不跟他们认识，她说，还是你自己去吧。

男人抠住脱粒机，在胸前画一条弧线，机器就稳稳实实地停靠在他肩上了。

大河涨水，平时走惯了的路已成为鱼虾的天堂，男人只能从后山绕道。路并不难走，到处布满褐色的碎石子，几天猛雨冲刷，其表皮的褐色被磨掉了，露出洁白的骨，像大山的牙齿。男人从牙齿上踩过，行走在大山的嘴里。大山的嘴里色彩斑斓，野花成堆成簇地开放。它们都是最新鲜的花朵，说不定今天早上才打开花苞。松鸡也活动了，薄薄的土层上，留下了它们的爪子印。不过暂时还听不到鸟鸣，鸟们需要让阳光把身体里过重的湿气吸去，才能轻松自如地歌唱。后山又清爽又安静。

男人绕了很大一个圈，终于到了山峁，也就是放蜂人释放蜂群的地方。今天，放蜂人又早早地站在山头上了，但他还没有把蜂群放出来。花朵上的水珠还莹莹地滚动着，工蜂稍不小心就会打湿了翅膀，继而无法承担繁重的劳动，有的还会因此而死在途中。放蜂人主动给男人打招呼。对放蜂人来说，大自然的日历比人类的日历严谨得多，每一天都不一样，何况几天猛雨过后。他的心情好极了，见到一片熟悉的树叶也想打声招呼，不要说以前打过招呼的人。

可是男人没有回应他，越靠近村子，他的情绪就越激动，没有工夫跟放蜂人说话。而且，他一路上见到的景象，以前是他生活的全部，今天却没往他的心里去。

村子里很凌乱。大部分村民在猛雨来临前未来得及把碎掉的麦芒扫进牛棚，被鸡鸭一刨，混在烂泥里，显得脏。照例有人给男人说话，但男人虎着脸，急匆匆迈步，一句也没答应。

当人们听到江大伯院子里传来吵闹声，才知道男人今天何以如此。他在跟江大伯吵架。本来他没准备吵架，只想澄清事实：女人不是什么杀人犯，她从城里来到这偏荒的河湾，是因为她厌倦了城市，她愿意跟他睡在一起，是因为她喜欢他！可是他太激动了。当江大伯说你可能受了她花言巧语的欺骗，他就跟江大伯吵起来了。他无法忍受任何人对女人的污蔑，哪怕是心地善良的江大伯。其实江大伯只是转述村里人的传言，也没肯定女人是杀人犯，但男人才不管是谁说的呢，既然是江大伯告诉他的，江大伯就要承担责任。就算没肯定女人是杀人犯，却怀疑过，而怀疑本身就是污蔑。

村民都聚到江大伯的院坝里，这正合了男人的心意。此刻，他视所有人为敌，他把宽大的脸膛转向大家，扬声道，你们说她杀了自己男人才跑出来的？你们去告她呀！把她抓起来呀！把我也抓起来呀！我不是窝藏犯吗？还站着干啥，去呀！

有人静悄悄地溜走了，有人留了下来，留下来的人说，谁这么讲了呢，没有谁这么讲啊。

男人看着江大伯。

江大伯回望着男人，可怜巴巴地说，你不要疑心是我，到底是谁先说了这话，我不会告诉你。另一位大爷紧接着对男人说，即使别人怀疑，也是为你好啊，你才是我们的乡亲，我们害怕自己的乡亲吃亏，希望你提防着些，这又有哪一点对不住你？

男人不知是受了感动还是不想与乡亲们闹翻，沉默不语了。

江大妈哭起来了，为好不得好，她说。这话的后半句是"反而被狗咬"，江大妈没说，男人走到她面前，自己说出来了。听了男人的话，江大妈抹了把眼泪说，还不是吗？！

男人给江大妈和江大伯赔了不是，却又严肃地对乡亲们说，不管是谁说的，我不追究，但我再也不愿意听到那样的

河湾 | 207

话了！你们都记住，从今往后，她就是我的婆娘！

　　河水消退后，河滩仿佛困倦的女人。这天男人和女人去淤泥满地的芦苇荡，发现驳船果然不在了。但芦苇荡还活着。奇妙的是，草棵的根部居然有了翠绿色的新枝，站在那里看上五秒钟，似乎就能看到它们向上蹿了一截。更奇的是，活跃在芦苇荡里的生物，还是原来那些熟悉的面孔。大水淹没它们家园的时候，它们去了哪里藏身？又是什么时候回归这世代祖居的村落？

　　女人从松软的泥土里抠出了一枚金光闪闪的物件，发现竟是一只椭圆形的耳环。她惊异地问男人，这河滩上哪来这玩意儿？男人把耳环接过去，虚眼望着河水。河水似乎也听清了女人的话，含羞带愧地流向远方。很显然，河水曾经卷走了一个爱美的生命。这样的情形，已经很多年没有发生过了。据老人们说，大半个世纪前，这条河曾有魔河之称，每年夏秋两季必涨水。每次涨水，上游的人、畜、箱柜等物随波逐流，河面上滚荡着的，除波涛的喧嚣，还有牛羊的哀鸣、垂死者的呼救以及器物的碰撞声，当然，也有已经死去的人畜肿胀泛白的尸首。那时候，捞河是这条河上特有的景观，男人们站在河沿，把铁制搭钩远远地抛出去，如果抓到一头活着的耕牛，就可以让自己在短期内放心大胆地过活；要是一只装满金银财宝的箱子，那整个人生都不必再为生计担忧了。

男人很鄙夷那样的生活。那样的生活曾经给过他深深的伤害。他的祖父就是远近闻名的捞河汉。捞河人都知道，对于太重的东西，不要轻易把搭钩扔过去，因为搭钩的一头扎在自己的腰上，稍不留心，重物就会把捞河者拖入汹涌的波涛。但男人的祖父从不信这套，别说耕牛，连大树也敢抓。正因如此，他家一度成了这里最富庶的人家。捞河人更知道，当有人求救，哪怕半米开外就是一箱金子，也要先救人，可男人的祖父却不是这样，他曾经为得到一头羊羔，丢开了一个向他呼救的、年龄不过二十来岁的女子。

男人从没见过自己的祖父，祖父的贪婪和冷漠也早就不再有人提起，可男人无法忘掉那种耻辱。他主动从村子主居地搬到冷僻的河湾，一方面有逃避那种耻辱的因素，同时也源于对人的不信任：连自己祖父也是那般冷酷无情，他还能信任谁呢？二十年前这条河曾经涨过一次大水，河面上虽然既无牲畜也无人，可男人坐在自家门前，分明看到了那个被祖父抛下的女子。

有时候，他甚至觉得，这个从远方城市来到河湾的女人，就是那个女子的精魂。

上天给了他帮助祖父赎罪的机会，而他却把赎罪变成了爱……

男人把那枚耳环抛入了水中。女人注视着那个小小的水涡以及荡开来的波纹。

河湾 | 209

这是她的，还给她，男人说。

谢谢你，女人动情地说。

男人理解女人的意思。只有拥有纯洁柔软的心的人，才会代一个不知名的女子对男人的举动表示感谢。

——这样的女人，怎么可能杀人？

两人踏着在阳光下伸展腰肢的浅草向岗上走去。经过家门口时，男人进去拿了把锄头。

这是正午时分，岗上是光的世界。世界的诞生，善良和邪恶的衍化，都是从光开始的。他们先去了稻田。尽管已挖断田埂，但过分饱满的水还是把田埂又冲毁了一大段。田里已快怀孕的稻秧，靠着相互搀扶的力量才没完全倒伏。几天来，河湾的风并不太大，但岗上的风一定不小，风一吹，竖琴一样的雨丝就变成了鞭子，别说稻秧，有时候连人脸也会被它抽出血痕。

男人先用锄头把残损的田埂补上，又下田去把倾伏的稻秧扶正。女人也跟着下去了。要是往常，男人会阻拦，可今天他没有。他需要的不仅仅是一个女人，还是可感可触的家居生活。

女人笨手笨脚的，扶正的稻秧还不如她踏倒的多。她在努力尝试一种崭新的方式。稻秧的锋刃割破了她的手，滑腻腻的泥土从她脚趾间冒上来——这些都是新的尝试。

上田埂的时候，男人走到女人面前，捧起她的手，把有血道子的地方捂在他嘴上,伸出舌头为她舔。女人再一次想流泪。然而,这到底是不是因为感动,连她自己也说不清。

果园里又热闹起来了。花朵已被雨水打掉六成,因此有足够的空间让鸟儿们站下来歌唱。鸟儿密布枝头,像一枚枚提前结出的果子。世间万物,不管是植物还是动物,都有着自己的语言,只不过有些物种只有借助别人的嘴唇才能说出自己的心思。鸟儿就在帮助花果说出它们的心思。

看着泥土里的花,女人很心痛,拾起一朵干净些的,毫不犹豫地放进了嘴里。柑橘花吃起来是带苦味的,女人轻轻地皱着眉头,咀嚼几下,就把花咽了。

男人说,你的肚子里会结出柑橘来的。

那才好呢,女人笑着说。

男人没笑。他被自己说出的玩笑话带入了悲伤。他已经说不上年轻了,但他还没有自己的骨血。他希望结在女人肚子里的,不是柑橘,而是他的骨血。

可是他没敢把这心思说给女人听。是的,他给乡亲们说过,从今往后,女人就是他的婆娘了,然而果真如此吗?

当然!他对自己说,镇上没有张贴抓捕她的通缉令,我也去村里消除了谣言,女人说过她永远不会离开我,那么,她不是我婆娘又是什么呢?

男人隐藏得很深的痛苦消失一些了。

但他很快发现,在他痛苦消失的同时,他的生活也消失了,那种有质感的、无拘无束又自由自在的心境,也消失了。他陷入了更加苦恼的境地。

有一些严肃的话题,必须跟女人谈一谈了。

一直没找到合适的机会,直到夏天走向深处。

四季之中,河湾的盛夏最为昌达繁茂。春天,飞禽走兽发情,河湾里动荡不安,但那不能称为繁茂,漂浮在水面的粉红鱼卵,以及为争夺当父亲的权利而吁叫着射精的公鱼,都证明各类物种在忙于经营各自的生活;秋天是色彩的世界,赤橙黄绿青蓝紫,呈现一片绚烂的祥和,它们的确是祥和的,各守本分,所谓争奇斗艳,那是春天的事情;或许是秋天太过艳丽,一跨入冬天的门槛,就是鹅毛大雪,大雪让土地封冻,让所有生命休养生息。唯有夏天,特别是盛夏,该有的都有了,都拼尽全力,吐露生命中最瑰美的芳华。岗上的稻谷快灌浆了;柑橘结出的青果成串成串的了;褐色的乌龟无所顾忌地爬上河岸晒太阳了;灰色的野兔成天在青草丛中嬉戏,一个个吃得饱饱的,长得胖胖的,因青草吃得太多,兔子们连嘴唇都染绿了;鸟儿多得不可胜数,当它们群起群飞,把天空也遮暗了。

这样的景象,在猛雨之后往往会变得更加荡人心魄。

正是这种繁茂昌达使男人惆怅。只有对生活有所求的人才会焦虑,只有心怀牵挂的人才会惆怅。男人牵挂的人就在身边,可是这个人的过去和未来,他无从把握。

不能把握，就没有自由。

男人需要那种自由。

女人同样。她只身来到河湾，不就是寻找自由的吗？可是，随着试探的结束，随着她和男人感情的加深，她不仅失去了自由，还失去了最起码的生活。

两个人都在期盼着一个重要时刻的来临。

这天傍晚，天空自南而北横过一道彩虹。彩虹如腾挪于宇宙间的巨蟒。女人从没见到过这样的彩虹，她感到恐惧。男人问她，你看到彩虹的头了吗？女人说，彩虹还有头？当然，男人说，天上的水散失得太厉害，彩虹现身，就是把头埋到河里喝水。女人越发恐惧起来，吊住男人粗壮的胳膊，说，它会到这条河里喝水吗？男人说，这条河最干净，最好看，彩虹每次出现，都是到这里喝水。

说罢，男人指给女人看。上游两华里许，果然见一柱淡紫色的光尘插入河心。男人说，那就是彩虹的头，你再仔细瞧，是不是有水被抽上去了？

女人看不出有水被抽上去，但她听到一种声音，如同牛鸣。

它不把鱼也吸上去了吗？女人问。

不仅鱼，牛也会被它吸上去。还吸人呢！前些年，村里张二家的小女子在那里捡花石子，彩虹一来，她突然就不见了。

没想到那些千百年来被诗人歌颂的美丽之物，竟是吃人的。女人凭借她的知识，当然可以对男人的危言耸听作出正确判断，但许多时候，特别是在大自然面前，知识显得无能为力。

男人见女人真的被吓住了，说，彩虹没什么可怕的，黄昏一来它就走了。有些东西属于天上，有些东西属于地下，这是早就安排好的。

话一出口，男人就觉得不妥。他看着女人，女人也正看他，并且湿漉漉地问他，就不能改变？

当然能！男人带着怒气回答。他是对自己生气。他说，彩虹来过，今晚河里的水就会消去很多，我带你去滩上摸鱼。它现在喝水的地方，晚上就会变成浅滩，我们就去那里摸鱼。

两人进屋，生火做饭。饭一熟，就能透过木条窗格望见月亮了。月亮沉得很低，像挂在屋外树梢头一颗透明的鸟窝。晚霞消散了，彩虹也早已离去，但外面的光线一点也没减弱。

吃过饭出来，月亮变得更大。月光与星光，不同之处在于星光莹澈透明，月光却缠绵朦胧。这正符合了男人和女人的心绪。男人的口里衔一枚铁制鱼针，女人空着手，一同踏着柔软的土路朝上游的河滩走去。河滩上布满了卵石，女人脱掉凉鞋，踩着卵石向河靠近。卵石被清洗过，凉津津的，干净得让人想亲吻它们。此前，女人何曾在这样的道路上踩踏过？每一脚下去，她都觉得卵石的质感逼近心脏。人们都用卵石来形容坚硬的事物，真正与它们接触后，才发现根本不是这么回事。它们与水那般亲近，因而饱含温情。月光洒在卵石上，使它们亮到骨髓里去了。

一片河滩就是一片天空。

水淙淙流淌，小溪一样温顺。男人和女人坐在靠水的石头上，女人说，看这样子，哪里想象得到几天前它还那么狂暴呢。男人把手放进水里搅了一下，仿佛把水认出来了，说，狂暴的不是它们。女人嘻嘻笑着，不是它们未必是你？男人说，现在的水才是这条河里的水，把芦苇淹没的水，把我驳船冲走的水，可能还把一个女人吃掉的水，是从别处闯进这条河里来的。

女人觉得这想法怪怪的，问道，水也分得这么清？

男人的回答让女人更加奇怪，男人说，水也有自己的家。

说完，男人逼视着女人，但女人把脸掉开了。

他们的重要时刻，仿佛并没有到来。男人希望一直不要到来。

月光里看水，看不出水的浅深，因此，当他们休息够了，男人说他要下滩摸鱼的时候，女人不让他去。她无法想象男人消失于水中，她自己却独坐滩上。男人说你看不出来还听不出来？女人就侧耳细听。她听出了流水和石头击掌的声音。那声音从河心传来，证明水的确很浅。

男人脱得一丝不挂，把鱼针衔在嘴里，就蹲到水里去了。

河湾 | 215

屁股与水接触的瞬间,他感到了水的冰凉。但那也就是瞬间的事,血液很快就摸到了水的脾性,把男人的体温调整到可以接纳水的程度。男人挥着双臂,把腿弯、胳肢窝、手弯及颈部拍打一阵,就游移向了远处。

女人的目光追随着男人。开始,她能够看到男人露出水面的部分,不一会儿,只能看到男人的头。男人的头呈一团暗影,在月色中如一棵孤独的庄稼。女人的心微微颤动着。她意识到,在男人所谓的荒山野河里,那棵庄稼是她唯一的依靠。可是,庄稼的影子越来越模糊,直至彻底消失。只剩下月光铺满大河和山梁。滩面有多宽?有多长?女人不知道。她觉得男人不是被距离吞没,而是被月光之外的黑暗吞没了。在这个世界上,有一些东西你是永远打不败的,比如黑暗,你能打败它吗?

她很害怕,从石头上下来,把脖子缩得低低的,像是这样做就能保护自己。但她的视线因此变得更短,此前她能够感觉到自己与男人有一丝联系,现在什么也感觉不到了。于是她再次爬上石头,并且站在石头上。她一站起来,河水也像涨起来,月光也像是铺得更厚。远方是更远的远方,是女人不熟悉的事物,那些事物从古至今都居住在这里,因而结成亲密的同盟,把女人孤立起来了。

她想大声呼喊男人,但出口之前,她发现某些私密的情绪到而今依然是私密的。游到大河深处的男人,到底是她的什么人？她凭什么在自己孤独无助的时候，就喊他前来搭救？她究竟有什么资格要求男人承载自己的孤独？她没有喊，一任思绪狂奔到往昔的岁月里……

对面河林子里传来一阵渺茫而又清晰的响声，响声过后，夜鸟啼叫了。从它的声音来看，女人简直难以判断它到底有多大。它叫起来把河都摇荡了。而且那么凄厉，像正承受着不能承受的灾难。更奇怪的是，它叫起来完全像在呼喊男人的名字！女人被夜鸟叫醒，回到了这个月夜，这片河滩。

夜鸟的叫声停下来后，她拼足力气高喊了一声。

男人很快答应了。他的声音听起来为什么这么近？女人定睛一看，男人就在离她不到三十米远的地方，她不仅能看到他的头发，还能看到他赤裸的臂膀。

女人觉得羞愧，同时也很恼怒。

男人向岸边过来了。依然矮着身子，做出摸鱼的动作。当他接近女人时，女人说，你去吧，我没事。男人说，我一直看着你呢，我知道你没事。

这样的对话暗含危险，他们两人都感觉到了，都想避开。女人问男人是否摸到了鱼。男人把口里的鱼针取出来，拴在鱼针上的麻绳露出水面后，两条银白色的活物便噼噼啪啪扇着男人的胸脯。

滩上有这么大的鱼？怕有一斤多一条吧？女人显出了天真的本色，双脚一蹦。

河湾 | 217

有年我摸了条三斤重的,男人说。

那么大的东西,河又这么宽,它就等着你去摸?

鱼也跟女人一样,都是让自己喜欢的人摸。男人笑起来。他跟女人说话,还从来没这么放肆过。

女人嗔了他一声。如果是白天,就可以看到她的脸红了。

男人问,不想来试试吗?

女人也放肆了,说,河里又没有公鱼。

我就是公鱼!男人这么说着,从水里出来了。

跟我来吧,男人说,今晚叫上你,不是让你在岸上陪我的,是让你跟我一起下水。可是女人不敢。她不是不会游泳,五岁的时候,她就能在泳池里游上几十米,但她从来没进入过大河,泳池里除了水就是人,而大河里还有众多生命。对女人来说,过多的生命有时候是令人恐惧的。

男人坚持让她下去,女人说好吧,但我不脱衣服。男人说,不脱衣服下水,就像穿着袜子洗脚。女人问,那脱了呢?男人指了指在手上蹦跶着的生灵,说,那你就是一条鱼。女人忸怩起来,那我就更不敢了,要是你一针把我穿上了怎么办?

在这样的夜晚,听到这样的话,男人感到幸福极了。为什么要期待那个"重要的时刻"?现在才重要,此刻才重要。他把鱼放在干坡上,抓住女人就要为她脱。女人上身穿着一件白衬衫,下身穿着一条蓝裙子,很容易脱。眨眼间,女人的身体融入月色之中。河滩更加明亮起来。

　　风轻轻地吹,女人感到些微的寒意,她抱紧双臂,将饱满结实的乳房遮盖起来。男人拉开她的手,对她说,下水之前,让风吹一吹,皮肤跟水接触的时候,就不会觉得太冷。但女人感觉到的寒意,似乎不是因为风,而是因为她觉得在男人之外还有另一双眼睛。

　　那双眼睛来自遥远的地方,来自不可测的深处。

　　但是男人已经在为她搓背了。她感到背上热辣辣的,像喝了葡萄酒。

　　当女人完全放松,就跟着男人下了水。男人取下那两条奄奄一息的鱼,只带着空鱼针。

　　多么奇异!水的表面平静无波,水皮之下却在不断涌荡。水穿着水的衣服,在月光下做爱。水和水做爱生下来的是什么?还是水吗?是,又不完全是,因为沿河两岸生命的热烈,都是水养育的。女人的下身痒酥酥的,水从她小腹和腿间荡过,撸动着她的体毛。那一刻,她又觉得水是在跟她做爱。

　　女人发出了低低的呻吟。

　　男人听懂了她的呻吟,但他现在所求的,不是女人的身体,而是她的心。

　　他们一同游移到河心。这里的水深了一些,也急了一些。女人的双乳被水淹没,在水里荡漾。她的脚趾牢牢地抓住水底的石头,每移动一步都小心谨慎。她怎么怕死了?她一度

河湾 ｜ 219

是不怕死的……两米外的男人看到她怕了，笑着说，你就不知道露出水面一点儿？她照他的话做了，水的冲力立刻减弱。男人说，它碰你的时候，你避开它，它也就没有力量了。

你真行！这是女人对男人朴实而衷心的赞美。

两人继续摸鱼。女人按照男人的指点，两只手掌屈成半圆，伸出去，逆水而行，那些跟水一起赶路的鱼们，一不小心就会碰到手掌，这时候，五指快速收拢，鱼就被抓住了。有许许多多东西磕碰着女人的手，可都是在那东西流走好远后，她才反应过来。这让她沮丧，但兴趣也随之起来了。她暗地里感谢男人坚持让她下水，要不然，这种生趣她一辈子也无法体会。

她终于抓住了一条！好大的一条呢！她先是用左手按住了，怕它跑掉，右手又压了过去，在牢牢控制住它之前，女人紧张得不能呼吸。当她感觉到鱼短时间无法逃脱，才惊呼男人，让他赶快过来帮她。男人啪嗒啪嗒地踩着水，过来了，从嘴里取下鱼针，照女人的指缝间扎了下去。

提上来的是一个比指甲盖大不了多少的家伙，不知道叫不叫鱼，也不知道生物学家是否给了它一个正式的名字，因为它总是贴在水下的石板上生活，因此当地人称它为巴石板。巴石板虽不起眼，却味道鲜美，只是因为太小，颜色近黑，样子也不好看，渔民一般不会费心劳神地打捞它们，即使摸鱼时摸到，也往往将其扔掉。

男人看着巴石板,大笑起来。

女人委屈地踢踏着水,说,它在水里怎么那么大呢?

女人踢起来的水像铺在她身下的花瓣。男人按照惯例,解放了鱼针上的小家伙,之后把鱼针往脚下的水里一插,就伸出双臂抱住了女人。

你要干什么?女人说。

你是我的!男人回答得咬牙切齿,你是我一个人的!男人的胸脯把女人的乳房压扁了,压得女人喘不过气来了。你说,你是我一个人的,男人咬着女人的耳垂这样要求。

但女人没满足他,她抗拒着,低低地呼叫着。你怎么能这样呢,她说,这可不是在家里啊。

男人知道。然而,家是什么?难道一座房子就是家吗?作为男人,只要有了自己心爱的女人,山洞可以为家,旷野可以为家,水流汤汤的大河也可以为家。

男人强壮得近乎野蛮的身体,紧紧地兜住女人,让她融化。女人真的融化了,又软又湿,抗拒成了一种意象,成了她心甘情愿委身于男人的另一种说明。男人抱起她,坐到水里去。水刚好淹没到他们的胸部。那时候,男人的脑子里浮现着春天的景象。每年的春季,上下游的鱼都跑到河湾这片温暖的水域产卵,产卵之前,母鱼通体粉红,类若桃花,因此那时候的水被称为桃花水。桃花挣扎着开放,开到艳丽至极,母鱼就集体把珍珠似的鱼卵产在水里,或者水边的杂草上，公鱼追随而至，朝那些鱼卵喷射它们生命的精华。那些天，河湾的水面上成天漂浮着白绸似的丝带。丝带向下游延伸，把好长一段河面都染白了。每年的春天，当那些颤动着的"白"消逝之后，河里就增添了许多活跃的小生命。此时此刻，这条河湾是不是也被染白了？他和女人的今夜，也会孕育出小生命吗？

水一浪一浪从下面涌上来，在他们胸脯间拍打、滚荡。

男人说，我们结婚好吗？我们生孩子好吗？

女人那时候正沉醉着，对男人话里的实质性内容根本无法判断。

可男人是严肃的。他停下来，把他的话重复了一遍。

这回女人听清了。她紧紧地贴住男人，有了昏迷的感觉。

虽然她在心里总是不愿承认，可事实上，她是多么爱这个男人啊！

自从来到这里，自从遇上这个男人，女人就是在比较中生活的，也是在比较中一步步爱上他的。

爱，才是他们真正"重要的时刻"。

第二天清早，男人发现女人不见了。

女人没去岗上，也没去河滩，而是从河湾消失了。

现实生活

我们这座城市，地势起伏，类同山城，出门来，不上就下，腿练得好，腰扭得好，自古以来，都不大出胖子。因此，胡坚就格外引人注目。胡坚的胖是躺出来的。他从小就喜欢躺，连走路也把肚腹挺起，上身后倾，给人随时准备躺下去的印象。为此，他没少受父母和老师的责罚，老师为改掉他这毛病，总把他编在最后一排，让他站着听讲；父母更是苦心孤诣，家里不备沙发，不设靠背椅，有靠背的椅子，也将靠背拆掉、锯掉。但这毫无意义，哪怕只有两分钟空闲，他也会走向卧室。为堵住那条路，父母在夜里九点之前，把两间卧室门都锁着。然而这同样没有意义，在这个世界上，能供人躺的地方是很多的，不让往床上躺，可以将几张凳子拼起来躺，还可以直接往地上躺。有回母亲发了狠，命他在床上躺三天三夜，饭给他送去，屎尿为他接走，母亲说："我把你当成我的老人来服侍，你就躺吧，躺三天三夜还嫌不够，就给我躺七天七夜！"结果，他那回躺了四天四夜，母亲就扛不住了，简直要疯掉了，扯下他的铜头皮带，闭着眼睛就一阵猛抽。皮带把卧室里污浊的空气打得尖叫。

他完全不能理解，父母和旁人，为什么把他喜欢躺当成不可饶恕的罪过。他躺在床上看书，做作业，思考他那个年龄能够思考也愿意思考的一些事，总之啥也没有耽误。他的成绩一直拔尖，这是事实，我可以作证。我跟他是高中校友，比他低两个年级。入学不久，我们就知道高三有个胡坚：那年九月，全国举行数学竞赛，他得了同组第七名。我们金昌市，唯他进入前十，其余都在百名之外。高中毕业，他又以金昌市文科状元的身份，考入北京某名牌大学，成为金昌一中建校以来最厉害的角色。也因此，他的缺点，全成了优点，教过他又来教我们的老师，一堂课总要花好几分钟时间，讲他的逸闻趣事，最津津乐道的，自然是他的"躺"。老师说，胡坚是一匹马，一匹身材壮硕日行千里的骏马，从形态上看，马是躺着的，正如一位美国作家所言，世间凡躺着的事物，比如路、马、车，目标都指向远方。老师又说，胡坚觉得世界跑得太快了，他要让世界慢下来，所以喜欢躺；胡坚喜欢躺，但你们不能躺，你们纵有胡坚的志向，也没有胡坚的天才，不吃不喝地追赶时间，还看不到时间的烟尘，闻不到时间的汗味儿，怎么能随便躺呢？老师的话前后矛盾，但这无关紧要，他们的目的，无非是炫耀自己的高徒，对此我们能够充分理解。

隔三岔五，胡坚就给母校的老师写信，收到信的老师，无论在岗与否，阅后都郑重地上交校方，校方再将其张贴在橱窗最显眼的位置。那些信我全读过，一看就知道是躺着写的，字通通朝后倾斜，从一笔一画当中，我能闻到被子的气息，蚊帐的气息，还有我不熟悉的北方的气息。

几年过后，胡坚毕业，回到市里，在市委宣传部上班。

这令我们非常失望。我们都以为，他会留在北京，甚至漂洋过海。他早已成为传说，传说自然越远越好，远到没有烟火气，只有一束若隐若现的光，供我们谈论和仰视。谁知他回了市里。我在本市文理学院读的大学，毕业后在晚报社当编辑，报社和市委大院，相隔一条马路，我经常看见胡坚从马路对面恢宏的拱顶门进出。他走路的姿态跟念书时没有丝毫两样。只是身体更胖了些。作为南方人，一米七二的个头，并不算矮，但因为肥胖，也因为似要将身体折叠起来的后仰，使他显得很矮；连他身上的衣裤，包括领带在内，也习惯了躺的姿势。风从街面掠过，树叶、旗幡、广告牌，都迎风而动，行人的头发和衣衫，也顺风飞舞，只有他的，往上飘；他躺着的那部分，是吹不动的。他目不斜视，更不围观，即使几米开外发生车祸，爆出巨响，闹出血案，他也不会转过头看看。生活在他那里，只是与世隔绝的幻觉。但有回他从我们报社门前过，手里竟破天荒拿着两根刚从市场买来的黄瓜（不是竖着拿，而是横着拿），我想，这一定是他父母的再三交代，他实在推脱不过。

　　对他回到市里这件事，没有谁比他父母更伤心，也没有谁比他父母更放心。金昌作为一省的边地，东、西、北与另三省搭界——这意思是，它与谁也不搭界；脏乱差远近闻名，早被称为"光灰"城市。光灰，就是只有灰；且处在地震带上，隔那么三年五载就闹一场地震，虽是小打小闹，只在民

现实生活 | 227

国五年（1916年）震死过二十多人，但山川河流，高楼大厦，该有一双怎样的巨臂才能将它们摇动？每念及此，再镇定从容的人也会产生孩提时才会有的恐怖联想，加之最近十年来，市里每年都搞防震演习，提醒大家：脚下的大地是可以坠落的。这感觉相当不好，稍有办法的人，都会拍拍屁股，溜之大吉。市里有个画家，通过将近五年的周旋，终于调到另一座城市，走到边界上，他下车来，转过身，朝着金昌市撒了泡尿。他以这种方式表明他恨那个地方。胡坚以状元身份考到京城，尽管还是学生，但谁都认为他事实上已经远走高飞，结果还是回了原籍，在金昌人看来，这不仅是不自然的，还是丢脸的。父母就为这个伤心。——让他们放心的是，胡坚几无自理能力，回到身边，他们可以照顾他。但究竟说来，父母不能照顾他一辈子，将来找个媳妇，是怎样一个人还很难说，哪怕是再好的媳妇，也不可能做到像父母这样的巴心巴肝。去北京读书那阵，学校有食堂，饿了，他总知道去食堂；现在，机关里也有食堂，满街满巷还有餐馆酒楼，但他不可能一年四季吃在外面。一旦父母闭眼，他也没那么多钱去外面吃喝。父母都是文化馆的普通职工，为送他读大学，油已熬干，没什么遗产留给他，他们想趁自己还活在世上，让他知道菜市场在哪里，知道天然气炉该怎样打燃、怎样关闭。

然而，就像当初纠正他别随便躺下一样，这一切可以说毫无成效。父母的焦虑和失望，可想而知。在他们的理想中，除了希望儿子懂得怎样生活，还希望他懂得怎样进步。进了市委机关而不追求进步，差不多等同于罪恶。机关里竖着一台天梯，你只能一步一步往上爬，你不往上爬，就只能永远充当垫脚石，永远去看别人的屁股。要论学历的含金量，从科员到书记，无人能与胡坚相比，他念的不仅是国内顶级大学，成绩还样样是优，这样的人才，理应受到重用。而所谓的重用，是人来用你，不是文凭和成绩来用你。你没别的能耐接近权贵，至少嘴巴要放甜些，步子要放快些，脑子要放灵光些，这样别人才可能把你往他的篮子里搁，关键时刻，也才会把你从篮子里拎出来，放到一个恰当的位置上去。

可胡坚倒好，在宣传部上班一年多，连几个副部长都没认清楚！

他刚进宣传部的时候，领导对他寄予厚望。上班不到半月，就遇上省里的文艺汇演在金昌举行，最初市委书记没准备出席开幕式，更没准备讲话，但省长临时决定前来参加，市委书记便马上组织讲话稿，他没让自己的秘书写，而是点名让胡坚写。胡坚只用两个钟头就交了卷。市委书记没作任何反馈，直到开幕式那天上台讲话，胡坚才知道，市委书记讲的，没一句是他写的。类似的经历还有过两次，一次是给宣传部长写，一次是给分管文教的副部长写，略微不同的是，副部长那次把他叫进了自己办公室，让他修改，说，小胡啊，你在名牌大学混了几年，写的东西怎么没一点儿高度？副部长并未指出应该具有怎样的高度，胡坚闷头闷脑地改了两遍，结果是副部长把他的稿子扔进了纸篓。

谁也不知道胡坚是否为此难过，但迷惑肯定是有过的。

我听他的同事说，有好几天时间，胡坚都在默默地翻阅文件，主要就是查看领导们的讲话稿，文件里不好查，就到电脑上去查，反正市领导的讲话都在日报上全文登载过，也都上了网，查起来很方便。他不仅从电脑上查出来，还下载了，将若干篇讲话放进一个文档，反复比对、研究，看领导们需要的高度在哪里。研究了几天，别的啥都没明白，只明白了一件事：领导们今年的讲话稿，和五年前乃至十年前的讲话稿，是大同小异的。他把部长关于繁荣戏剧创作的两篇讲话中相同的句子拉红，结果拉红的部分占了整篇讲话的百分之八十五以上，而这两篇讲话相距七年。

胡坚由此安下心来。人们说他脱离现实生活，可他觉得自己跟领导相比，与现实不是离得太远，而是贴得太紧，紧得都有些发烫了。他有了更加可靠也更加强大的理由，龟缩进自己的天地，连买两根黄瓜这样的事情，也不愿再做。父母由焦虑失望变为痛心疾首。他实在太幼稚，分不清现实生活有许多层面，领导有领导的现实，百姓有百姓的现实，就如同在一个池塘里，你能说水的现实和鱼的现实是一样吗？能说鱼的现实和浮游生物的现实相同吗？领导把七年前的讲话内容拿到现在来说，那本身就是领导的现实，领导不那样做，就是脱离了现实，而你，胡坚，不去理解领导的现实也就罢了，还以为浮游生物的现实跟鱼的现实没有区别！

父母毕竟是知识分子，知道反省，觉得儿子落到今天这步田地，当父母的有责任。胡坚小的时候，他们只注意纠正他的行姿坐态，这是治标，不是治本。而究竟什么是本，他们怎么想也想不明白，只是觉得，应该让儿子参加一些力所能及的劳动，比如洗碗、洗自己的袜子和内裤，而这些事，胡坚从来没有干过。他也从没给父母递过筷子，没给父母添过饭，就连他自己的筷子掉到地上，也不知道起身去换一双，而是等着父母给他换。他在活着，却没有生活，不懂得一盘豆芽、一碟佐料，也不是从天上掉下来的。连基本的生存都不会，又怎么可能要求他去理解比生存复杂一万倍的生活呢？

那年春节，父母再次发狠，去了重庆合川，丢下他一个人在家里。合川是母亲的娘家，与金昌市相距三百多千米。老两口在合川从除夕待到正月初四，回来后发现，儿子躺在床上看书，床头柜上放着一口大碗，碗里装着黄褐色的颗粒，他边看书，边把那些颗粒拈起来，塞进嘴里，嚼得脆响。母亲走进去一看，天哪，这不是鸡饲料吗！刚进腊月，他们就在阳台上养了只大公鸡，同时买了一大袋饲料，准备把鸡养到春节再杀来吃，走得急，加上心里有气，就把那只鸡忘了，

现实生活 | 231

结果胡坚连续吃了五天鸡饲料，把小半袋饲料都快吃光了。而拴在阳台上的鸡，已经饿死，头朝向客厅的方向，嘴壳张开，尖而苍白的舌头，挺立于喙的正中。很明显，它在临死的那一刻，还在向主人渴求食物，还希望发出最后一声鸡啼。

这件事被母亲嚷出来了。当然不是故意嚷出来的，而是太过惊诧，声音未免大了些，就被邻居听了去。邻居说给单位上的人，单位上的人再说给自己的熟人，一传十，十传百，很快就风靡全城。城市就那么大，禁不住几股风吹的。人们看上去忙忙碌碌，风风火火，事实上，每天的日子都千篇一律，着实需要一些这样的稀奇事，给日子注入养分，让我们苦中作乐地过完一生。当然，如果胡坚没有得过全国数学竞赛第七名，没有以本市状元身份考到北京去，现在也没有在市委宣传部上班……一句话，要是他没有那么大的关注度和知名度，这事也不会传得那么快，范围也不会有那么广。

毫不夸张地说，他成了我们市的笑柄，成了懒人的代表、高分低能的典型、废物的代名词。不管跟胡坚认不认识，同事间互相开玩笑，都以胡坚作比："听说你老婆出差了，"他们会说，"你老婆给你买的鸡饲料够不够啊？"那些自家孩子读书成绩很差的，也终于有了自我安慰的药方："成绩好有屁用，将来只有吃鸡饲料！"市电台甚至搞了一档听众参与的节目，题目是："张三（很仁慈地把胡坚换成了张三）的鸡饲料仅够他吃五天，而他父母要十天半月才回来，他该怎么办？"

听众参与十分踊跃，给"张三"想出的办法也千奇百怪，比如让他睡进冰箱急冻室，再比如让他趁这机会练练辟谷功，当然，更多的是让"张三"饿死算了，因为他反正是个废物了。

我后来听人家说，关于胡坚的笑话，连教过他也教过我们的老师也在传。

我没去证实，不敢肯定。我已有三年多没进过金昌一中的校门，胡坚的笑话出来后，就更不愿进去了。老实说，我怕。考上大学特别是参加工作后，我发现，要提到三年高中生活给予我最多的收获，不是课堂，而是橱窗。橱窗立在校门内的长廊一侧，高两米，宽三米，顶端掩映着洋槐树婆娑的枝叶。春天里，白得晃眼的花串子从枝条上挂下来，香气和着鸟鸣，在四周弥漫。很多时候，我分不清沁人心脾的香味和春水般清澈的鸟鸣声，是来自头顶的绿荫，还是来自橱窗内的书信。那都是平平常常的信："何老师，我昨天看到几个退休教授打门球，有个人长得特别像您，我知道不是您，但还是把他当成了您，于是叫了声何老师，谁知道他真的姓何！"诸如此类的，实在太平常了，可以说没有一点意思，但那是对别人，对我，却意义非凡。在我看来，不仅那些躺着的字有意思，连每个标点都有意思。在胡坚之后，凡在金昌一中读过书，且多多少少混出了一点名堂的学生，对贴在橱窗里的信件都印象深刻。胡坚大学毕业后，不再给母校老师写信了，学校便把他的所有信件用镜框装裱，挂在教学楼的大厅里。我读大四的时候，寒假去过一趟母校，看到过那一排悬着红色穗子的镜框。——而今，我是说，胡坚沦落为笑柄之后，那排镜框还在吗？我心里害怕的，就是它不在了。

　　胡坚本人并没有多大变化，但他父母变得厉害。胡坚考上大学那阵，他父母是红人，高考分数下来那天，学校扎了彩车游街，车头贴着血红欲滴的"状元"二字，敞篷车厢里，站着胡坚和他父母，此外还有校长、管教学的副校长和胡坚的班主任。胡坚立于正中，父母分列两侧，胡坚懒洋洋的，像是很疲惫，他父母却红光满面。收到录取通知书后，再次游街。金昌市历史不短，文化却很寒碜，有史可考的，是明代有个叫马鑫孝的人在乡试中中过举，但也止步省城，谁也没像胡坚这样，上达京都，求学于国内顶级学府。第二次游街，他父母不再红光满面，却把头昂得像要把天捅破。那之后有段时间，他父亲跟同事说话，竟抛弃乡音，蹩起了普通话，没蹩几天，觉得周围的一切都在与自己疏离，才及时地把"吃饭"不说"chi饭"，而说"qie饭"，把"白酒"不说"bai酒"，而说"bia酒"。但那种内在的昂扬是保留了下来的，两口子说话都明显放慢了语速，且都有了动不动就跟人握手的新习惯……现在，他们都变得正常了，随便跟人握手的习惯也早已改掉了；不正常的是，两人目光躲闪，像欠了别人什么东西，头发也白得扎眼，一根一根地白，义无反顾地白，能让人分明感觉到它们白的速度和力度。

再好笑的笑柄，日子长了，也就不好笑了。城市不断扩张，人口飞速膨胀，胡坚被彻底淹没，成为不起眼的尘埃。在手机上，在网络上，每时每刻的新鲜事可谓层出不穷，只要你愿意，就会在第一时间知道非洲有象鼻男，日本有蟑螂女；知道某国际影星在做小演员的时候，跟单位上的司机睡过觉；知道某国国王竟亲自开车去约定地点接受贿赂；知道某著名球星的模特女友，私处做了什么文身；知道某钢牙利齿的欧洲男人，打广告招募愿意被他吃掉的男女，竟有两百多人报名，事情败露时，已被他吃掉五十多个……熟人见面，包括喝茶、吃饭以及上班的间隙，都兴致勃勃地谈论这些事情。比较起来，胡坚的那些事简直就不叫事。关于吃，别说吃鸡饲料，哪怕像那个欧洲男人那样吃人，也太古老、太原始、太本能、太缺乏时代气息了。那个欧洲男人之所以还被谈论，主要是因为人们愿意让他吃，大家谈论的，是"人们"而不是他，那些勇敢的"人们"，静静地揭示着吃人史的部分真相，因而是有价值的，至少是新鲜的。可胡坚的故事毫不新鲜：上数两辈，甚至只需上数一辈，要是能吃到带着微微苦香的鸡饲料，已是天赐福恩，那时候，鸡吃的是土坷垃，是虫子，人吃的是树皮草根，是马粪，是观音土，我们血液的流动声里，回响着这些物质阴沉的歌唱。

现实生活 | 235

胡坚成了不被谈论的人，成了这个市里可有可无的人。

当然，我们许多人，于这个波涛滚滚的世界，都是可有可无的，但不管怎么说，至少有亲人认为自己重要，然而胡坚的亲人会这么想吗？他父母只要出门，就脚步匆匆，生怕别人问起他们的儿子。其实没有人问了。不要说跟胡坚素不相识的，就是我们这些校友，也越来越少地想起他。

如果不是因为一个人介入了他的生活，我也会把他忘记。

这个人是我高中同学，也是我最好的朋友。那时候的学生，不管家在城区还是郊外，都住校，我俩住同一间寝室。她有一个朴素的名字，叫杨小红，她一度对自己的名字深感厌恶，觉得父母取得太土、太随意、太不负责任。高一上学期，她将小红改成晓红，又改成晓虹、小泓、小鸿，不管怎么改，都脱不了小红这个音——这是她的底线，她不能让父母叫了她十七年小红，又换成叫别的什么，那不仅别扭，还是对父母的不孝。她就是这样看的。到高一下学期，她终于认命，叹着气，把作业本上的晓虹、小泓和小鸿，全还了原，变成小红。除了对自己名字纠结过一阵，小红是我见过的最没心没肺的人。她唱歌左得要命，但班上搞什么活动，叫她唱她就唱，第一句出来，调子就从东跑到西，同学们哦嚯哦嚯乱叫，她以为是欢迎她，唱得越发起劲。她喜欢打篮球，高二有段时间，她在篮球场上跟高三一个男生认识了，而且恋爱起来了，恋爱只偷偷摸摸持续了两个月，那男生就以学习太忙为由跟她吹了,那天她跑到校外的金昌河边,摘了一枝胭脂花回到寝室,坐在床上,把花骨朵一片一片地撕,撕一片,扔一片,每扔一片,就向我哭诉一声:"他不要我了,呜呜呜,我咋个活嘛,呜呜呜……"

她没能考上大学。她是我们班没能考上大学的少数几个人之一。

我就读的文理学院,位于城北金刚山上,山丘低矮,顶部地势开阔,但郁郁葱葱的林木把学院和城区隔开,自成一个世界,我不知是喜欢这样的环境,还是想给人造成求学远游的印象,连周末也不下山,只在假期才进城跟父母团聚,也才有机会跟杨小红见面。小红的母亲经营了一家炒货店,她在母亲的店里帮忙。店铺在滨河路上,傍着金昌大桥,桥东是店,桥西是一家京剧俱乐部,唱京剧的都是退休老人,老人惜钱,很少照顾她的生意,只有等到黄昏降临,年轻人出动了,生意才好一些。夜里七点到十点是黄金时间,小红忙,也就只忙这三个小时,进货是母亲的事,板栗和瓜子都是现炒,那同样是母亲的事。不是小红不愿意做,而是母亲不放心她做,母亲觉得,女儿的神经少一根弦,去进货绝对吃亏;炒板栗和瓜子,是特别需要拿捏火候的技术活,母亲也担心女儿做不好。

当我读到大三,寒假跟小红相聚,她悄悄地、长时间地给我谈起她的个人问题。她比我年长半岁,我读大三时,她就快满二十二了，的确也到了谈论这事的时候。

那年春天，她又有了一次恋爱。男方叫孙浩，孙浩对她说："待在金昌太没意思，我们去广东打工吧。"她不想离开父母，但孙浩远走他乡的愿望十分迫切，说："你不去算了，我出去干两三年就回来，回来后我们马上结婚。"孙浩走了不出一月，小红也跟去了，她忍受不了对他的思念。她爱一个人，就掏心掏肝地去爱。她进了孙浩进的那家公司，位于湛江某地。两人不住公司的集体宿舍，去外面租房，同居了。这样过了些日子，她对孙浩说："浩子，我们不如回去把结婚证办了。"她的"浩子"支吾其词，因为他爱上了公司里另一个名叫王新月的女孩，而且跟那女孩有过多次约会。几天之后，孙浩正式跟小红提出分手，自个儿从出租屋搬了出去。小红远离故乡，不是奔赴湛江来的，而是奔赴孙浩来的，现在她奔赴的人突然空了，她也跟着空了。她只好打道回府。

她的恋爱总是那么不顺，在孙浩的孩子满了五岁，我的孩子也有两岁的时候，她依旧是孤孤单单的一片树叶，只能在风中听见自己的响声。论长相，小红是能把一条街照亮的那种女孩。有次我去店铺找她，没急于上前招呼她，而是远远地站住，并不是因为她正忙着给顾客称板栗，而是她把我迷住了。她像维吾尔姑娘那样扎着头巾，粉红色的瓜子脸，把头巾映照得如同火苗，眼睛又黑又大，眼角有淡淡的血丝，是没休息好的缘故。她的美，特别是她眼角的血丝，让我心生感动。我曾经努力去想她的恋爱为什么不能修成正果,得出的结论是:她对自己的美缺乏自觉。她长得好看,却不知道自己好看,男人们欣赏她,就如欣赏一处风景,来了,又走了。能识别风景的天然和可贵,并愿意洗去纷纷扰扰的尘世生活,在这风景里长久驻扎下来,是需要慧根的。何况女人的美和风景的美不同,女人一旦认识到自己的美,那美就加倍增值,就懂得使用矜持来制造距离,矜持既能让美熠熠生辉,又能帮助自己藏拙。小红不懂这些,分明五音不全,却偏要在人前唱歌,恋爱时也不知道爱惜自己,总是无所保留地燃烧自己,那些冻得发僵的男人,被她烘得热乎乎的,之后就精神头十足地离开了她。

小红有些垮了。只有熟悉而且关心她的人,才能看出她的"垮"。表面上,她还是那样爱说爱笑,一站一坐,身体的曲线也还是那样气韵生动。但她的确垮下来了。因为这缘故,我生小孩过后,跟她联系得就少了。正如害怕看到母校撤走了装裱着胡坚信件的镜框一样,我也害怕见到垮下来的杨小红。

正所谓日月如梭,小红已经三十岁了。

我在想,她是不是要变成嫁不出去的老姑娘啊。

她却打来电话,说她结婚了。

"为啥不通知我?"

"我本来想通知的……你猜他是谁?"

尽管城市褊狭，好坏也有几十万人口，我猜不出来。

"胡坚。"她说。

我吃惊得张大嘴巴。但很快，嘴角有了咸味儿。两个让我担心的人走到了一起，多好。

我觉得好，他们的父母可不这么看。对这场婚姻，双方家长都不满意。他俩不是谁追求谁，而是由一个既认识胡坚也认识小红的人牵线搭桥，桥搭上后，两人去茶楼见了面。从某种角度说，这次见面有失公平，因为胡坚在明处，小红在暗处，小红知道胡坚的根根底底，胡坚对小红却一无所知。后来听小红讲，她就像一个算命大师，问出的话让胡坚惊嘴咋舌，在胡坚眼里，小红通晓他的前世今生，成了聪慧到神奇的女人。他不关心现实，却向往神奇，因此欢喜跟小红聊。胡坚的母亲发现儿子的新动向，便转弯抹角地调查，知道了杨小红不过是个卖炒货的，跟好几个男人恋爱过——但这不是她调查的方向，她跟丈夫在意的，是杨小红从哪所大学毕业，由此判断她是否配得上自己的儿子。胡坚是我们的传说，同时也是他父母的传说，现实中的胡坚让父母抬不起头，传说中的胡坚却令他们骄傲，他们为现实中的胡坚白了头，而在骨子里，却保存着那份发黄的骄傲，就如改朝换代之后沦落为庶民的旧官僚，还保存着前朝的任命书。杨小红不仅没读过名牌大学，压根儿就没上过大学，他们怎么可能满意呢？

至于杨小红的父母，不满意的理由明摆着，不需要再作说明。

尽管不满意，却也没明火执仗地反对。毕竟，两人都是真资格的剩男剩女了。既然父母没明确反对，彼此又经常在一起聊，那就结婚吧。"结婚"这个词，是小红首先说出口的，胡坚的回答是："随便你。"回答过后，他把沾在嘴皮上的一片茶叶抬下来，弹掉。

胡坚家虽有两室一厅，但胡坚住的那间卧室，只能放下一张单人床，他那么胖，往床上一躺，就像豆腐和装豆腐的匣子，配好的，不留一丝缝隙。必须再买一套。想买房很简单，城里到处是已经修好、正在修建和准备修建的房子。胡坚有一点积蓄，但少得可怜，说白了就是他的工资，他除了买书、给父母交伙食费，再无别的花销，母亲就把余钱为他存进了折子。杨小红的财务更是一笔糊涂账，做生意的钱全由母亲掌管，平时要用都找母亲要。要几百块可以，上千块也可以，但要几十万是不可能的。她简直就不敢找母亲开口。她深知父母对自己婚姻的态度，嫁那么一个废物，本就让人寒心，如果还要她出钱买房，不就是倒贴给一个废物吗？这不仅寒心，而且屈辱。

要是我遇到这种事，除了绝望，简直没别的出路可走，而小红却轻轻松松就解决了。

她有她的优势。她的优势就是没心没肺。

——她去找了孙浩！

小红离开湛江不久，孙浩又把那个名叫王新月的女孩蹬了，因为他遇到了一个千载难逢的机会。有天他去超市买米，见到一个奇怪的人，此人戴着白手套，穿着高领衣，蒙着头巾和面罩，整个身体，只露出乌溜溜的、像在侦察什么似的眼睛。孙浩进去的时候，这个奇怪的人正跟售货员说什么，口齿含糊不清。孙浩吓得心直往嗓子眼蹿，以为遇到了劫匪。他正要退出去，说话的人转过身，迅捷地瞄他一眼，低着头，匆匆忙忙地走了。超市外的马路上，停着一辆宝马，那人刚出超市门口，一个站在车身旁边的木棉树下打手机的小伙子，立即挂断电话，谦卑地拉开车门，弓着腰，待那人上去后，又谦卑地把车门关上。他是那人的司机。宝马开离视线，孙浩才惊魂未定地向售货员打听。

　　这是一家不大的超市，眼下只有这个女员工在，女员工很寂寞，便热心热肠地回答孙浩，说："那是我们老板。"孙浩这才缓过气，嗤笑一声："不过开家巴掌大的超市，有辆宝马车，就怕别人认出来？"女员工也嗤笑一声："半个湛江城的超市都是他们家的。"孙浩张开嘴，发出无声的惊叹，然后站到门口去，伸长脖子，朝宝马离去的方向张望。他只望见了满街的车流，以及浮荡在车流之上、如火焰般燃烧的午后阳光，闻到了空气中坚硬而灼热的钢铁气息。女员工一眼就能看出来，这个开始大口大气的帅气男人，跟她来自同一个阶层，他们有着同样的处境和同样的渴望，包括探听富人的秘密，也包括知道一点富人的秘密就禁不住要说给人听的渴望。她对孙浩说："我们刘姐……"刘姐？未必是个女的？女员工意味深长地笑了，说："我们刘姐戴面罩，不是怕人认出来，而是她得了一种古怪的皮肤病，满身长疙瘩，皮肤变厚变糙，成了象皮，她四处求医，北京、上海自不必说，还到美国、德国、澳大利亚去过多回，想把皮换掉，但换到身上的皮，无一例外又会生出同样的毛病。"女员工还告诉孙浩，刘姐已经三十五岁了，一直没嫁，刘叔叔想方设法给她找男朋友，但一看她的脸，就没人敢要。

说这些话的时候，女员工的表情是悲悯的，腔调里却透出压抑不住的兴奋。这符合孙浩的心态。

但孙浩的兴奋还有另外的指向。

半年之内，他就跟"刘姐"结了婚。

他去追求"刘姐"的过程，完全可以写成一本书，只不过，这本书跟千千万万本书大同小异，再缺乏想象力的人，也能猜出个大概。婚后，孙浩的岳父把好几家超市的产权划到了他的名下，听说孙浩的资产过亿。这当然是有条件的：第一，孙浩将户口办到湛江；第二，产权交接之前，岳父将划给他的财产做了评估和公证，并与孙浩签下协议，一旦孙浩跟他女儿离婚，所有财产将全部收回。

只要孙浩愿意，杨小红去找他借几十万块钱，就像找我们借几十块钱一样方便。但小红神神秘秘地告诉我，她根本

现实生活 | 243

就不是找孙浩借,而是找他要,孙浩也真的给了她。"我跟他同居那么长时间,"小红说,"难道他就不该付一点青春损失费吗?何况……"小红停顿片刻,眼眶湿润地接着说,她被孙浩"踢"出湛江的时候,已经怀上了,孙浩也知道她怀上了,她一个人回到市里,从城北跑到城南,去一家陌生的医院刮了宫。对未婚的女人来说,这的确是一种损失,但也不是需要用几十万来赔偿的损失,因此我觉得,孙浩这人挺讲情义的。我并不认识孙浩,只听小红哭诉过他狠心甩掉她的经过,当时我以为他是个无情无义的花花公子,现在改变对他的印象了。然而,这新确立的印象还没成形,小红又对我说了另外的事情:她这次去找孙浩,跟孙浩睡了。孙浩去五星级宾馆订了房间,她把自己脱得一丝不挂,孙浩就吻她,泪流满面地,一寸一寸地,从额头吻到脚板心。吻了一遍,又从头开始。这弄得小红怪感动的,原来,他还这么深情地爱着她。

我承认,小红说的那些事,还有她说话时的表情,都让我感觉很不愉快。她的没心没肺,或许有着另外的解读。胡坚和杨小红,到底算不上一路人。这让我隐隐约约地为他们担忧。

去看了他们的新家,我发现,我的担忧显得非常可笑。

他们的新家在"美湖花园",傍着金昌河。无风无船也无野鸭戏水的时候,金昌河凝然不动,莲藕静静地生长,在阳光下开花，在秋风里结实，使这段河水真像一面湖。河岸有块纪念碑，碑文漫漶，要到史料上去查，才能弄清那些文字记录的是明末义士抵抗清兵的悲壮故事。美湖花园与纪念碑隔着一条马路，面积很大，绿化带宽广，低矮的楼房小岛似的掩映在高树丛中。杨小红对自己的父母说，钱都是胡坚家出的，说胡坚的父亲二十年前淘到一件古董，他把古董卖了，为儿子买了房；她又对胡坚的父母说，钱是她父母出的，母亲做了多年生意，有了这些积蓄，就掏空为女儿买了房。她以为，两家父母会因此含羞带愧，结果根本没有。她的父母觉得，自己如花似玉的女儿，嫁给了胡家一个废物，胡家当然应该买套好房子，别说卖古董，就是把家卖了也无话可说；胡坚的父母觉得，我儿子是状元，是名牌大学生，现在又在市委宣传部，你杨家的女儿呢，高中毕业，还没有工作，理所当然应该倒贴，过去的状元是要当驸马的，胡坚是市状元，当不了驸马，却可以娶市长的女儿！如此思量，彼此都很心安。小红也跟着心安。因为她知道，在很关键的人物胡坚那里，完全不需要说明，给他房子他就住，没有房子，让他住猪圈、牛棚，他也无所谓的，只要有个地方供他躺，就万事大吉了。

小红的家在 A 区十幢二单元的二楼，一百三十平方米，最引人注目的是书房和卧室。书房的四壁都排满了顶天立地的书架，数千册图书，以文、史、哲分类，放得满满当当；卧室比普通卧室大一倍,床比普通双人床至少宽三分之一,这倒不是因为胡坚肥胖,而是在傍墙的床头,码了两大摞书,供胡坚躺在床上阅读。他们睡觉不像别的夫妻,别的夫妻有可能交换位置,今天你睡里,明天我睡里,胡坚和小红在床上的位置是固定的,都是胡坚睡里,小红睡外。书放在傍墙的地方,这是一个原因,另一个原因是,胡坚每天都比小红先躺到床上去,下了班,小红做晚饭的时候,他就躺到床上看书,吃过饭,硬着头皮陪小红看几分钟电视,又躺到床上看书去了。他一直要看到子夜时分。睡到凌晨三点,再次起来看书。小红说,他喘着粗气,很吃力地支起上身,摁亮台灯,看上一小时左右,再躺下去。他的一举一动,都弄得地动山摇的,别说旁边睡着一个人,就是睡着一块石头,也会被他闹醒。好在他从不起夜,中途再想上厕所也忍着,不是怕把她闹醒,而是他自己太笨重了,动作太迟缓了(小红把他动作的迟缓用了一个词来形容:肉)。"他太肉了,夜里起床实在是件麻烦事。"

小红说这些时,嘻嘻笑,很欣赏,也很甜蜜,边说还边在胡坚宽阔的脸膛和肥硕的鼻梁上抚摸。

要跟一个人,就全身心地去爱他,小红还是小红。只是,我眼里老是出现她在孙浩面前脱得一丝不挂的样子。念书时,我跟小红多次共进澡堂,而且共用一个花洒,我知道小红的乳头像男人的乳头那样小,知道她的肚脐圆得像酒盅,知道她小腹的左侧有颗红痣……

作为女性，我无法想象刚跟一个男人结婚，就在另一个男人面前展露无遗，回来之后，对丈夫又是百般缱绻，而且自然而然，毫不造作，这是本事还是本性？如果胡坚知道这些，他会怎么想？

那天我在小红家吃饭。我进厨房给小红打下手，小红不让，说："你去跟你的偶像多聊一会儿吧。"她知道我念高中时，是怎样站在洋槐树下的橱窗前，仰着头，一字一句一标点地读胡坚写回的信件。有次她陪着我（她胡乱扫了两眼，觉得很无趣，就盯住树上的一只麻雀，招呼它下来），突然刮起大风，下起大雨，麻雀喳的一声，隐入密叶，树枝在风雨中摇动，雨点打得额头发痛，她拉我走，我说别忙，她就自己跑了。我是把那封信读完才离开的，跑进教室，衣服几乎湿透，幸好是夏天，雨下了不到二十分钟就停了，热辣辣的太阳迸了出来。那时候，胡坚真是我的偶像。说偶像还不够。

可不知为什么，现在小红这样说，却让我感到很不舒服。

我从厨房出来，胡坚却不在客厅了。很显然，他躺到床上去了。客厅与别的房间，用一条走廊隔断，走廊像根绳子，依次串着一排"果子"。客厅与走廊之间没有门，只有一个圆形的窟窿，出去向右拐，是卧室，向左拐，是书房。这格局我刚来时就参观过了，但我还是向右拐过去。卧室门没关，头一伸，就能看到胡坚斜卧在床的庞大身躯。让我惊讶的是，

现实生活 | 247

他竟然换上了睡衣；躺在床上穿睡衣，本身并不值得惊讶，但他这一太"规整"、太"有秩序"的举动，完全不符合我对他的想象。这种改变，一定是小红的功劳了。他丝毫没注意到门口有人，垫了两个厚枕，头搁在床板上，左手捧着一本大书，右手拿着铅笔，在书上写着什么。这副模样，果真唤起了我以他为偶像的鲜明记忆。我很想知道他读的什么书，或者说，很想知道是什么样的书，能够把一个明显具有高智商的人牢牢锁住。

我当然不能走进卧室，跟一个躺在床上的男人交流，于是左脚一撇，去了他的书房。

傍门的整面墙，放的都是文学书，拉开一扇玻璃门，跟我眼睛正对的，是老托尔斯泰的著作，我顺手抽出《安娜·卡列尼娜》，胡乱一翻，见那页写的是陶丽去伏兹德维任斯克乡下看安娜，安娜让陶丽去育儿室看她跟伏伦斯基生的孩子，说那孩子"可爱极了"，到了育儿室，陶丽凭她贤妻良母的敏锐，一眼就看出安娜很久没进来过了。安娜不喜欢这个孩子。按理，跟自己爱的男人生的孩子，应该喜欢才对，但安娜就是不喜欢。胡坚用铅笔在空白处下着这样的批语："安娜不喜欢这个女儿，是因为她从这个女儿身上看到了自己的罪恶。安娜竭力回避罪恶，证明她还有救，她后来卧轨自杀，正是走上得救的道路；要是对罪恶无所谓，甚至欣赏，就无可救药了。"我的脊梁骨清晰地震颤了一声，心想，胡坚这个把自己关在现实之外的人,是否更能看清现实的本质?再胡乱一翻,见那页上写着安娜自杀前的自言自语,她见两个孩子拦住卖冰激凌的小贩,心里想:"大家都喜欢吃可口的甜食。没有糖果,就吃肮脏的冰激凌。吉娣也是这样:得不到伏伦斯基,就要列文。"胡坚在旁边密密麻麻地批了一长串文字:"至此,安娜抛弃了仅存的高贵,变得偏狭而恶毒。她现在还是物质上的富人,却是精神上的贫者……想起大三时去南方游学,有天黄昏去一个学友家,他家住在别墅区,大门外长着一棵高大的芒果树,累累果实已经成熟,一辆奔驰车从小区出来,开到树下,从车里钻出一个四十多岁的男人,用雨伞钩芒果,够不着,竟脱掉鞋子,爬上车身,继续钩。能开奔驰车的人,难道没钱买一只芒果?他有钱,但他富而不贵。富和贵之间的差距,比贫和富之间的差距还要大。"

作为报社编辑,我成天处理那么多想象之内和想象之外的消息,成天浸泡在纷繁复杂的大千世界里,但我发现,自己跟现实的距离,很可能比胡坚跟现实的距离要遥远得多。

我以为,婚后的小红会继续跟母亲合作做生意,不跟母亲合作,她自己也会找些事做。但她没有。她似乎把全部心思都用来照管胡坚的生活了,这让我佩服起她来。换了我,是做不到这样的。我再爱某个男人,也绝不会为了他彻底抛弃属于我自己的日子,即使对女儿,我也不敢说是百分之百

现实生活 | 249

的投入。我必须为我的奖金而奋斗，为我的职称而奋斗，如果有可能，我还要为我的职位而奋斗。这究竟是我本身就具有的野心，还是缺乏安全感施加给我的压力，我说不清。我感兴趣的是，小红不工作，他们的钱怎么够用呢？胡坚的收入并不高，宣传部一个小职员，能有多少收入？他跟我也没法比。

住到美湖花园后，胡坚到市委上班有将近四千米的路程，胡坚的那身肉，不允许他步行这么远，于是骑上了自行车。第一次看见他骑自行车进市委大院，我感到特别怪异。首先，我觉得他身下的自行车实在太可怜了，就像一匹羸弱的马，驮着沉重如山的包袱；其次，他可是住美湖花园的人啊！不能开奔驰、宝马，最不济也该有辆桑塔纳吧，可他骑的是自行车。

那之后没多久，市里搞防震演习。为了不劳民伤财，演习都是在统一的时间里，由各单位自行组织。其实也没什么，警报一响，就从楼道上疏散；警报再响，表明疏散不及，需临时躲避，就往墙角处站，往桌底下钻。这天的演习从下午四点半持续到五点半，演习结束，就该下班了。我去盥洗室略微收拾一下，便下楼回家。刚走到报社门口，见胡坚骑着自行车往菜市场去。这时候我才想到杨小红。小红没有单位，也就没有谁组织她参加演习，可她为什么不买菜呢？在美湖花园不远处，就有一家菜市场。如果不是碰到一位作者，跟那作者聊了一会儿,这事我想想也就算了,正是聊那一会儿,让我看到胡坚买菜出来,从街面经过。我叫住了他。他满头大汗,连衬衣也湿透了。我跟那作者道了再见,走到胡坚身边。他的自行车没装菜篮,几斤土豆和一小包绿豆,分别挂在自行车的左右把手上。我问他:"小红呢?"他说到广东去了。我的体内蹿过一股凉气。"她去广东干啥?"我知道我在多管闲事,但控制不住。他说,她母亲在湛江开了家店,请了人帮忙照管,但小红还是要随时过去看看。

连傻子也能看穿的谎言,在胡坚那里却能通行无阻。

"你的意思是说,她随时过去?"

"每隔一段时间她就过去一次。"

接下来,我不知道该说什么了。我只是莫名其妙地盯住他。他的腮帮那样肥大,像嘴里永远含着什么食物。他长得实在不好看。正是他的不好看,让我对他心生怜悯。

他见我无话可说,就说:"我走了。"

我朝他笑了一下,很想跟他开句玩笑:"没人给你做饭,你怎么不吃鸡饲料了?"但我没说出口。

可他似乎猜到了我想说什么,指了指自行车的把手:"土豆炖绿豆,好吃得很。"

他的背影老远也能看见。这么说来,小红不在的时候,他就吃土豆炖绿豆,连饭也懒得煮。他根本就不会煮饭,能知道土豆炖绿豆,已经是天大的进步了。小红真厉害呀,她

现实生活 | 251

是凭什么手段,把父母和老师几十年都教不会的事情,在很短的时间内就让他学会了?她去湛江,一次要待多长时间?我后悔没问问他,更后悔没要他的手机号。说不清为什么,我不想通过小红打听他的手机号。好在三天过后,宣传部有一个会,负责我这版的记者去县上采访没回来,我就亲自出马,可以见到他了。胡坚并没到会场。拿到材料,听部长讲了话,知道稿子该怎么写,我就溜了,从五楼的会议室下到三楼,去了胡坚的办公室。那间办公室共坐四个人,现在只有他一个人在,另三位都在会场上忙碌,包括分发材料、负责音响、添茶续水等,如此简单的活也没分派给胡坚,可见他在领导心目中的地位了。

他独自坐在入门右侧的翻板椅上读报。这无疑又是一大进步。我听说,他以前无所事事的时候,都是坐在办公室看他喜欢的书,而领导是不允许上班时间看书的,除非是上级或单位印发的书籍,否则就被视为不务正业。你可以坐在那里发呆,也可以把一张报纸翻来覆去看十遍二十遍,就是不能看书。市政府的一个科员,每期都为我们的报纸纠错,并因此挣了不少奖金。我们报纸承诺,读者每发现一个错别字,奖励五元,每发现一个病句,奖励十元。他们就干着这些事。而胡坚对报纸很抗拒,一张报纸拿上手,似有千钧的重量,报上的各类字体、各种消息,仿佛带着芒刺,扎得他眼睛红肿,一旦读他喜欢的书,顿时就安定下来了。为此,他被扣了不少钱，且从没拿到过先进个人奖，包括精神文明奖，那本是人人有份的。——今天，分明所有宣传部的人都上了五楼，他却在读报纸。

我说："嚯，在认真学习呀。"

他浑身的肉如滚动的波浪，从脸部直达腹部。报纸在他手里扯动着，发出呲溜溜的响声。

很显然，他没有读报，他以报纸为掩护，想着别的事情。这种作假，让我难过。

"小红回来没有？"

"还有几天。"

"这家伙，"我说，"我前天给她打电话，她竟然关机。"这是假话，我并没有给小红打过手机。"你的手机号是多少？万一有什么事，好联系。"

他很难为情地朝我笑，"你怎么知道我有手机？我昨天才买了一部呢。"

从另一个男人那里要了钱，买了房子，让不知情的丈夫住在那房子里，然后又不停地奔赴那另一个男人，这实在太过分了。作为好友，我应该劝劝小红。可是劝她的话却开不了口。我一直想跟她联系，手机摸出来，调出她的名字，又不愿拨通。

待真正跟她联系上，她已经生下了孩子。和我一样，小红生的是个女儿。他们选个星期天，在城南的鸿凤酒楼办了满月酒，邀请的客人并不多，除双方的亲友，另外只有两桌人，但按照时下的说法，规格却很高，因为宣传部长到了场。我相信，能动部长的大驾，并非胡坚的功劳，因为胡坚和小红去给部长敬酒的时候，部长只看着小红说话，显出格外亲切的样子；他甚至根本就没朝胡坚看一眼。哺乳期的女人不能喝酒，跟我们，小红以椰奶代酒，但跟部长不能这样，她就让胡坚代喝，部长却说："用不着用不着。"听说用不着，胡坚也果然就不喝了。

小红是怎么跟部长那么熟悉的？

宴会结束，我去了小红的家里。因部长等人要在茶楼打麻将，胡坚要为他们开房间，侍候茶水（领导打牌，不会让外人在场，包括服务员，也包括自己不信任的下属，胡坚能为部长侍候茶水，证明部长信任他了），肯定要很晚才能回家，胡坚的母亲原本说过来为产妇熬墨鱼汤，也因为临时有事，先回家去了。在美湖花园那间宽大的屋子里，就只有我和小红两个人——那个满身红皮，只知吃奶、啼哭和睡觉的漂亮孩子，我暂时没把她算作人，因为她听不懂人话，不懂得人世间的甘苦悲欣。小红不太会弄孩子，孩子睡觉时，要把她扎紧，让她有所依靠，才能睡得踏实，可小红不会扎。还是我帮忙，那孩子才无忧无虑地躺到了婴儿床上。小红不好意思地叹了口气，说："去阳台上坐一会儿吧。"

阳台正对金昌河,午后凉风轻起,空气里飘来淡淡的荷叶荷花香。

"你怎么跟冉部长认识的?"

小红笑眯眯地剜我一眼:"我哪有那么大的本事,"她稍作迟疑地说,"是孙浩……前几个月孙浩回来过一趟,专门请了冉部长;那之后冉部长去深圳开会,孙浩从湛江赶到深圳,又请了他。"

"他们以前认识?"

"不认识。是我让孙浩请的。再不巴结一下部长,胡坚恐怕连个小职员也做不下去了。"

"你倒有本事,让情人帮丈夫的忙。"

听到"情人"两个字,小红皱了一下眉头。或许是很少见她皱眉头的缘故,她皱眉头的时候真好看,额头上的皱纹少,精巧的鼻子上却满是细密的纹路。

"听说你经常去见孙浩?"

"你听谁说的呀?"她将眼帘翻上去,似笑非笑,是一副非难的表情。

她非难的,好像并不是谁给我说了这话,而是我直截了当地把这话说给她听。

我没回答她,而是问:"你们是不是旧情难忘?"

"旧情?"她的眼神暗了一下,但很快又明亮了,用两只手抓住我的一只手,"我给你说嘛……"

门响了，她婆婆提前来了，我们的谈话就此中断。

要了胡坚的手机号，我却没给他打过。闲下无事的时候，我爱拿出手机，调出号码簿里的一个个人名，这些人有的相当熟悉，有的还很陌生，陌生到是在什么场合碰见，又是怎样留下了号码，都想不起来了。我把他们的名字关在薄薄的机子里，而跟他们休戚相关的沸腾的生活，却离我那么遥远。

自从把"胡坚"两个字输进来，我的眼睛常常在这两个字上停留老半天，一些稀奇古怪的想法汹涌而至。比如他远古的祖先是谁？那根生命的接力棒，是通过什么方式传到了他父母手上，然后又传给了他？我尤其想知道的是，他为什么一出生就想躺着。别的孩子在能够站立的时候，总是千方百计站起来，即使跌倒，额头上摔出几个青包，哭那么几声也就忘了，再一次想站起来。而胡坚却不愿站立，更不愿走路；为教会他走路，父母不知费了多少心血，但最终也说不上成功，他成了"躺着走路的人"。我相信，如果这个世界准许他四肢着地，他会毫不迟疑地匍匐下去。这种姿势，一定让他感觉到更舒服。——而现在，他似乎想站起来了。一个人想站起来，是天经地义的，然而，我却因此为他惆怅，很深很深的惆怅。那次我要了他的号码，他也要了我的号码，但他不会储存，我手把手地教他，他的那份笨拙、那份认真，让我的惆怅达到了极点。

"我给你说嘛……"小红究竟要给我说什么？是要为自己辩解吗？我想起胡坚对《安娜·卡列尼娜》的批语。安娜基本上不为自己辩解，也不敢正视自己的罪恶，照胡坚的看法，这恰恰是有救的表现。小红还有救吗？当安娜扑到车轮底下，"那支她曾经用来照着阅读那本充满忧虑、欺诈、悲哀和罪恶之书的蜡烛，闪出空前未有的光辉，把原来笼罩在黑暗中的一切都给她照个透亮，接着烛光发出轻微的毕剥声，昏暗下去，终于永远熄灭了"。那束光芒熄灭了，却有另一束更加耀眼的光芒升起，因为她以这样的方式承认并结束了自己的罪恶。但在我们的理解中，所有的罪恶，只要不被人知道，就不构成罪恶；即使有人知道了，只要不被与罪恶有关的人知道，同样不构成罪恶。也就是说，小红背叛丈夫，尽管我知道，还可能有别的人知道，但只要胡坚不知道，就不构成背叛。

有好多次，我都想拨通那个电话，问问胡坚，小红是否又去了湛江。我不需要明确告诉他什么，只需要提醒他去打听一下，看他岳母在湛江开没开店。但我始终没那样做。每次摁下接通键之前，我都要问自己：我为什么要这样做？如果小红知道是我让胡坚去打听的，会不会觉得我是嫉妒她有一个身家过亿的情人？会不会觉得我是爱上了胡坚才故意破坏她的婚姻？再说，胡坚去打听了，也不一定能获得真相，世上有多少片树叶，就有多少个谎言，小红完全可以找到另外的解释，把胡坚敷衍过去。

我不给胡坚电话，胡坚却主动给了我电话。这大大出乎我的意料。

他有个大学同学来了，请他招待，他简直无从下手，希望我能够帮助他。

这让我听出，小红又去湛江了。

果然如此。她是带着女儿去的。女儿还没跟她脱离生理上的联系。

我对胡坚说："你请你同学去酒楼吃一顿，不要你做饭，不要你洗碗……"话没说完我就打住了，胡坚难得求人，我不该拒绝。他说他同学要晚上七点才到，预定的宾馆是金昌国际大酒店。尽管我没去过那家酒店，但我听说里面吃饭贵得咬人，绝不是我们可以消受的——这时候，我很不情愿地想到了孙浩和他的产业，同时也想到了奔赴他的杨小红——便给胡坚出主意，说："那家酒楼不远处，有家湘菜馆，我去吃过，味道相当好，价格也适中，我帮你订包间，而且我一定提前到场。"

但我的努力都是白费。我在包间里从六点半等到七点半，也没见人来。给胡坚去电话，他才说："你赶快过来，国际大酒店407。"这让我很不高兴。看来，在哪里吃饭，并不是胡坚说了算，他那同学也太霸道了。我要退掉这边的包间，老板非让我出一半包间费。胡坚应该早告诉我。去国际大酒店的路上，我心里想，管他呢，在那里花八千还是一万，无非是钱，这钱是孙浩给的，孙浩占有了他的老婆，应该给钱让他请客。越是这样想，我越是觉得，胡坚真是一个可怜的男人。

　　身着艳丽旗袍的服务生将我引进407，我才发现自己错了。在座的，除胡坚和他同学，还有万书记和陈院长。万书记是市委副书记，陈院长是文理学院院长。很显然，这顿饭并不需要胡坚请客。我后来得知，他同学也没跟他联系，只是跟陈院长打电话时，陈院长说："嘿，我最近才知道，你还有个同学在我们市呢。"然后说了胡坚的名字，讲了他吃鸡饲料的笑话，他同学顺便带了一句："把他也叫上吧。"陈院长通过市委宣传部找到了胡坚。他同学是个女的，脸上抹了很重的粉，眼睛大，嘴巴大，鼻子却短，这使她的脸显得局促。但她精明强干，特别是她叽叽喳喳地说个不休，让我这个初次跟她见面的人，也没有精力去评判她的长相。不是胡坚请客，我来干啥？可既然来了，总不能转身就走，那会显得很无礼。何况胡坚坐在墙角的沙发上，眼巴巴地望着我，像是求救。胡坚根本没想到把我介绍给大家，还是我自己介绍的，那情形实在尴尬。好在陈院长很豁达，说他喜欢我编的稿件（我没说自己是文理学院毕业的）。菜刚点上，几人坐在沙发上喝茶。两排沙发之间，横着宽大的大理石茶桌。连同我在

现实生活　｜　259

内,仅五个人,包间里也只有一张餐桌,却是可供一家三代居住的大房间,铺着厚实的浅灰色地毯,还挂着绘了古代君王宴饮的壁毯。

从他们的交谈中,我知道胡坚的同学姓马(万书记和陈院长都叫她马博士),现任省城某大学教授。也是从他们的交谈中,我听出三人的关系来了:万书记是两年前才从省委组织部下来的,马博士的父亲当年是他的直接上司;有次马博士想发表论文,顺便问去她家走访的万书记有没有学界熟人,万书记就找到他的老乡陈院长,文理学院有学报,但档次显然不够,陈院长又联系到一家有名的核心期刊,在那里做主编的,是陈院长的同窗,马博士的论文很顺利地发表了。万书记和陈院长有什么掰不开的事,马博士总能凭借父亲的关系,为他们摆平,特别是万书记,他不可能在金昌市一直待下去,他要回到省里,做部长、省长……自然需要老上级的帮衬。就这样,三人结下了很深的友谊。

在座的,不仅我是个多余人,胡坚也是。

酒是陈院长带来的,两瓶茅台。我和胡坚滴酒不沾,他们三人边喝边聊。马博士说,她这次来,不为别的,就为看望老友,但来了就得玩两天,她想明天去雪溶洞走走。雪溶洞在金昌沧水县,离县城三十千米,是国家4A级旅游景区。明天是星期五,万书记和陈院长都走不了,马博士便撒起娇来,扭扭细长的、多少显得有些嶙峋的脖子,说:"你们不陪我,我玩起来有什么意思啊?"万书记说:"我派人把你送过去,然后找那边的人陪你。"说着摸出手机打电话。接电话的人,是沧水县一把手,万书记说:"老郑,明天马博士要去雪溶洞,你安排人陪一下……她可能要住一天……"万书记根本没说马博士是谁。用不着说,只要是他打的电话就行。随即他给老郑发了个短信,把马博士的手机号告诉了他。过了不到五分钟,马博士的电话响了,她一看是个陌生号码,后面三个9,问:"是不是老郑的?"万书记点了头,马博士就拿起来接听:"喂——"这一声拖得很长,故意夹着喉咙,压得很低沉,像个男人的声音。然后才把喉咙松开,"哦,郑书记呀……用不着你亲自陪的呀……宾馆不用太高档,干净舒适就行哪……"收了电话,马博士又扭起了脖子:"郑书记说要亲自陪我,这么高的规格,我哪里受得起呀!"脖子带动腰,全身扭动着,"嗯"了两声,又说:"我喜欢。"言毕端上酒杯,跟万书记碰。万书记说:"听上去还以为你没见过世面呢。"陈院长说:"如果他知道你父亲是谁,恐怕他连司机也不要,亲自开车陪你。"马博士呵呵笑。

因为明天的事安排妥当了,马博士的话越发多起来,说她走了三十多个国家,不管去哪里,坐头等舱都成了她的义务。有回只有半小时机程,接待方给她买了经济舱,结果办事员遭到上司的臭骂,办事员笔直地站着,嘴唇和双手只管抖,弄得她都有些过意不去,说:"不过半小时,经济舱就经

现实生活 | 261

济舱吧。"但对方那个大肚子上司说："不行的,这是原则问题。"马博士又开始扭脖子了："嗯,原则问题,我喜欢。"说她有回去古巴,如何违规带回了一大包雪茄,但安检的时候,又让她丢掉了一根四千多块钱的皮带。或许是因为有个"巴"字,她接着说到巴厘岛："你们去过巴厘岛吗?"她问万书记和陈院长,万书记说早就去过了,可她还是按自己的思路说下去,"什么时候空了,你们去玩几天,那边的一切开销由我负责,我有个学生的父亲是××公司老总,在那边有很大的势力。"然后又说,她要给万书记和陈院长送沉香木,从印尼来的,只有印尼的才是真的,中国的全是假的,小小的一块,就值数万,在房间里一点,满屋生香,还能驱除病害,但这都是次要的,关键是它能提升生活品质。

她说个不停,喝个不停,还不停地抽烟,她抽的烟据说要几百元一盒。

我仿佛进入了另一个世界,恍恍惚惚的,很困。但我必须强打精神。在座的,陈院长和马博士且不说,还有万书记呢。尽管他们三人自始至终没看过我和胡坚一眼,我们就如同一张凳子,可就算是张凳子,在万书记面前,也要把凳子当好。我把手放下去,毫不顾惜地掐自己的大腿。当我的耳朵又能进言,听见他们已经改变了话题,说到了信仰。"人没有信仰是不行的。"他们差不多异口同声地说。马博士说她最近读了《般若波罗蜜多心经》,受到很大的启发,可中国人还有几个在读书呢？马博士摇着头。谈到国家的前途，民族的未来，他们变得忧心忡忡了。

快到半夜一点，饭局还没结束。但很快就要结束了，因为万书记说："马博士，你走了几百千米路，明天还要去雪溶洞，早些休息吧。"马博士说："我没有关系，我可以三天三夜不睡觉，去年国庆节，我连续奋战三天，你们猜我赢了多少？四万！"陈院长笑起来："日进一万三千多金，值得……那就休息吧。"马博士点烟的时候，万书记和陈院长分别拨了个电话。他们刚把手机放下，坐在陈院长右手边的胡坚，突然有了一个古怪的举动：他把陈院长用的酒壶（里面的酒还没喝完）一把抓起来，抓的动作结实、鲁莽。他这是要干什么？好在除了我，没人注意到他，因为他们三人又在安排马博士从沧水县回到市里之后，如何接待她了。还没安排周详，万书记和陈院长的司机就到了楼下。于是大家起身。胡坚起来得最晚，疑惑地望着大家，像是不明白为什么都站起来了；几人走向挂衣钩，穿上外套，朝门外走去，胡坚才将酒壶放下，跟了上来。马博士把我们，不，把他们两人送下楼。在电梯里，陈院长对马博士说："你既然来了，就必须去我们学校搞一堂学术讲座。"马博士双手握住，放在胸前："拜托了哥，我时间太紧了，下回吧。"陈院长不依："我不管你。"然后陈院长翻着眼皮掐算时间，"我给你安排在星期天上午，讲

现实生活 | 263

两个钟头,吃了午饭你就走。讲什么你自己定,但你要提前给我一个大致的题目,好做海报。"马博士弯着脸,撒着娇说:"我讲一堂课……"伸出五根指头。陈院长笑着说:"是五千不是五万嘛,你担心啥?未必我还亏你?"马博士严肃起来了,又是那副忧心忡忡的表情,说:"我就讲一讲知识分子如何建构自己的精神生活吧。这个题目我在上海和武汉都讲过。"陈院长说:"好的,你不要讲得太深就行了,你知道,现在的大学都是浅化教育,尤其是像我们这种学校。"

下了楼,依照顺序,万书记先走。万书记的车开出去后,陈院长非要把我和胡坚送回家,我帮助我自己,也帮助依然没醒过神来的胡坚,谢绝了陈院长的好意。陈院长走后,马博士微笑着,跟胡坚握了手,又跟我握手,然后把我和胡坚合起来看了一眼,说了声"再会",转身走回大厅。

前面来了辆出租车,我正要举手,胡坚却弯了腰,捂着肚子,哇哇地吐。

一股刺鼻的酒臭。他跟我一样滴酒未沾,吐出的秽物怎么会有这么浓烈的酒臭?这让我百思不得其解。我一手拍他厚实如墙的背,一手伸到自己嘴巴面前哈气,哈出的气流竟也有一股酒臭!

胡坚的呕吐声在空阔起来的大街上奔跑,我真担心整座城市都会听见。还没到家的万书记、陈院长和就在背后楼上的马博士,自然会听见的。马博士要是住在临街的房间,打开窗户，就能看到胡坚的窘迫相。好在被她看到的可能性并不存在，她的房间是万书记订的，万书记不会让她睡在临街的房间。在楼房里侧，有很大的花园，这时节，枝叶扶疏，九重葛正艳丽地开放，睡清静舒适的房间，也是马博士的义务，万书记不会不知道。分明不会遇见熟人，我脸上还是火辣辣的，那是被马博士的眼光烫伤了，就是她把我和胡坚合起来看的那一眼。那眼光至今也没有离开。我作自我介绍时，并没说清楚我跟胡坚的关系，或许，马博士以为我是他妻子，抑或情人？

我应该感到脸红吗？

我应该大大方方地告诉她，胡坚是——至少曾经是——我崇拜的偶像！

可我没有这样说。

事后才想到自己尊严的人，本身就没有尊严可言，我活该被人瞧不起。

又吐了一阵带着酒臭的酸水，胡坚才气喘吁吁地停下了。吐得这么厉害，我只好先把他送回家。两人坐在出租车上，一路无话。路灯匀速地闪过，我能看到他脸上的疲惫和迷惑。他很可能在想，彼此勾肩搭背挖墙脚捞好处是他们的现实，忧国忧民怎么也成了他们的现实？我也正想这事。我想不明白，只能说，前者是他们的现实，后者也是他们的现实，这本身就是现实。现实是讲条件的，是分场合的，比如马博

现实生活 | 265

士在课堂上或去外地举办讲座,能够讲她如何打通关节发表论文吗?能够讲她怎样打着父亲的招牌花着公家的银两满世界游逛吗?能够炫耀她一根皮带就值四千多块吗?如果这样,她就违背了现实——她这时候的现实是,她会受到隆重接待,热烈追捧,而且开一堂讲座至少可拿到五千块钱,因此她必须忧国忧民,必须满腔热血地强调知识分子应该建构自己的精神生活。

扶胡坚上楼的时候,我差一点就问他宴会快结束时,为什么会有那奇怪的举动。

但我估计他没有心情回答。其实我也没有心情问。

小红的女儿快满三岁了。凡见过那小家伙的,都叫她白雪公主。她比她母亲长得还好,特别是皮肤,梨花一样白,当她叫叔叔阿姨的时候,声音就像绽放出来的花瓣,有花瓣那样的色彩、形状和香味。人人都喜欢她,我也不例外,但每次见到她,我都禁不住预想她的未来。她母亲如她这么大的时候,一定也招人喜爱,人们也会把最美好的祝福给予她,断然料不到她过了三十岁还嫁不出去,最终嫁出去了,嫁的却是满城尽知的"废物"。这种对孩子的预想真是缺德。我承认自己缺德,但每一种生命密码,都来自对自身的解读,当初潮明示了我的性别,在关于未来的梦幻里,我何曾把自己撂在这座被山与河围困的城市,那时候,我想的是飞到云空里，在云空里与某个面目不清却光彩照人的男子相遇，他张开双臂迎娶了我，让我成了含情脉脉的幸福的女人。可事实上，我丈夫跟我一样，都是这座城市土生土长的。我幸福吗？——谁要在现实生活中去讨论幸福，我认为都大而无当。这是一个伪命题。"理想的白马骑不得，梦中的爱人爱不得"，这话很对，因为理想和梦幻，都与现实无关。

更糟糕的是，一个小小的插曲，竟在我的生活中强行楔入了另一种现实。

那次我把胡坚送回家，只送到了门口，根本就没进去，他没邀请我，我也没打算进去，上楼之前，我就让出租车司机在楼下等着。当我帮胡坚把门闭上，背转身，寂寞的虫子即刻跳上我的脖颈，成群结队地在脊背上蔓延。那是胡坚的寂寞。胡坚的寂寞让我感同身受，同时也让我觉得羞耻。我像做了见不得人的事，开自家门时，生怕丈夫堵在里面，质问我何以这么晚才回来。要真是这样，我一定会撒谎。我从没在丈夫面前撒过谎，看来今天晚上要破例了。我后悔把小红常去湛江找孙浩的事告诉了丈夫，后悔下班之前给他打电话时，老打老实地说我要去帮助那个"废物"招待客人……不过没关系，胡坚的客人是个女的，我还要把万书记和陈院长抬出来，说出这些，完全没有撒谎，可我就是感觉这是谎言。分明很疲惫，开门时却挺直了腰，故作镇定。结果没人堵住我，屋里黑漆漆的。走进卧室，床上空空荡荡的。他还没回来。他几乎每天夜里都回来得很晚，有时甚至不回来。他要打牌，要喝酒，要跟伙伴们谈生意。走进另一间卧室，女儿和她外婆睡得很熟。是我下班前叫母亲过来陪女儿的。

这种景象实在无趣，还不如丈夫就堵在门口呢。

我的腹内像兜着小兽，拱来拱去，想吐。我跑进卫生间，对着马桶干呕几声，啥也没吐出来，只弥漫出酒臭。但我还是按下了抽水马桶，哗哗啦啦的响声表明我弯腰撅股所费的力气并没有白费。抽水的声音一停，夜晚便静如荒原。马桶里那个椭圆形的窟窿，不怀好意地盯住我，以无声的语言对我说：其实，人真的说不上高贵，从下面和上面的孔道排出的东西，都可以被我抽走。

洗过澡，赤条条就躺到床上去，让床头灯亮着。我生而不美，上身太长，小腿太粗。听人说，小腿粗的女人不能干，是的，我只会认认真真地编稿，勤勤恳恳地做家务，算计着过日子，不像小红，坐飞机去湛江，住在高级宾馆里，袅袅婷婷地往男人面前一站、一躺，就拿回大笔的钱来。她的确比我能干。但此时此刻，我的兴趣不在这里，我只专注于自己的身体。养育过孩子的身体，腿松了，腰松了，屁股松了，乳房松了，乳头发蓝，起着难看的折褶，像被人丢弃的风干了的果仁。小红的会不会这样？她的乳头还是那么小、那么鲜红欲滴吗？我真想有机会再看一看！这种渴望无与伦比！但我已经没有机会了。一旦嫁人，女人的身体就属于男人。

即便去公共澡堂,小红也多半不愿和我共用一个洗浴间。可她却愿意袒露给两个男人。我把灯光调暗了些,想象着我也把身体袒露给两个男人,一个是我丈夫,另一个……可不管怎样用心想象,两个男人都有着同一张面孔,同一种体味。

在这一点上,我跟胡坚一样不可救药。

丈夫不知道我那么晚回去,但我并没因此而平静,我依然像做了亏心事,觉得对不起丈夫,也对不起小红。我把家务活做得更加无怨无悔,比先前更加频繁地跟小红联系,还给她女儿买了一身衣服,仿佛这样做,就能弥补什么。小红快乐地接受了我的友情。有个周末,她领着女儿来我家玩,我的女儿带着她的女儿,去卧室里玩积木,我俩坐在客厅的沙发上聊天。我尽量回避提到胡坚,也不提到我丈夫,可小红偏偏问我:"海舟呢?"我说:"你又不是不知道他。"她又问:"那天他在家吗?"小红说的"那天",是指五天前的深夜,半夜两点多钟,仿佛从地底下冒出一个声音:"地震了!"这声音顷刻间弥漫全城。以前地震,都是静悄悄地来临,人不知道,猫狗也不知道,这次喧嚷得如此厉害,想必非同小可。人们从睡梦中惊醒,拖家带口地涌出屋子,去开阔地躲避。结果是虚惊一场。这几天,所有人都在谈论那场虚惊,开口就是:"那天……"怪好玩的。那天我丈夫鲁海舟跟往常一样,并不在家,他比我先得到消息,打电话来,让我赶快跑,当我拿上房产证、结婚证、银行卡和笔记本电

现实生活 | 269

脑，拉着女儿从七楼跑到三楼，才和飞奔上楼的丈夫遭遇，他接过我肩上的挎包，抱着女儿，又朝楼下飞奔。"幸好是场虚惊，"我对小红说，"要是真的发生大地震，等他回来，我跟女儿早就被埋了。"

小红正要说什么，却听到她女儿丽娜——小红嫌自己名字太土，便给女儿取了个洋气的名字——的哭声。她敏捷地起身，跑进卧室。原来是小家伙感到委屈了："姐姐说我笨。"她向妈妈告状。小红做样子打我女儿，恶狠狠地把我女儿屁股后面的床垫拍得乱响，但小家伙还是不依，哭闹着要回去。我和小红便分了手。她已走下两步楼梯，又回过身来，小声地，郑重其事地对我说："过些天我再来找你玩儿，我想给你说件事。"

我的胸腔怦怦乱跳。那是心里的鬼在打鼓。这让我生自己的气。小红穿梭于两个男人之间，啥事没有，平静如水，而我，分明清清白白，却庸人自扰。

不过，我真有那么清白吗？

每一个问题，哪怕再简单，也不能细想，细想就会陷入迷茫。是谁发明了"？"？这符号看上去像个耳朵，提醒你多去倾听，可我去听谁的？谁又能回答我这个问题？

这个问题是：我真有那么清白吗？

上下班的时候，只要想"碰见"胡坚，几乎都可以碰见他。有好几次他都买了菜，再不是绿豆加土豆，而是像所有热爱生活也会生活的人那样，荤素兼搭，讲究口味。这应该不是他所具有的能力，而是小红的吩咐。但事实上我错了，只要胡坚买菜，小红都不在家。胡坚变了。他不仅懂得了生活，行姿坐态也大有改观，臀部不像先前那样塌下去，而是尽量往上提，这样，能保证他走路时不至于后仰。熟悉他的人，照样能依稀识别出他欲朝后躺下的印迹，不熟悉他的，绝对看不出来了。如果大街上的人还在注意他，那仅仅是因为他超越常人的胖，而不是他古怪的姿势了。

最大的改变，是他竟然写起了文章。

那段时间，马博士曾去过的沧水县出了一个英雄人物，叫梁华，是某镇镇长，他下村检查烟叶栽种，遇到山体滑坡，跟十二个村民一起被埋。这时节，没下过大雨，本来不该遇到这种事，偏偏被他遇上了。人们自然而然地联想到"那天"夜里的虚惊，联想到金昌市随时可能遭遇的"实惊"，就说："趁还有口气，赶紧享乐吧！"全市人，老的少的，男的女的，都这样说。梁华被挖出来时，鼻子嘴巴都塞满泥浆，头上压着一块方方正正的石头，但两只手却穿透泥尘，钢钎一样前伸，看样子是要把某人推开。市领导早就在寻找一个甘于奉献的典型，来压制甚嚣尘上的享乐之风，梁华适时地成了那个"典型"。市里发了文件，号召全市人民向梁华同志学习，我们报纸开辟专版，天天登载领导和市民的学习心得。

别人写不足为奇，我没想到胡坚也写，只不过他写的是篇理论文章：《略论梁华精神的时代性和进步性》。他发短信给我（他也会发短信了），要了我的电子信箱，托我把文章转给专版编辑。

全文透辟而晓畅，不愧为状元，不愧为名牌大学高才生。唯有一句引文不是很清楚——引文本身是清楚的："人并不高贵，人性才高贵。"但说这句话的人，叫马晓丹，马晓丹是谁？负责专版的是个老编辑，每一个字他都要解剖，凡有不清楚的地方，必须弄清楚。他经常教育我们这些年轻编辑：许多时候，话并不重要，是谁说的才重要，举个简单的例子，希特勒一生总不可能没说过一句正确的话，但他的话再正确，也不能从正确的含义层面加以引用。他让我打电话问问胡坚，说明马晓丹的身份。于是我就打电话过去，说："胡坚啊，恕我孤陋，我从没听说过马晓丹这个人，你在文中略微介绍一句吧。"胡坚顿住了，显然感到惊诧。我并不脸红，在他面前，我没什么好脸红的。

可他的回答让我比他还惊诧。他说："马晓丹你不仅听说过，还见过呢。"

我的某根神经猛地一收："未必……是马博士？"

他说："就是啊，那句话是她去文理学院做讲座时说的。"

放下电话，我继续吃放在面前的橘子。这只橘子昨天就放在这里，昨天吃了两瓣，给胡坚打电话之前吃了一瓣。昨天很好吃，今天很难吃，一夜的风，没收了它的汁水和甜味儿，塞在齿间的，类同木屑。我一边苦恼地咀嚼，一边上网，查马博士那次讲座的原文。结果，文理学院的网站上只有马博士做学术报告的消息，没有一个字的内容。这么说来，胡坚那次亲自去文理学院听了她的讲座？

一定是这样的，不然他怎么知道。

橘肉的渣滓怎么咽也咽不下去，只好吐进电脑桌下的纸篓里。胡坚为什么会去听她的讲座？讲座结束，是不是又跟他们一起吃了饭？那天夜里他猛地抓住酒壶，是要敬他的老同学一杯吗？在文理学院的餐桌上，这愿望是否达成？……不知为什么，我又塞了一瓣橘子在嘴里。

慢慢咀嚼，竟然嚼出一点甜味儿了。原来它是有甜味儿的，只是藏得很深。

小红果然找我来了。她给我说的"事"，使我全身一震。

她说："我想离婚。"

她的眼神初始凌厉，见我整个人变得僵硬，她又笑嘻嘻的了："开句玩笑呢，就把你吓成这样。"

"……这种玩笑不是随便开的。"

"不过是玩笑嘛。"

"你要知道，你是过了三十岁才嫁出去的女人。"

她哈哈大笑，每一条笑纹都舒展而真诚。她并没有怀疑我。

我自己也无法解释的是，这时候我为什么会有一丝压抑不住的激动？是因为她没怀疑我，还是听说她想离婚？但我故作认真，问她是不是跟孙浩扯不开了。她没回答。至少半分钟过去，她说："你是不是很看不起我？"这突如其来的问题，反而把我给噎住了。我像吞一粒不听话的药丸，舌根和喉咙蠕动老半天，才笑着说："你这不要天良的，我怎么会看不起你？我又凭什么看不起你？"

谎言无处不在。没有谎言，就没有现实生活。我们的现实生活是虚构的。虚构的比真实的更加可靠。她不理会我夸张的言辞和表情，清清浅浅地说："其实，我早该告诉你我跟孙浩的实情。我并不是第一次去找他时就打定主意在他面前脱光的，我就是去找他借钱。是借，不是要。他愿意借当然好，不愿意借，呵，我也没有办法。人总要活下去。死人才不能活下去。我又不是吃不上饭，只是没地方住。当时我都想好了，我跟胡坚去租房，然后我再找事做，像妈那样开个炒货店，或者干些别的，一月挣一两千块钱，总不会太难。可是我到孙浩那里，遇到了另外的情况。"

小红盯住我的眼睛，我只好"嗯"一声，等着她继续往下说。一表达正经事情，她的芜杂和啰唆就让我无法忍受。耐着性子听了不下半个钟头，我才听出这样的意思：那次她找孙浩借钱，本想打个电话说的，但要借的数目太大，电话上说太草率，还容易被拒绝，于是她动身去找他。出了火车站，她给孙浩发短信，说她到了湛江，有事想见他。短信刚发出去，孙浩就来电话了，孙浩说你在哪里？我来接你。他果然自己开车到火车站接她了。他把她带到了一家宾馆，让她坐在大厅的沙发上休息，他去开房。她没想到是那么高级的宾馆。宾馆不就是让人睡觉的吗，可这家宾馆除了卧室，还有迷你厨房、迷你酒吧、独立餐厅、宽敞的接待室，并配有多媒体音响和两台数字电视，此外还有行政办公桌、室内传真机、语音信箱、电子保险箱、各类护肤品，至于床上用品和桌凳的质地，以及地毯和壁挂的精美，就不必去说了。好些东西她根本就不认识，也没必要认识，因为生活中并不需要。她承认，那一刻她觉得自己高贵了，浑身散发出任谁都会惊叹的光辉。她忘记了此行是来借钱的，孙浩叫她坐，她就坐下。孙浩说你累了，先冲洗一下吧。她就站起来，走向浴室。她不会摆弄，是孙浩帮她把水放好，并教会她如何使用里面的洗漱用具。洗了澡出来，孙浩坐在接待室抽烟，她便坐到孙浩的对面去。

洗澡的过程中，她有些清醒了，心想必须尽快说出找他的目的，免得让他产生误会。可在孙浩的对面落座，见他闷头抽烟的愁苦相，她想说的话说不出口了。"他是不是猜出了我的意图，就事先摆出这副样子来封我的口？"正这么想，孙浩开口说话了。他说的是比他大十岁的妻子，以及妻子那古怪的皮肤病。妻子满身上下不仅长着粗糙的象皮,还像炭一样黑。

说着说着,他下意识地举起两只手掌,迅速扫了一眼,像是察看手掌是否被妻子的皮肤割伤了。

"我已经很久不知道女人光滑的身体是什么样子了。"他说。

"他说得一点儿不色情,只有悲哀,"小红对我说,"要不然,我也不会脱光了给他看。"

她的话我听明白了,做那件事情,是她自愿的、主动的,并不是孙浩的要求,更与金钱无关。她也是这样给我解释的。她说,当孙浩泪流满面地吻了她,她几乎对借钱的事感到绝望了。这时候提说,就有要挟的意思了。但借不借是他的事,说不说是她的事,跑那么远的路来一趟,总不能腔都不开就打转身吧?"更要命的是,果真那样,孙浩就更有理由误解我了。"于是她就说了。

孙浩没有一丝犹豫地答应了她,还多给了她,直接就在湛江为她办了张卡,把钱存在里面,当他把卡交到她手上时,他说:"这一点钱,用得着借吗?你拿去用就是了。"

"我以前对你说让他赔偿青春损失费之类的话,"小红告诉我,"全是假话。以后我去找他,也不是他要我去的,是我主动去的。他实在需要安慰。"

我该赞美她的高尚吗?

"那你为什么说想离婚呢，真的是开玩笑？"我揪住这个问题不放。

她眯了一下眼睛。她最近做了假睫毛，长而上翘，眼睛眯起来的时候，两排睫毛失去了依托，给人惊惶失措的感觉，仿佛在张嘴呼喊什么。"当然是开玩笑啊，"她说，"我离了婚怎么办？像我们这种年纪的女人，再嫁就只有嫁给五六十岁的老头子了。你以为孙浩会离婚娶我？"她撇撇嘴，嘲讽地笑了两秒钟光景，"他一离婚，就变成穷光蛋了，只有傻瓜和疯子才会为女人把自己弄成穷光蛋。你别这么看着我，我知道你在想啥，我不会抛弃家庭去做别人的小三，虽然我经常去见孙浩，但那是怜悯他，为他难过，绝不是他的小三，连普通的情人也不是。"其实我并没这么想，但我不言声，让她继续说下去。她突然笑起来，笑得前仰后合的，笑够了才说："现在有种说法，允许有实力的男人多娶老婆。可这只是说法，一夫一妻制的法律并没有修改，孙浩有再多的钱，也只能娶一个老婆。不过话说回来，就算孙浩可以娶十个老婆，我也不会成为那十个当中的一个。我迈不过那个坎儿。"

我努力去理解她的话，看她说的"坎儿"究竟指什么。

大概是指她被孙浩抛弃孤身回乡的那段经历吧。

也可能还有另外的"坎儿"，我不知道而已。

"再说，"她苦笑了，"我把一个废物训练成现在这样子，容易吗？"

现实生活 | 277

这倒是的。我能想象那种难度。

胡坚早不是以前的胡坚，在单位上，他已得到重视，宣传部理论科的老科长临近退休，听说胡坚铁定要接替他的位置。前期铺垫已经做好，胡坚调到了理论科，做老科长的副手。他在宣传部本是个可有可无的人，而现在走进那幢楼，很容易就能听到人们呼唤他的名字，如果领导不在，还能听到人们跟他大声说笑，有人甚至把他吃鸡饲料的旧事搬出来。这在以前是不可想象的，以前人们只是私下取笑，不会当着他的面说，现在不仅当面跟他说这些，还能引出他一连串的、无所顾忌的笑声。这证明，那件事情已经过去了，无论是别人，还是他自己，都不会将其当成他身上的污点。

然而，小红再次对我说起她想离婚。

不管怎么装，她这次的眼神都比前次说这话时认真了许多。

"你是觉得自己对不起胡坚吧？"

"我对不起他？"小红很惊讶，"我没有啥对不起他的。"

"果然不要天良！"

小红又笑了。"尽管你读过大学，"她说，"又做了这么多年编辑，但你理解问题，还不如我这个高中生和无业游民。女人去跟丈夫之外的男人睡觉，并不一律都是对不起丈夫，这要分情况。身体算什么？谁都有一副身体，只要心不在，两副身体睡在一起，跟两个机器人睡在一起又有什么区别？哪怕两副身体有一些动作，那也是两个机器人的动作。两个机器人的动作也有道德标准吗？我这话并不是说，我跟孙浩睡在一起时我的心不在场，它在场，但不是那种心，是另一种心，怜悯他的心。女人去怜悯一个男人，总不至于就说她对不起自己的丈夫。我以前对你说过，孙浩跟我分手过后，和王新月好上了，不久他遇到现在的妻子，又把王新月蹬了，孙浩老实向我承认过，结婚过后，他去找过王新月，她还在那家公司，做了部门经理，她根本不愿跟他见面，只让同事给孙浩传话，说她已经结婚，说孙浩跟她丈夫相比，还不如一条狗。她结了婚是实话，但后面这一句，谁说得清呢，上次我去孙浩那里，听说王新月被查出艾滋病，跟她丈夫一起，被送到湖北某个艾滋病康复中心治疗去了……"

小红突然停下来，咕哝一声："我说这些干什么？"

的确，这些话并不能帮助她自圆其说。她自己也感觉到了，摇一摇头，粗重地叹了口气，改换了话题："可惜了……你没见过王新月，那真是个美人胚子。你经常夸我长得好看，要是见了王新月，就不会对我说半句赞美的话了，除非你成心撒谎。"说到"撒谎"两个字，她竟然恶狠狠地盯我一眼，盯得我骨头发麻。随即她像对自己不满意那样扭了一下头，神情温和地对我说："王新月是个丰满的女人，爱穿露背装，她本是辽宁人，去广东是对的，广东的天气可以供她一年至少有三个季度可以穿露背装。她身体的那个饱满,皮肤的那个白,那个细嫩,那种光泽,就跟石膏一样……如果她愿意像我这样接受孙浩,孙浩就不会在我身上来重温光滑皮肤的滋味了。"这句话说得很轻、很快,像自言自语。"我不相信孙浩没去嫖过,我甚至觉得他经常出入那种场所,但是,他不把妓女看成女人。男人们都是这副臭德性,个个自以为是,认为嫖不算本事,勾引良家妇女才算本事,在他们的风流簿上,一般都不把妓女记入名册,只记良家妇女。他们把勾引良家妇女叫'吃粮(良)食'。"

"你懂得真多啊。"

我自己都没想到会把这句话说得这么有气无力。

她咧开嘴笑,露出雪白整齐的牙齿,和牙齿之上鲜红干净的牙龈。

但眼睛没笑。"我这人,"她说,"到底没读过几句书,说着说着就走题。"

她说的题目是她想离婚。

"我有什么对不起胡坚的?"她终于接上开头的话,"要不是我,他连个住的地方都没有。这件事就不说了……我本来早就计划买辆车的,但就是不想买……不说这些了……没有我的话,他就不可能改掉那些臭毛病。他父母都承认我的功劳。你知道他父母以前是看不起我的,觉得我不配做他们儿子的老婆,当他们的儿子由一头熊变成一个人,才明白究竟是我不配做他的老婆，还是他们不配做他的父母。再说，要不是孙浩帮忙跟冉部长拉拢关系，别说胡坚写了几篇文章，就是写一百篇文章，冉部长的眼睛说不看你就不看你，你能把人家怎样？"她表现出少见的激动，少见的愤懑。

看来，胡坚的父母给过她不少的脸色，说过不少的风凉话。

为缓解她的情绪，我说："该不是胡坚有对不起你的地方吧，未必他也'吃粮食'？"

小红愣了一下，短促地"呵、呵"两声之后，是一连串的呵呵，头埋在两腿间，瘦削的肩背颤动着。当她把头抬起来，耳根都笑红了，眼眶里盈满泪水。"他呀，"她说，"再给他两个脑袋，他也不会知道去'吃粮食'，他还没有进化到这种程度。"接着，小红给我描述胡坚的生活起居。

大体说来，还是老样子，尽管不再随时随地给人要躺下去的印象，但爱往床上躺的习惯并没有改。因为路远，中午他不回家，晚上回去，哪怕只有五分钟就吃饭，他也躺上床去看书。他甚至把电脑也拿到床上去，要写啥，就把电脑放在平伸的腿上。一年四季，三百六十五天，都这样。他根本就没有周末的概念，对他来说，周末除了不上班，别的一切，吃饭、看书（现在还加上写文章）、睡觉，跟平时完全没有区别。"他真的就是个机器人，机器人需要'吃粮食'吗？"小红说罢，又是一阵大笑。

她不知道这笑声有多么刺激我。

但我什么也没说。有些话，再好的朋友也是不能说的。不仅对朋友，对自己也不愿意说。

可小红像成心似的，不断刺激我的神经，接连两个周末，她都来找我玩，事先都没打电话，直接就找上门来了，一次带着女儿，一次没有带。不管有没有女儿在身边，她都是那句话："我想离婚。"

我不愿接她的茬儿，把话题引开，她高高兴兴地顺着说一阵，突然又是那句："我想离婚。"

重复得多了，我觉得，小红是故意让我难堪的，她可能早就知道我的境况。我丈夫鲁海舟，是典型的"现代"男人，有个段子这样描述现代男人的一天：上班时间思来想去，下班电话约来约去，晚上吃饭眉来眼去，饭后唱歌摸来摸去，夜里桑拿翻来覆去，凌晨回家骗来骗去。鲁海舟就是这样的。

他在市中区某街道办上班，同时跟几个朋友合资开了家洗脚坊，他的整个生活圈子，都是在外面，"家"只是他的客栈，他回来，并不是因为家就是让人回来的，而是因为家里有他的义务。当某个地方只剩下义务时，那地方对谁都会成为一种折磨。他在外面时，衣服穿得笔挺，皮鞋擦得锃亮，说话诙谐幽默，做事八面玲珑，回到家里，就被腾空了，只有一张没精打采的皮囊，脸总是阴沉着的，嘴总是紧闭着。

若是周末，我让他睡到十点多再喊他起来，他连睡衣也不换下，甚至也不梳洗，就坐到餐桌旁（比胡坚也不如了），咀嚼声有一下没一下的，吃得懒心无肠。吃饭之前，他就把手机打开，放在离自己最近的地方，吃两口，看一眼，像是惊异它为什么一直没响。如果吃完饭还没响，他就主动拨打，声音细得像蚊子叫，仿佛马上就要断气似的。然后，他开始打理自己，多数时候都要洗澡。我对他说，刚吃过饭就洗澡对身体不好。但这毫无意义，他不会听的。洗了澡出来，他边穿衣服边对我说，朋友找他谈生意，或者单位找他谈工作，他要出去一趟。他说这话时表情痛苦，甚至带着恼怒，以此表明外面那些事情的纠缠，让他多么劳苦，他本是多么不愿出门。然而，一旦跨出家门，他就如逃脱牢笼的野兽，恨不得放开蹄子奔跑。他出去这"一趟"，往往是一整天不回来，有时连续几天也不回来。开始，他中途还打个电话，作一番解释，后来电话也懒得打了。

我知道他在外面有人——只要是女人，不需要侦察，直觉就会告诉她丈夫在外面是否有人。何况认识他也认识我的朋友，还不止一次地给过我暗示，但我装傻。遇到那些带着强烈的责任心，把关心别人的生活当成天职的家伙，始终揪住这个话题不放，差不多要把暗示变成明示的时候，我就做出一副深深理解男人，并且宽容男人那"微不足道"的缺点的样子，斜着腰，靠一条腿支撑住身体，翘一翘嘴角说："让他去蹦跶吧，他总有累的时候。"据说，我的这种态度，在他的朋友圈里赢得了好名声，他的朋友们说，像我这种老婆，娶一个真的太少了，应该娶五个、十个！

寂寞自知。每当夜深人静，我似梦非梦、似醒非醒地把头往一条胳膊上放，终于放了个空，并因此清醒过来的时候，我知道自己有多么落寞。当我想到那条胳膊上正枕着另一个女人，他和另一个女人鼻息交错，我的心就被扔到烙铁上，发出短促的滋溜声，立即被烧得枯干。

有男人陪着该有多好，哪怕是个机器人！

我不愿跟小红联系了，也不愿接待她了。她打电话来，我总说自己忙，她不来电话就上门，我也是匆匆忙忙跟她聊几句，就说报社有事，我必须马上去处理。我没有义务去听一个幸福女人的牢骚。曾经，我瞧不起她的幸福，现在我改变了看法，她不仅有一个夜夜陪着她的男人，还有一个供她怜悯的男人。如果——我控制不住这样想——我在丈夫之外也有这样一个男人，日子就不会像现在这般枯燥乏味了吧？这念头往往出现在深更半夜，也就是我想枕一条胳膊却扑了个空的时候，除了我自己和我头顶三尺之上的神灵，没有谁知道，但我还是被这念头吓住了，胸口发紧，大腿无端地流汗，摸一摸，凉津津的，是冷汗。我把被子一掀，腿上的汗迅即干掉，胸口也变得通泰了。神灵知道又怎样呢，既然彼此勾结争权夺利可以成为某些人的现实生活，高歌信仰、人性并且忧国忧民也可以成为他们的现实生活，这就证明，神灵赞成他们的生活状态，神灵鼓励人们不应该只有一种现实。

翻年过去，春草还未探出头，老科长退了，胡坚顺利接位。当一个小小的科长实在算不了啥，但人都是在比较中生活的，一比较，意义就非同凡响了。对胡坚而言，科长这把交椅并不重要，重要的是它传递出的信息。他自己也是这样看的。接位不久，我去宣传部见到他，明显能感觉到他的意气风发。

说来也巧，那天我俩站在大厅里说话，就碰到万书记了。陪马博士吃饭的那天，万书记没朝我们看过一眼，没想到时间过去这么久，他竟然朝我们笑，那笑容表示，他不仅跟胡坚熟悉，跟我也熟悉。或许是光线的缘故，他早长出斑点的脸，显得很暗，但笑容却很亲切，那些斑点使他显得更加亲切。他在我们面前侧身停下，脸转向我，说你们昨天发的那篇产业调整的文章，非常好。他把我的身份记错了，那篇文章是日报发的，不是我们晚报，但仅凭他记得我在报社工作，就让我心生感动。我没有纠正，说谢谢书记的表扬，还说要把书记的表扬转达给总编。然后他又把脸转向胡坚。胡坚向右挪了半步，正对领导，免得让领导侧身说话耗费力气。万书记说："小伙子不错，好好干。"跟胡坚说话，与跟我说话又有不同，跟我说话时，声音昂扬，跟胡坚说话声音就放低了,是很体己的、跟"自己人"说话的声音,让人自然而然地想到,胡坚是马博士的同学,而马博士的父亲是万书记的保护人,胡坚和万书记之间,就有了某种默契。同时还让人感觉到,胡坚之所以取得进步,当了科长,与他万书记的照拂是分不开的。思路再打开些,胡坚给市委书记写讲话稿的历史也会浮现出来,那时候的胡坚没完成任务,而今的胡坚绝对比市里任何人都写得好,如果万书记做了一把手——这是很有可能的,此前,他有个机会调回省里,但他没走,大家都说他是在等着做一把手——会不会让胡坚去当他秘书?

真是那样的话,胡坚就飞黄腾达了。并不是说秘书的位置有多高,但在现实生活中,除明文规定的官阶和从属关系外,还有一种更为实质性的从属关系,懂得了这种从属关系,就会懂得,为什么一个处级乃至局级干部,会向一把手的司机献媚。更不要说一把手的秘书了。

万书记说了那句话,带着欣赏的目光,把穿着西装的胡坚上下打量一番,就朝电梯走去。胡坚抢到万书记前面——当然不是正前方,而是侧前方,因为领导向前的路,谁也不能挡——摁下了箭头。当电梯门打开,胡坚伸出左手把门拦住,像他不拦住,电梯门立即就会合上似的。万书记进去之后,胡坚又把头伸到里面去,按下了"5",再把头缩回来,规规矩矩地站直,门关了,而且电梯肯定带着万书记至少上到二楼去了,他才回到我身边。我们两个都很兴奋。万书记把日报的那篇文章说成是"你们"的,就等于表扬了我们晚报,因为是我听到了他的表扬,这表扬也就属于我独有了。胡坚更有兴奋的理由。我的兴奋在胡坚的兴奋面前相形见绌。当我向他告辞,他脸膛红通通地跟我握手的时候,我就感觉到了这一点。那一刻,我感到悲哀,并因此冷静下来。冷静下来后,才发现也没有多少悲哀的必要,我没理由为自己高兴,也该为胡坚感到高兴才对,因为他变得特别"正常"了,"正常"的标志,就是他已经懂得了一个最核心的现实法则:额头触地,才是崛起的路。

由于我老说自己忙,小红也感觉到了我的冷淡,于是不再跟我联系。不过,在跟她断了联系那段时间里,我真的忙得晕头转向,报社里一人去大学进修,一人请产假,我的编辑任务增加了许多。但最主要的是女儿折腾我。他们班换了一个数学老师,新来的女老师姓江,二十五六岁,不知是生活不顺,还是性格如此,江老师上课老是马着脸,对学生说话言辞刻薄,学生们都不喜欢她,便写了封信,要求撤掉,全班同学签名,投到了校长办公室。第二天的数学课,江老师怒气冲冲地走进教室,砰的一声将门闭了,破口大骂长达一刻钟,然后挨个查笔迹,看是谁执笔写了那封信。因为抬头是"尊敬的校长大人",她便命令学生在本子上写"尊敬的校长大人",每人写十遍。查验的结果,我女儿被揪了出来。

在江老师看来，谁执笔，谁就是造反头目，第二天、第三天，凡是数学课，她都把我女儿赶出教室，叫去她办公室罚站，下了课，她一句话不说，又把我女儿从办公室轰走。大家都在等着换老师，因此隐忍着，我女儿也没把这事给我们讲。可一个星期过去了，校方根本没有换老师的打算。江老师对学生越发刻薄了，尤其是对我女儿，尽管第三天过后允许我女儿进教室，但我女儿有了什么疑问向她请教，她都把头一昂："请你听讲时把耳朵带上！"我女儿气得再不听她讲课，她上课时，我女儿故意拿出语文书，她不管；我女儿不做作业，她也不管。那次月考，我女儿的数学得了43分。

这是她入学以来从没有过的事。她把卷子拿回家，让家长签字，看到钢刀般刻下的"43"，我还以为是她把别人的卷子拿错了，待确认了是她本人的，她娇嫩的脸上，便长出了长短不一的五根指头印。女儿的头弹开半圈，又弹回来，但她没哭。我又是一巴掌过去，下手更重。这回她哭了，眼泪豆子一样朝脸颊上泼。不哭怎么行，不哭就表明她不服气。光哭还不够，我需要她的解释，尽管她和我都知道，她的任何一种解释，都必将被我视为狡辩，但我仍然需要。我甚至都不用动脑筋，就能猜出有多少种解释可供她拿出来说，我也当过学生，怎样给家长撒谎，再笨的人也无师自通。

我真的没想到会是那样的，那超出了我的意料。

我为女儿心痛，心痛她太稚嫩，看不清自己的现实。

你是学生,她是老师,你再正确也是学生,她再错误也是老师。你不听她讲课,不完成她布置的作业,最终吃亏的是你,不是她,就算她因所教班级成绩不好被扣了奖金,但与你的前途相比,那又算得了什么呢?你还期待学校换老师吗?你又怎么能知道她跟校领导的关系?跟校领导没关系,跟校领导的上级有没有关系?你年龄小,不懂这些事,我不怪你,但你必须慢慢学,不学,你的人生就大可忧虑了。你胡坚叔叔当年是多么优秀,当他考取状元站在彩车上游街的时候,谁也无法估量他的前程,结果呢,成了被人取笑的废物,走了那么多弯路,才混上一个科长。他还算不错的,毕竟幡然悔悟了,要是他一直不悔悟呢?女儿开始听得云山雾罩,眼神空洞,待我说到胡坚,她的眼睛亮了,噘了两下嘴巴,想说啥,又不敢说。我说:"你想说啥就说,没关系,说错了也没关系,今天妈妈给你机会。"

于是她就说了:"胡叔叔是废物怎么哪,人家是个堂堂正正的废物。"

"去你妈的!"——是的,我就是这样骂我女儿的。这世间只有废物,没有堂堂正正的废物,或者说,你想堂堂正正,就必然成为废物。我不是告诉你,胡叔叔都已经悔悟了吗?

女儿见出我的凶相,怕我再打她,眼眨眨的,样子怪可怜。我不忍心看到她可怜,把她拉进怀里,继续给她讲道理,大道理不讲了,只说他们江老师。我说老师也是人,是人就

现实生活 | 289

有人的性格、人的际遇、人的情感，江老师上课时马着脸，并不是不乐意教你们，很可能她就是那种表情。每个人都是有表情的，表情是可以欺骗人的，你要学会透过表情去看内心。江老师的内心很可能是滚烫的。她对你们说话刻薄，是想让你们知耻而后勇，是对你们好，哪个老师不希望自己的学生成绩优秀呢？

这些话，女儿全部听懂了，但她完全不同意。她要求转学，而且态度坚决。

金昌市城区早就实行学生就近读书，想转学，需去相中的学校所在区域买房子，并把户口迁过去。这无异于天方夜谭。海舟做生意，的确能让家里宽裕些，但我从没见过他拿回像样一点的大钱，最多的一次，是给了我五千，这能顶啥用？当然，不买房子，不迁户口，交择校费也行，五万八万的，具体是多少，我没去问。我把女儿的情况和想法对海舟说了，海舟闷头抽烟，烟蒂都烧掉一半，才抬起头说："不能啥都听一个小娃娃的……你我像她那么大的时候，老师动不动还要给两巴掌呢！"他这样说话，我很伤心。我以为他会为了女儿的前途，腰板一硬："好，交择校费，转学！"结果他想的跟我一样。我再次很不情愿地想到孙浩和他的产业，想到奔赴他的杨小红。小红花着孙浩的钱，而另一个女人，花着我丈夫的钱，我不知道那另一个女人是谁，于是我觉得那个女人就是杨小红，我因此恨她。他把钱大把大把地拿给"杨小红"用，却不愿给女儿交择校费。我真想跟他大闹一场。

我咬着牙，在那里忍。一旦闹起来，他对我隐瞒的事，特别是我对我自己隐瞒的事，就会闹穿。当堤坝穿孔，一池水就会流走，显现出干涸之后的丑陋和荒凉。作为池子里的一条鱼，我需要那些水，尽管浑浊，但有那些水的存在，我就可以继续欺骗自己，并且理直气壮地把日子过给别人看。一句话，我就能维系住自己的现实生活。小红说得对呀，像我们这种女人，离了婚有什么好下场呢，只能嫁给老头子了。老头子都不一定要呢，老头子只要有钱，照样可以娶到黄花女，还要挑三拣四，看这女子贤不贤惠、漂不漂亮。咬牙咬得腮帮发酸，我才终于忍住，对我面前又点燃一支烟的男人说："女儿跟老师闹得那么僵，肯定学不好的，上次考了43分，下次怕只好考23分了，总得想想办法呀。"

"让她去给老师道歉，这是最好的办法，谁让她出风头呢！"抽两口烟，他又说："风头谁不想出？可得想想有没有能力承担后果。这世上有几个人能承担出风头的后果？别说她，自以为能干得不得了的，都被风头打得灰头土脸。明天就去道歉！"

我真不愿回忆那天的情形。为表达诚意，我跟海舟都在单位上请了两个钟头假，一同去了学校，事先也没通知女儿。我们在她三楼的教室外面等到第一节下课，去把她找到。女儿高兴死了，以为把她转学的事办妥了，现在来接她走。我把她拉到墙角，蹲下身，好言劝她，她一听，全身的血直往脸上涌，"我不！"她说。这时候她爸爸来到了她身后："你说不就不？"声音低沉，却有石头那么硬。女儿小小的肩膀抖了一下。她跟爸爸相处的时候不多，爸爸跟她说话的时候更少，因此她怕他。他捏住她那小小的肩膀，往教师办公室拖。许多学生，包括女儿的同学，都朝这边看。女儿那眼神，就像一个被抓住的贼。江老师刚好在办公室，拿起一把米黄色尺子，拍打一只急于飞出玻璃窗的苍蝇，玻璃窗是关着的，苍蝇一飞一碰头，江老师的尺子便在它碰头的瞬间拍过去，终于把它拍死了，呈黑黑的一粒，掉在桌上，江老师笑了，用学生作业本撮起来，打开玻璃窗，倒了出去。这时候，我才给江老师打招呼。我和海舟都没见过江老师，但从女儿的神情，还有办公室里四个老师中唯她陌生，也就知道她是谁了。江老师瞅了一眼被海舟拎着的孩子，脸色阴沉下来。

不亲耳聆听江老师的教训，我们真不知道一个人可以刻薄到什么程度。那些话我是不愿重复的，只需一句，就可以把人的祖宗八代钉在耻辱柱上。而江老师说了很长时间。她说话真快呀，水泼不进去，刀也插不进去。我觉得自己在被江老师分解，让我看清自己是多么没有教养，教出的女儿更没有教养。海舟也在被分解，单位上，生活中，他都是潇洒惯了的人，此刻却规规矩矩地站着，傻乎乎地咧着嘴。女儿躅着头，但我相信她照样能看到父母的脸。她父母的脸都被踏到尘埃里了。她突然挣脱爸爸的手,向江老师走近两步,一弯腰:"江老师,对不起!"话音刚落,就转过身,飞跑出去。

门口甩出一片湿,那是她的泪水。我好像听见哗的一声。

之后的好些天,女儿回来都不跟我们说话。确切地说,是不跟我说话,她爸回家的时候越来越少,偶尔回来,她已经睡了,第二天她去了学校,他还没起床。

这个周末,他又出去了,我打电话叫他回来。这样的事我以前做过,后来慢慢就不做了,因为每次叫他回来,反而让我怄气,我叫回的不是一个丈夫,而是一具恒温37度的躯壳。今天我再次这么做,也不是叫回丈夫,而是叫回女儿的父亲。他照旧是一脸愤懑地进屋,刚换了鞋,我就把他拉进厨房,说了我对女儿的担心。他一言不发,去敲女儿的房门。她把自己反锁在房间里。敲老半天,门才开了。他走进去,我在门外听。我听见他对女儿说:"打是亲,骂是爱,不打不骂才是害,这话现在还用得着,你们这代人,就是打骂得太少了,所以才受不得委屈,才那么自私。何况你这根本就不叫委屈,是你先冒犯老师的嘛!"女儿一直不吭声,直到她爸说:"你丢了自己的脸,也丢了爹妈的脸!"女儿这才哭起来,说:"那封信又不是我写的,是闵鹿苹写的。"

屋子里静默片刻,一声暴起:"那你为什么不早说?蠢猪!该背时!"

这事终归有了一个结局，不算圆满，但也只能这样。女儿始终不愿去告发她的同学闵鹿苹，问江老师电话，她也不说，我只好打电话给她班主任，问到江老师的号码，向她说明了真相。不久，听说闵鹿苹转学走了。女儿恨透了我，骂我是奸细。她爸伤我的心，她也跟着伤我的心，但她是从我身上掉下的肉，而且还是个孩子，我有义务让她懂得生活的道理。我对她说："你对闵鹿苹倒是够讲情义的，可是她对你呢？你被老师轰出教室的时候，她为你说过一句话吗？她主动站出来承担责任了吗？你爸爸说你蠢，你真的……"我气得喉咙里嘶嘶响，只管摇头。不知是不是这样的提示起了作用，女儿眼神里的敌意慢慢淡下去了，充满了超越年龄的忧伤。就从这天开始，她像突然间长大了，先前的活泼消失得无影无踪，既不跟我执拗，也不跟我亲热，作为一个母亲，我自然感到失落，但为她的前途着想，我必须承受这样的失落。或迟或早，她得经历这样的刺痛，早经历比晚经历好。胡坚就是经历得太晚了，他当学生的时候，尽管父母和老师责罚他，但那只触及了肉体，所以长时间不能醒悟。

把女儿安顿好，我才想起，许久没跟小红见面了。

说实话，我有些想她，盼望她打电话来，但"杨小红"三个字，始终在我手机里沉睡着。我想主动跟她联系，又厌恶她故意——我认为是故意——在我面前说想离婚的话，便压抑住想见她的念头。

可就在这时候,我却跟她不期而遇。这天,比邻的普光市来了一位报社同仁,她从外省回来,路过金昌,顺便来我们报社走访,遇到这种事,都是要请吃饭的,我们去别的地方也是这样。因是女的,她在《普光晚报》编辑的版面,跟我在《金昌晚报》编辑的版面相似,领导就让我陪她吃了顿午饭。午饭结束,离去普光的班车还有一点时间,我又陪她去滨河路走走。走了将近一千米,快到金昌大桥,我也没想起小红母亲的炒货店,就开在滨河路上。或许是这时节的河水太美妙——阳光下,水面呈华贵的金色,在午后的风里微微起皱,两只比翼齐飞的白鹭,越水而去,不知要飞向哪里——那同仁很感慨,说金昌河流到普光市,就没这么美了,很窄、很脏、很猥琐,"难怪金昌人比普光人更精神,更漂亮。"她赞叹得忘记了时间,还有一刻钟班车就出发了,才惊叫一声,拦了辆出租车就往车站赶。她走了,我放松下来,听到桥西硬度十足、不留余地的京胡声,才陡然想起,小红的母亲在桥东呢。

想到她母亲在那里,但没想到小红就在她母亲的店铺里。

小红瘦了,瘦得嘴都有点包不住牙齿。因为瘦,她显得老了些,上次见她时,她还像个姑娘,现在是真资格的妇人了。不过依然是笑。她一个人侧脸坐在柜台前,懒洋洋地嗑着瓜子,我往柜台前一站,她以为是买主,脸自然而然地笑开了,站起身,问我要啥,待看清是我,立即双手握成空拳,在柜台上敲,边敲边跺脚,说:"你咋这么坏呢!"然后翻开挡板,让我进去。与此同时,脸转向里面,扬声喊:"妈!妈!"她母亲在一挂翠色布帘后面应了,人还没出来,小红就推着我出了柜台。

"去河边坐一会儿。"她说。

滨河路高于河面十余米,"Z"字形的石梯,直通河滩。刚在河滩的青草地上坐下来,小红就问我:"最近见到过胡坚没有?"我说:"见过的,他还到日报社去过。"我们晚报跟日报在同一幢办公楼里,日报在七楼,晚报在五楼,那天我去洗手间,从电梯门口过,电梯门刚好打开,有人从电梯里出来,我不自觉地转过头一看,见胡坚跟几个陌生人在里面,我正要喊他,电梯门关了,下楼去了。不知是空间的缘故,还是光线的缘故,他的脸色显得有些灰暗,而且他更胖了,分明站在角落里,却感觉他站在正中,几个瘦瘦的陌生人蜷缩在他身旁。那次以后我又见到胡坚两次,两次都有机会说上话,但除了简单的问候,并没有交谈,因为那时候我女儿还在闹别扭,我心里焦躁不安(我真的不想在胡坚面前表现出我的焦躁,不管这焦躁是出于什么原因,当然这话不能对小红讲)。

小红望着河水,"这么说来,他没有告诉你?"

"告诉我啥?"

"我跟他离了。"

阳光抖动了一下,被阳光照耀的河水也跟着抖动。河面无限延展,变得苍苍茫茫。

"能告诉我原因吗?"

"我给你说嘛……"小红举起右手,用食指压住下唇,像在考虑究竟说不说。

但她还是说了。

"你还记得那场假地震吗?"

我说记得。

"那天晚上,"小红说,"女儿发高烧,我照顾她,差不多一点钟才睡。自从有了女儿,我就不跟他睡一床,因为他每天半夜要起来看书,听说小孩夜里照灯光不好,会影响生长素,所以我都是带着女儿去另一间卧室。但那天晚上我实在太累,就搂着女儿睡到了他的床上。尽管女儿的高烧已经退下去,可万一复发了呢?如果烧得太厉害,就必须连夜去医院,不然烧成个聋子哑巴怎么办?我想的是,他反正三点钟会准时醒来,顺便摸摸女儿的额头,我也放心些。谁知道……当我被外面的吵闹声弄醒,发现他不在床上。这让我非常奇怪。我大声喊他,说胡坚地震了,快跑哇!喊死没人应。我把所有房间的灯都打开,到处找他。不见人影。没办法,我只好抱着女儿下楼。我差不多是整个美湖花园最后下楼的人。结果……结果……他早就下楼了,坐在花园里的石

现实生活 | 297

凳上……"

说到这里，小红突然痛哭失声。

"他是那么肉的一个人啊，平时翻个身也地动山摇的，可那一天，他从我和女儿身上翻过去，我竟然一点也不知道。他多半是飞下床去的……他只顾他自己……"小红猛烈地摇头，摇得披头散发，"这件事发生后，我就想跟他离婚。我一直克服，但克服不了……你想想，海舟本来在外面，还跑回家去救你们，可是他……我真的是克服不下去，才被迫跟他离的……"

十余天后，我在街上碰到了胡坚。我把小红的话原原本本地转告给了他。

他没说一句话，在我面前默默地站了足有两分钟光景，转身离去。

他神情沧桑，身体肥胖，但那种随时准备躺下去的姿势，再也没有一点儿形迹了。他由一个"躺着走路的人"，变成了"站着走路的人"。他跟我们完完全全是一样的了。

我本想问问他离婚后住哪里，小红是否还在跟孙浩来往，但问这些又有什么意义呢？

望着他的背影，想起小红在河边的悲伤，我发现自己是一个多么幸福的女人。